Sonya
ソーニャ文庫

英雄殺しの軍人は愛し方がわからない

蒼磨奏

イースト・プレス

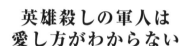

contents

序章　愛と殺意

グレンは色っぽく身をくねらせる恋人を組み伏せ、欲望のままに貪りながら思う。

――足りない。

恋人……ルネの真っ白な太腿《ふともも》を押し広げて、しとどに濡れた泥濘《ぬかるみ》に硬く張りつめた楔《くさび》を打ちこむと細い腕が絡みついてきた。グレン、と気だるげな声で名を呼ばれる。

ねだるように唇を甘噛みされて、あまりの心地よさに熱をぶちまけそうになった。

どうにか奥歯を噛みしめて堪《こら》えたが「うっ」と呻《うめ》き声が出る。

「ああ……ダメだ、これは……」

ダメだと言いながら、グレンの腕はひとりでにルネを抱きしめた。

――誰にも奪わせない、どこへも逃がさない。ルネは僕だけのものだ。

男女の交合はもっと淡泊で、男の欲望を昇華させるためにあると思っていた。

しかしルネと抱き合うようになり、それが誤った認識だと知った。ぴったりと素肌を重ねるのが心地よく、キスを交わすだけでひどく興奮する。

呼吸を乱したグレンは射精感を堪えずに彼女の最奥へ雄芯を突きこんだ。

脳が痺れるほどの快楽が全身に行き渡り、欲望をどくどくと注いでいる間もルネをきつく抱きしめて放さない。

——まだ足りない、足りない、全然足りない。

可能なら、ルネとずっと身体を繋げていたかった。

何度も、何度も、溢れるくらい精を注ぎこんで自分のものにしなくては気が済まない。

それは極限の空腹よりも、はるかに激しい飢餓感だった。

「お前の中は、気持ちよすぎる」

うっとりと囁《ささや》き、朦朧《もうろう》としているルネに濃密なキスをする。

今の自分は節操も分別も忘れて、まるで飢えの果てに理性を失くした獣同然だ。

小さな口をこじ開けて逃げ惑う舌を搦《から》めとると、彼女が小声で囁く。

「グレン……少し、休まない？」

「いやだ」

一蹴するとルネが困ったように目尻を下げて、おそるおそる頬に手を添えてきた。

その手の温もりが心地よかったので、グレンは不承不承に一時中断する。獣がじゃれるみたいに自分から顔をこすりつけたらルネがはにかんだ。

「その仕草……なんだか、かわいいわね」

「僕にそんなことを言えるやつは、お前くらいだ」

「そうなの？」

「そうだよ」

「拗《す》ねた顔も、かわいい」

不満げに唇を尖らせたら、人差し指でちょんと押される。

ついでによしよしと頭も撫でられたので、グレンは威嚇するように喉を鳴らした。

「お前な、僕が『かわいい』と言われて喜ぶわけがないだろう」

大体、僕よりもお前のほうが……と、ぎりぎりまで出かかった言葉を呑みこむ。

身体を繋げたまま位置を入れ替えて仰向けになり、渋面で睨《にら》み上げたら、ルネがことりと首を傾げた。

「じゃあ……格好いいって言うのは、どう？」

「じゃあ、って、取ってつけたように言うな」

「取ってつけたわけじゃないわ。本当にそう思うのよ」

ルネが睨み続けるグレンの頬を摘まんで、鼻の頭や瞼《まぶた》の上に唇を押し当ててきた。

グレンは他人に顔を触られるのが好きじゃない。こんなことを他の人間にされたら、即座にそいつの手首を叩き折っていただろう。

けれども、ルネは特別だ。

顔じゅうにキスの雨を食らっても、甘んじて受け入れるほど心を許している。

「グレンは誰よりも格好いいわ」

「ふうん。そうなのか」

「ええ。あなたが、いちばんよ」

ルネが声を小さくして無防備に身を委ねてくる。

グレンも密着するように彼女を引き寄せた。

繋がっている部分は未だに熱を持っていたが、欲のまま乱暴に揺さぶったりはしない。

今は『恋人』と過ごす特別なひとときだ。彼女とのやり取りの中で、時には相手に合わせる忍耐も必要であると学んでいる。

グレンは頬ずりしてくるルネの髪を撫でてから、寝返りを打って横向きになった。

――まだ足りない、が……今は我慢する。ルネに合わせて一休みしてから、この飢えを満たそう。

自分より相手を優先するなんて、彼女と出会う前は考えられなかった。

腕を枕にしてうとうとし始めるルネの寝顔を眺めてから、ふわふわの髪にいとおしげに頬を押しつける。

「お前は僕のものだ、ルネ。もし僕から離れようとすれば」

愛していると囁く代わりに――。

「殺すからな」

純然たる殺意を彼女の耳に吹きこんで、グレンは満足げな笑みを浮かべた。

従順なうちはたっぷりとかわいがろう。

しかし彼の愛を裏切ったら躊躇《ためら》いなく殺そう。

この腕の中でルネが息絶えれば、きっと永遠に彼のものになるはずだから。

愛と殺意は紙一重。

異常と誹《そし》られそうな思考であっても、それがグレンなりの愛し方だった。

――僕が特定の女にこんな想いを抱くことになるとは……我ながら滑稽だな。

それでも不思議と悪い気はしないのだ。

グレンは寝入ったはずのルネが薄目を開けていることには気づかず、目を閉じる。

彼女との出会い――数ヶ月前、敵国の虜囚《りょしゅう》になった記憶を思い起こしながら、微睡《まどろ》みの底へ落ちていった。

第一章　囚われの将軍、グレン・カリファス

　数ヶ月前――。

グレン・カリファスは薄暗い地下牢の隅を見ながら苦々しく思った。

――僕は、ここで死ぬのかもしれない。

隣国アーヴェルの罠にかかり、捕縛《ほばく》されて数日が経過している。死なない程度に痛めつけられたせいで、起き上がることもままならない。

寝転がった体勢で拘束された手を動かしてみる。じゃらじゃらと鉄のこすれる音がした。

――エルヴィスの考え次第だが、僕を切り捨てることで得られるものが多ければ、アイザックは間違いなく見捨てろと進言するな。

エルヴィスはグレンの主人で、アイザックはそのエルヴィスに忠実な臣下だ。

彼らに服従するよう育てられたが、役に立たなくなったら見捨てられると承知している。

人間は誰しも不要になった『道具』を捨てるだろう。それと一緒だ。

助けが来る確率は著しく低いなと、グレンは冷めきった考えを抱く。

不意に、視界の端で動くものがあった。正体はネズミだった。

――ネズミか。ガキの頃、よく焼いて食ったな。

焼いたネズミは骨だらけだし、味もどぶ臭くて最低だが飢えはしのげた。

自由に走り回るネズミを眺めていたら、空になった胃袋がまぬけな音を鳴らす。

死が間近に迫っても尚、食欲があることに滑稽さを覚えた。

――飢えは最大の苦痛だ。身体の痛みより、ずっと苦しい。

グレンは極限の飢えを幾度となく体験した。飢餓のせいで頭がおかしくなった連中もたくさん見た。

だから地位や名誉を得るよりも、ただ食うのに困らない環境で生きていきたかった。幼少期から変わることのない願望だ。

しかし、その結果、こんな惨めな終わりを迎えるらしい。

自嘲《じちょう》の笑みを浮かべたグレンは色素の薄い銀色の目を閉じる。

また腹の虫がぐるると鳴いた。牢に運ばれる食事はスープとパンだけで腹が満たされることはない。何でもいいから胃袋がはち切れるくらい食べたかった。

空腹を堪えながら衰弱するなんて地獄みたいな最期だなと思ったが、さすがに言い過ぎかと頭の中で訂正する。

グレンは『本物の地獄』がどういうものかを知っている。

あれに比べたら、辛うじて食事が出る牢の生活のほうがいくらかマシだ。

◆◇◆

グレンの祖国は、大陸でも最大の領土を持つジェノビア帝国だ。

だが、グレンが幼少期だったジェノビア帝国は傘下の国を管理しきれなくなり、各地で紛争が起きていた。それに伴って国力が低下し、皇帝が提示した政策もことごとく失敗してツケを払わされたのは国民である。

増税により貧窮して、中でも帝都の一角にあった貧民窟《スラム》は最悪の環境だった。

両親を紛争で亡くして孤児となったグレンは、物心つく頃には貧民窟にいた。

そこは、文字どおりの地獄。

路地の奥に進んで迷いこんだら最後、飢えた人々があちこちで転がっている。

誰もが生きるために必死だった。硬くなったパンを巡って諍《いさか》いが絶えず、大の男が見ず知らずの孤児を殴り殺してでも食料を得ようとした。

裏切りが横行し、昨夜まで手を組んでいた相手が朝には短剣を突きつけてくる。

無防備に眠れば身の回りのものを盗まれ、老若男女問わずに追剝《おいはぎ》に遭った。

倫理観の欠如した地獄でのルールは、ただ一つ。

強い者が生き残り、弱い者は死ぬ。

グレンは幼くしてルールを悟り、その地獄で生き続けた。

限界を越えた飢餓は拷問に等しかった。何日も食事をしていないと「何でもいいから食べたい」としか考えられなくなって末路は人それぞれだ。

精神をやられて飢え死にするか、人間らしい終わりを迎えたいと自死を選ぶか、人間であることを捨てて生き続けるか——。

グレンはその極限状態を何度も経験した。

飢えの果てに心を病み、錯乱する者も数えきれないほど見てきた。

ゆえに飢えが恐ろしかった。口に入れれば何でもいいからと、虫やネズミを焼いて食べたし、平気で盗みも働いた。食料を巡って人を半殺しにした経験もある。

自分の行ないに罪悪感を抱いたことは一度もない。

弱肉強食の環境で育ったグレンには、それが当たり前のことだったからだ。

だが、転機は突然訪れた。

ある時、グレンは路地で顔を隠した身なりのよい男を見つけ、短剣を懐に忍ばせながら尾行した。

しかし隙を見て襲いかかった瞬間、手首を捻《ひね》られて力任せに倒された。

地面に頭をごつんと打ちつけて鈍痛が走ったが、グレンは諦めなかった。身を捻り、男の手から逃れて短剣を構え直す。

タフで機敏な動きに、身構えた男は感心した声を上げた。

「気配を消すのがうまいな。頭を打ったのに昏倒《こんとう》もしない。丈夫なんだな」

「かねめのものを、おれによこせ。じゃなきゃ、ころす」

腰を低くしながら短剣を突きつけ、拙《つたな》い口調で脅したところで背後に気配を感じた。

振り向くと同時に後頭部を殴られて、今度こそ意識が遠のく。

「手加減をしろ、アイザック」

「あなたを襲うなんて、ろくでもない子供ですよ。ここで殺しますか」

「相手は子供だ。人目のある場所で殺すのはまずいだろう。それに、丈夫さと気概はなかなか気に入った。うまく躾ければ、私の手足となって働けるかもしれない」

「冗談でしょう？　そもそも、こんな子供を誰が躾けられるんですか」

「もちろん、お前だ。これも人材集めの一環だぞ。教育を施し、戦い方を教えてやれ。これは命令だ」

「ああ、まったく……反抗的で使い物にならなかったら、どうすれば？」

「その時は処分していい」

男たちの不穏な会話を聞きながら、グレンは気絶した。

この時、グレンを拾った男こそ皇位継承権を持つ皇族、エルヴィス・ジェノビア。

皇帝である兄に危険視され、帝都から離れた都市で軟禁されていた傑物だ。

帝国内で影響力のあるクロイツ公爵家を後見とし、軟禁場所を抜け出して皇位奪取をもくろんでいたエルヴィスは頭脳明晰な一方、やや変わり者だった。

先進的な考え方をし、能力がある人材――それこそ自分に襲いかかってきた貧民窟の孤児であっても、役に立つと判断すれば取り立てる。

そのエルヴィスの命令でグレンに教育を施したのがアイザックだ。

アイザックはクロイツ公爵の子息で、エルヴィスに忠誠を誓っていたが、貴族らしく平民を見下す一面があった。

「お前のような下賤の子供を拾うなど、あの方は本当に何を考えているのやら」

そうやって辛辣な文句を、よくぶつけられたものだ。

だが、グレンは全く気にしなかった。三食まともな食事ができると知り、むしろ喜んで彼らの世話になると決めた。

「あんたって、いつも文句ばっかりだな。アイツもあきれてたじゃん」

「あんた、という呼び方はやめろ。僕の名前はアイザックだ。それから、まさかとは思うが、アイツというのはエルヴィス様のことか？　口を慎め。お前の主人だぞ」

「そういうの、よくわかんねぇんだよな。おれはただ、メシがくえればいいし」

「おれ、というのも言葉遣いが悪い。自分のことは『僕』と言え。……まず敬語の使い方から矯正しなくては。まともな敬語を使えるようになるまで、食事を抜きにするぞ」

アイザックは冷ややかに言ってのけたが、実際グレンは頭の回転がよく教えられたことはすぐに覚えた。

敬語はアイザックの口調を真似たし、エルヴィスと会うたび「挨拶は頭を下げろ」「必ず敬語を使え」「絶対に無礼な行動はとるな」と細かく注意され続けた。

無視をすると食事を抜かれたから、上流階級の人間との接し方が嫌でも身につくというものだ。

身体能力にも恵まれており、武術の心得があるエルヴィスが訓練をしてくれてアイザックからは軍略を習った。礼儀と教養も叩きこまれ、人並み外れた俊敏さと気配を断つ特技を生かし、グレンは優秀な軍人に成長していった。

拾われて十年あまりが経過した頃、エルヴィスが帝国を斜陽に導きつつあった兄の首を取り、悲願であった皇位奪取を成し遂げた。

この時、グレンはエルヴィスの手足となって動き、主人の命令を完璧に遂行した。

「よくやってくれた、グレン。お前には褒美として――」

新皇帝の即位式を終えると、エルヴィスはグレンの功績を称えて『カリファス』という姓と軍において『大佐』の地位を与えた。

それは、平民でも出世できると国民に希望を抱かせる革命的な出来事だった。

「身に余る光栄です、皇帝陛下。グレン・カリファスは末永く、帝国と皇帝陛下のためにこの身を捧げると誓います」

グレンは恭しく拝受したが、彼の思考の根幹にあったのは主への忠誠心ではない。

飢えずに飯を食えるならば何でもする、という、どこまでも一貫した考え方だ。

もちろん貧民窟から救ってくれたエルヴィスに感謝はしている。恩義もあった。

けれど――。

『その時は処分していい』

拾われた時、エルヴィスが平坦な口調でそう言ったのを忘れてはいなかった。

エルヴィスはいつでも処分できる道具として彼を育てた。

グレンも使えなくなったら見捨てられると承知の上で、主の命令に従う。

そんな殺伐とした関係でも、グレンは十分に満足していた。

飢えずに生きていければ何でもよかったからだ。


エルヴィスが即位してまもなく、帝国の内乱を静観していた隣国アーヴェルが侵攻してきた。皇帝が代わった混乱に乗じて帝国領を占有しようとしたのだ。

帝国軍は宰相《さいしょう》に就任したアイザックを指揮官として出動し、グレンも前線に出た。

戦いの火蓋が切られて半日。命令を無視して、単独行動をしていたグレンは『アーヴェルの英雄』と対峙した。

英雄の話は、戦を始める前にアイザックから聞かされていた。

その強さは向かうところ敵なしと謳われて、人格者としても慕われる豪傑である、と。

英雄は得物を構えて、血湧き肉躍るとばかりに雄叫びを上げてグレンに突撃してきた。

重たい一撃を避けたグレンは、常人の目では追えない速さで剣をふるう。人並み外れた身体能力で二撃を叩きこみ、瞬く間に勝敗はついた。

「ぐっ……覚えて、いろ……貴様の、首……いずれ、我が国が……」

恨み言を吐いて落馬し、息絶えた英雄を前にしてグレンは呟く。

「英雄というのも、この程度か」

戦場に出ても相手になる者がおらず、血が湧き立つような高揚感はない。

グレンは冷めた目で死体の転がる戦場を見渡した。

——戦って殺す。それが僕の仕事だ。

感慨は不要だ。殺すのを躊躇ったらこっちが死ぬのだから。

英雄の死は戦況を覆した。アーヴェル軍の士気が低下し、押され気味だったジェノビア帝国は盛り返して侵攻軍を国境の外へ追いやったのだ。

グレンの功績であるにも拘わらず、指揮官のアイザックは「勝手な行動をせず指示に従え」と彼を叱りつけた。

それをいつもの小言だと聞き流し、グレンは能天気に胃袋の心配をしていた。

——腹が減ったな。帝都に帰ったら、胃がはち切れるほど飯を食おう。

腐臭の漂う戦場で食欲旺盛なのが異常だとは考えもしなかった。

この勝ち戦からほどなくして、アーヴェル王国と休戦協定が締結された。

グレンは国境で行なわれた協議の場に同席し、詰めかけたアーヴェル国民に「英雄殺し」と悪態をつかれても無視をした。

強い者が生き残り、弱い者は死ぬ。

そんな道理も分からぬ連中を相手にしたところで時間の無駄でしかない。

協議中でさえ「今夜の夕飯は何を食べようか」と緊張感のないことを考えていた。


エルヴィスの統治下で、傾きかけたジェノビア帝国は復興していった。

各地に孤児院が作られて、金がなくても治療を受けられる病院や、貧窮した国民が社会復帰するための教育施設も建設された。

エルヴィスは諸国との関係改善にも努めて、やがて賢帝と呼ばれるようになる。

グレンも皇帝の忠実な臣下として働き、軍人の頂点である『将軍』に就任して国民の称賛を浴びた。

しかし、華々しい出世を遂げても感動はなかった。地位や名誉に興味がないからだ。

彼にとって重要なのは、命令を聞く見返りとして完璧な衣食住を保証されること。

そこに軍人としての誇りはない。出世欲もない。だからといって皇帝を盲信しているわけでもなく、むしろ一定の距離を置いている。

そんな愚直で揺るがないグレンの気質を、エルヴィスはいたく気に入っていた。

だが、ある時——国境の関所へ視察に赴いたグレンは、間諜《かんちょう》として帝国にもぐりこんだアーヴェル軍の兵士に騙されて挟み撃ちに遭った。

アーヴェル王国は休戦協定を締結してからは大人しく、気を抜いていたのも原因だ。

手練れのグレンも多勢に無勢で捕われて、王都の城の地下牢に放りこまれた。

拾われてからの十五年間で初めての失態だった。

◆◇◆

牢の壁に凭《もた》れてうとうとしていたグレンは、人の足音を聞きつけて瞼を上げる。

——人の足音……食事の時間か。この牢へ来てから、何日が経った……四日、いや……五日だな。

陽光が射さない地下牢では時間の感覚が曖昧になる。

毎日、日が暮れてから食事が運ばれるので、時の流れを把握するのに役立っていた。

足音が近づくにつれ、廊下の壁にかかった松明の火がゆらゆらと揺れた。石造りの床にできた鉄格子の影も頼りなく揺れている。

——足音が二人分……一つは看守で、もう一つは……誰だ？

グレンは壁に凭れたまま目線だけ鉄格子に向けた。

ランプを掲げた看守が牢の前で立ち止まる。

看守の後ろには細身の女がいた。小さな鞄を肩にかけて食事のトレイを持っている。

「おい、今日の食事だ」

「……その女は？」

「お前の世話をする下働きの女だ。名前は、確かルネだったか」

「世話？　……僕は、処刑されるんじゃないのか」

「上からの命令だ。お前は生かしておいたほうが、利用価値があるらしい」

――利用価値……まさか、僕を帝国との交渉材料にするつもりか。

今や、グレンの名はエルヴィスの腹心として諸国に知れ渡っている。

すぐに処刑するよりも、生かして交渉に使うほうがメリットになるとアーヴェル王は判断したのかもしれない。

――僕の処遇はエルヴィスの対応次第で変わりそうだが、すぐに殺されないと分かったのはありがたい。猶予があれば、ここから逃げる手段を考えられる。

看守が足元にランプを置き、鉄格子の扉のカギを外した。

世話役の女――ルネが牢に入ってくる。

グレンは両手の枷《かせ》を確認した。壁の鎖に繋がれているため、自由に動けるのは半径二メートル弱の範囲内だ。鉄格子までは届かない。

だが、彼女を捕まえて脅しの道具にすることくらいはできそうだ。

手の届く場所に食事のトレイを置いたルネが、鞄から茶色の小瓶と包帯を取り出す。

様子を窺《うかが》いながらグレンは尋ねた。

「僕を手当てするのか」

「それも上の命令だ。傷が化膿して死なれちゃ困るんだと」

「お前には訊いてない。この女に尋ねたんだ」

「そいつは口が利けないんだよ。他に働き口がないからって、下働きとして雇われたばかりだが、他に誰もお前の世話をしたがらない。結局、文句の言えないその女が世話を押しつけられたってわけさ」

「…………」

「言っておくが、そいつを人質にしたり、殺そうとしたって意味がないからな。下働きの女が一人死んだところで、お偉いさんは気にも留めない。俺たち看守もそうだ」

——看守の言うとおりか。口が利けないのなら、外の状況を聞き出すこともできないからな。余計なことをするのは体力の無駄だ。大人しく手当てをさせるか。

グレンはおそるおそる近づいてくるルネを観察する。

彼女は薄汚れたブラウスを着て、裾のほつれた黒いスカートを穿いていた。薄暗い牢では髪色を判別できないが、後ろで一つに縛られた髪はぼさぼさだ。前髪が長くて、どこかの掃除をしてきたらしく頬には煤《すす》と泥がついている。

俯きがちなのと、ランプの明かりが逆光となって顔立ちは分からない。

ルネが近くで膝を突き、躊躇いがちにグレンの腕に触れた。湿った布で打ち身の痕を拭き、捕われた際に剣先が掠った傷も消毒していく。

ズキズキとした痛みが全身に走ったので、顔を顰《しか》めながらルネを見やった。

刹那、視線が合う。

長い前髪の隙間から覗く瞳……グレンを見つめる眼差しに嫌悪の色はなく、押しつけられた仕事を嫌々やっているという感じではない。

――なんだ、この女……もっと嫌そうに、僕と接すると思っていたのに。

怪訝《けげん》に思いつつも身を委ねていると、手当てが終わる頃、看守が別の看守に呼ばれた。

看守は「すぐ戻る。妙な真似はするなよ」と言い置き、しっかりと扉にカギをかけて離れていく。

遠ざかる足音を聞いていたら、不意にルネが身を寄せてきた。耳に吐息がかかり、かすかな声で囁かれる。

「――カリファス将軍。私がここから出る手助けをします」

「っ！」

驚いて、目の前にあった細い手首を強く摑んでしまった。

次の瞬間、ルネの身体が大げさなほど仰け反る。悲鳴こそ上げなかったが、彼女は壊れた機械みたいに全身をがたがたと震わせた。

あまりの怯えようにグレンはすぐさま手を放す。

「そんなに怯えるな、別に危害は加えない。ただ、驚いただけだ……お前、話せるのか」

呼吸を整えたルネは頷いて牢の外に目をやった。看守が戻ってこないのを確かめてから声量をぎりぎりまで落として言う。

「話せないふりをしていたほうが、何も訊かれないし、都合がいいので」

「何故、僕を助けようとする。お前は何者なんだ」

返答はなく、看守の足音も聞こえたので詰問したい気持ちをぐっと堪えた。

ルネはそそくさと手当ての道具を片づけたが、ふと思い出したように面を上げてグレンの手に触れる。

「さっきは、怯えてごめんなさい」

重ねられた手は柔らかくて、とても温かかった。

グレンにしか聞こえない声で謝ると、ルネはすっくと立ち上がって背を向けた。戻ってきた看守にカギを外してもらい、鞄を抱えて牢を出ていく。

グレンは彼女の小柄な背中から目を逸らさなかった。

看守がランプを持って立ち去り、地下牢に静寂が訪れると、ようやく視線を落とす。

――まさか、エルヴィスの指示か？　……いや、慎重なアイザックがいるし、こんなに早く動くとは思えない。考えられるとすれば、僕の部下が勝手に行動を起こしたか……だけど、さすがに根回しが早すぎる。

見ず知らずの女から手助けをすると言われても、信用していいのか判断しかねる。

しかも、ここは帝国とは不仲のアーヴェル国内だ。

アーヴェル国民の中に、グレンの味方になる人物がいるとは思えなかった。

――利用できるものは利用したいが、女の正体が分からない以上、すぐに信用するのは危険だ。僕もそこまで、まぬけじゃない。

グレンは壁に凭れて目を閉じた。

幼少期に暮らした貧民窟では、誰一人として信用できなかった。

今はさすがにエルヴィスやアイザックを信用するようになったが、それも長い付き合いが土台となっているからだ。

しかも彼らに至っては利用し合う関係であり、有事の際は切り捨てられるかもしれないと疑っている――特に、今みたいな状況では。

グレンはため息をついて、冷めたスープと硬いパンを腹に収めるべく腰を上げた。

牢の中には、まだ消毒液の匂いが残っていた。

◆◇◆

虜囚の世話を終えたルネは食事のトレイを持って厨房へ向かった。休憩中のコックにトレイを返すと、同情の目を向けられる。

「あんた、名前は確か……ルネ、だっけか。虜囚の世話なんて押しつけられちまって、災難だな」

ルネは顔を伏せて沈黙を保ち、コックに背を向ける。

厨房を出る時、遠巻きにこちらを見ている使用人の話し声が聞こえた。

「あれが虜囚の世話をやらされているっていう、例の……なんでも口が利けない娘だと聞いたぞ。メイドの連中が世話を押しつけたらしいじゃないか」

「仕方ねぇよ。相手は帝国のカリファス将軍だ。捕縛する時だって狂犬みたいに暴れたって聞いたぜ。恐ろしくて近寄りたくもない」

「あの娘は他に働き口がないから、紹介されて城の下働きになったんだろう。まさか、あんな仕事を押しつけられるとは思っていなかっただろうに……可哀想にな……」

憐れみの視線を一心に受けながらルネは厨房を後にする。宿舎棟へ帰ろうとしたが、玄関ホールが騒がしいので立ち止まった。

使用人たちが敬遠するように散っていき、ルネはこっそりと物陰に身をひそめて玄関ホールを覗き見る。

煌びやかな衣装を纏《まと》った男――アーヴェル王が階段を下りてくるところだった。

王の名はウィルソン・アーヴェル。金髪碧眼で三十代半ばの美丈夫だ。彼の側には腕利きの護衛兵が数名おり、片時も離れずに王を守っている。

数年前、ジェノビア帝国と休戦協定を結んだ直後、先代アーヴェル王が急逝した。

そのあと第一王子のウィルソンが王位を継いだが、彼は独善的な性格で、まず口うるさい貴族院を解散させた。

軍の意向や民意を聞く政策議会も廃止し、他の王子たちも遠方の地へ追いやって、王が政治を采配する絶対王政を唱えたのだ。

「……で、宰相。帝国から返事の書簡は届いたのか？」

「まだでございます。対応も慎重になっているのでしょう」

「ふんっ。まぁ急ぐこともないだろう。将軍の身柄は拘束している。帝国の反応を気長に待つとしよう」

ウィルソンは誰が聞いているか分からない玄関ホールでも憚《はばか》らずに、帝国との交渉について話している。それを迂闊《うかつ》な行動だと窘《たしな》める臣下もいない。

ウィルソンが即位してから、王政に異を唱えた重臣が見せしめに殺された。

以来、王の気に障る行動をとればすぐに首が飛ぶと、誰もが知っている。

暴君を恐れ、先代王に重用された貴族たちは他国へ亡命し始めていた。政策の欠陥を臣下が指摘できず、城で働く使用人も次々に辞めていく。

軍備の増強にばかり注力し、国民に課される税額も上がって景気が悪くなっていた。

——国民の生活は困窮し始めている。アーヴェル王国は内側から壊れていくんだわ。あの男が王位に就いている限り、この国に未来なんてない。

ルネは暗鬱な眼差しでアーヴェル王を見つめると、のろのろと宿舎棟に向かった。

城は通年人手不足なので、新入りのルネにも狭い小部屋が与えられた。

木製のベッドに薄手の毛布が一枚と、小さなクローゼットが備えつけられた簡素な部屋だが、寝泊まりするには十分だ。

ルネはベッドに腰を下ろし、両手を見下ろした。

——この手で、彼に触れたのね。

瞼を閉じて記憶を呼び起こす。

地下牢に繋がれていた、傷だらけの虜囚。

近くで見た彼——グレンは細身の美青年だった。年齢は二十代の後半くらいだろうか。

ジェノビア皇帝のお気に入りで、若くして将軍に成り上がったと言われている。

手当てをするために触れた上半身は引き締まっていて、筋骨隆々の獅子というよりは俊敏でしなやかな野性の豹を連想した。

傷だらけでも見惚れるほど端整な目鼻立ちで、瞳は純度の高い水晶みたいな銀色。髪も同様に色素の薄い銀色だった。神秘的な容姿だから、帝国では美貌の貴公子とでも呼ばれていそうだ。

しかし、この国でグレンは「英雄殺し」と畏怖のこもった呼び方をされる。

数年前の戦争で、彼が豪傑と称されるアーヴェルの英雄を倒したからだ。

休戦協定の場に詰めかけたアーヴェル国民の怒りはグレンに向けられた。

ルネも彼を一目見ようと思い、協議の場へ足を運んだが、悪態をつかれても全く気に留めない姿が目に焼きついている。

ルネはグレンに摑まれた手首をさすった。握力が強いのか、指の痕が赤く残っていた。

——あの時、いきなり腕を摑まれたから思わず怯えてしまった。今後はあんなことがないように気をつけないと。

深呼吸をして心を落ち着かせ、クローゼットから小物入れを取り出した。中には美しい香水の瓶が入っている。

丁寧に瓶の蓋を開け、ほのかに香る程度に枕へ振りかけてベッドに横たわった。嗅ぎ慣れた香りに包まれてようやくホッと一息つく。

首尾よく城に入ってグレンの世話をすることを許された。

けれども、問題はここからだ。

どうやってグレンを牢から逃がすか、作戦を練らなくてはならない。

看守の話ではすぐに処刑されるわけではなさそうだから、方法を考えてみよう。

「でも……今日は少し、疲れた……」

朝から夕暮れまで玄関ホールの掃除をしていたので疲労感がすごい。

ひとまず夕食の時間まで少し休もう。考えるのはそれからだ。

ルネは薄い毛布に包まり、硬いベッドで目を閉じた。

毛布一枚では肌寒かったが、グレンのいる地下牢はもっと寒いだろうなと思った。

一夜が明けて、ルネはメイドの指示どおりに廊下の拭き掃除をしていた。

グレンのもとへ行くのは日が暮れてからだ。厨房の買い出し以外では外出も許されておらず、するべき仕事が山ほどある。

雑巾を絞っていると、廊下の向こうからやってくる兵士の姿が目にとまった。

ルネは目立たないように顔を伏せたが、通り過ぎた兵士に見覚えがあったので再び顔を上げる。

すると視線を感じたのか、兵士が振り向いた。目が合った途端に逸らされる。

――あの兵士……どこかで見た気が……。

記憶の海をさらい、どうにか捻り出したルネはハッと息を呑んだ。

――協定の場で、カリファス将軍の側にいた部下だわ。顔を覚えている。

足早に去る兵士の背中を見送り、ルネは拳を握った。

グレンの部下が危険を顧みずに変装して助けに来たのかもしれない。

ならば……と、絞った雑巾とバケツを手に持ち、さりげなく兵士の後を追った。

――こんなところで死なせるものか。

グレン・カリファス。

彼を牢獄から救い出すためだけに、ルネはこの城に入りこんだのだから。

第二章　尽くす女、ルネ

毎日、昼過ぎには牢から出されて看守に痛めつけられるのがグレンの日課だ。

殺すなという命令が出ているためか、殴られたり蹴られたりする程度だが、よく飽きもせず人を嬲《なぶ》れるものだなといっそ感心する。

「ったく、くそ野郎どもめ……あいつら全員、ここを出たら殺してやる」

牢に戻されたグレンは悪態をついた。

――殴られる程度なら別にどうってことはないが、一方的にやられるのは腹が立つ。

人より身体は丈夫だし、アイザックに「躾」と称して乗馬用の鞭でぶたれたことが多々あるので、痛めつけられることには慣れている。

ただ、慣れているだけで痛みがないわけじゃない。

グレンは蹴られた腹部を庇《かば》いながら起き上がった。冷たい壁に凭れて大きく息を吸う。

地下牢に放りこまれて十日ほど経ち、ここでの生活にも慣れてきた。

はじめの頃、看守に殴られたあとは意識を失っていたが、今は頭もハッキリとするようになった。傷の手当てもされるから、そのお蔭もあるだろう。

鎖をじゃらじゃらと鳴らして鉄格子に近づこうとする。

しかし、あと数歩で格子に届くのに鎖がピンと伸びきってしまった。枷のついた手が千切れそうになるほど引っ張ってみても、それ以上は動けない。

――鬱陶《うっとう》しい枷と鎖だ。鉄製だから、さすがに自力じゃ解けない。この枷がなければ壁か地面に脱走用の穴でも掘ってやるんだが。

鎖で看守の首を絞められそうだが、それをすると面倒なことになりかねない。

「チッ、くそったれが」

拘束された両手を上下に振り、忌々しげに吐き捨てた。

エルヴィスが聞いていたら「くそったれか。お前が子供の頃を思い出す」と笑いそうだし、アイザックなら「今すぐ言葉遣いを改めろ、馬鹿者」と乗馬鞭で叩いてきそうだ。

幸いにも、ここには腹の底が読めない主人はおらず、小姑みたいな煩《うるさ》い男もいない。

グレンは余計な体力を使うのをやめて胡坐《あぐら》をかいた。

――ここを出るには、やっぱり僕一人じゃどうにもできないな。どうしても外部の助けが必要だ。枷の問題もあるし、そもそも城の構造が分からない。たとえ地下牢を出ることができても捕まる。

追い詰められた時は焦ったところで仕方ない。じっくり打開策を考えるべきだ。

グレンを一から教育した、アイザックの受け売りである。

考えこんでいると、いつの間にか食事の時間になっていた。

グレンはトレイを持って牢に入ってくるルネを注視した。

彼女はいつものように食事のトレイを置き、肩にかけた鞄から手当ての道具を出す。

顔の打ち身や擦り傷を消毒される間、グレンは大人しく身を任せた。

一連の流れを見飽きたのか、看守は「看守室にいる、終わったら呼べ」と言い残して地下牢の前を離れた。

足音が遠ざかると、顔の鬱血を拭いていたルネが口を開く。

「――先日、あなたの部下と接触しました」

これまで監視の目が厳しく、彼女が口を開いたのは初対面の時以来だった。

「僕の部下？　誰だ」

「フランクとトマス。彼らは兄弟で、あなたの直属の部下だと聞きましたが」

「あの二人か……助けに来るなら、あいつらだろうとは思っていた」

「彼らと協力して、ここからあなたを連れ出す計画を立てています。この地下牢は城内に繋がっていて、外に出ると巡回する兵士の目に留まります。今すぐ連れ出すわけにはいきませんが、何とかするのでもう少し時間をください」

ルネと顔を寄せ合い、ぎりぎりまで声量を落として会話をする。

名前の挙がった部下たちは平民出身だが腕が立つ兄弟で、グレンを慕っていた。

特に兄のフランクは頭のきれる男だ。弟のトマスと協力し、ここから逃がす準備を整えてくれるだろう。

グレンは看守が戻らないかを確認しつつ、傍らにいるルネを横目で見る。

――フランクとトマスの名が出たということは、この女は本当に協力者ということか。

「お前はジェノビア帝国の人間なのか？」

途端にルネが顔を伏せて、口を噤《つぐ》んだ。

「アーヴェルの人間が僕に手を貸すとは思えないからな。この国で、僕は英雄殺しと言われているんだろう」

彼女が答える前に、グレンは身を乗り出した。肘を使ってルネの肩を小突き、そのまま後ろの壁に押しつけた。二の腕で細い首を押さえつける。

「お前を信用していいんだな」

「っ……」

「もし僕を油断させる嘘だったら、殺す。お前だけじゃない。お前の血縁者も、全員だ」

鋭く睨みつけて、本気だと示すため腕にぐっと力をこめて声のトーンを落とした。

だが、先日あれほど怯えたルネは脅迫されても動揺しない。凪《な》いだ瞳で至近距離にあるグレンを見つめて、静かに口を開く。

「私は、あなたの助けになりたいだけです。どうか信用してくれませんか。……私、あなたのために何でもしますから」

「この場を取り繕うだけの言葉に聞こえるぞ」

「僕のために何でもする、と。お前、僕とは面識もなかったはずだ。この場を取り繕うだけの言葉に聞こえるぞ」


ルネは軽く目を見開き、かぶりを振った。

「そんなつもりで言ったんじゃありません。でも、そう聞こえたのなら、ごめんなさい」

素直に謝り、グレンの腕に触れて「それに」と付け加える。

「私に血縁者は一人もいません。みんな殺されました。だから、さっきの言葉は脅しにはなりませんよ」

あまりにも落ち着いた声で言うものだから、グレンは毒気を抜かれた。腕を離すと、ルネも緊張が解けたのかぐったりと壁に寄りかかる。

気まずい空気が流れて、ルネがのろのろと手当ての道具をしまい始める。

「必要なものはありませんか。こっそり持って来られるものなら、用意します」

「じゃあ、食事の量を増やしてくれ。あれじゃ腹が満たされない」

「食事、ですか……うん、分かりました。どうにかします」

「寝心地も最悪なんだが」

「私の部屋にある毛布を持ってきます。他には何かありますか？」

「とりあえず、それくらいだ」

虜囚の待遇改善など見こめないだろう。

それが分かっていながら、あえて遠慮なく要求した。

何でもすると言ったのはルネのほうだ。

――その言葉が本当かどうか確かめてやる。

牢を出ていこうとしたルネが急に立ち止まり、胡坐をかいたグレンと同じ目線の高さに屈んだ。彼の手に自分の手を重ねる。

「また、明日」

ルネは吐息のような声量で囁き、グレンの手を撫でて牢を出ていく。

小柄な背中が完全に見えなくなってから、グレンは触られた手を見下ろした。

――なんで僕の手に触れたんだ。よく分からない女だな。

腕を摑んだだけで怯えていたくせに、殺すと脅しても物怖じしない受け答えをする。

ルネの反応はちぐはぐで、帰り際の行動も理解しがたかった。


期待せずにいたグレンだが、翌日、ルネがとった行動に驚愕した。

彼女はいつものように食事のトレイを置くと、ぱたぱたと小走りに牢を出ていき、毛布を抱えて戻ってきたのだ。

看守も咎めることなく、ルネが毛布をグレンに渡してもそしらぬふりで、昨日と同様に看守室へ行ってしまった。

――まさか、看守を買収したのか？

虜囚への差し入れを見逃す理由は、それくらいしか思い当たらない。

手当てをさっさと終えたルネが、治療道具の入った鞄から新聞に包まれたパン二つとハチミツの小瓶を取り出した。

「どうぞ」

「……これは？」

「食事です。今日はこれしか準備できませんでした。ハチミツの瓶は食べ終わったら回収するので、隠しておいてください」

説明を聞き流しながら、グレンはハチミツの瓶を開けた。

ハチミツは庶民では手に入らない高級品で、食欲をそそる甘い香りが鼻腔を満たす。

一瞬、どうやって手に入れたのかと不思議に思ったが、ハチミツの誘惑には抗えずにとろみのある蜜を指で掬いあげた。

口に運ぶと、飢えた舌に優しい甘みがじんわりと広がった。

「うまいな」

見守っていたルネがホッとした表情を浮かべる。

「お前、看守を買収したのか」

「ええ。金貨の袋を渡したら見逃してくれました。アーヴェル王国は今、景気がよくありません。兵士でもお金がなくて困っている人は多いですから、簡単でしたよ」

「そんな大金、いったいどこから？　フランクやトマスが持っていたとは思えないが」

「実家の遺産です。私が持っていても使い道がないので」

「…………」

「じゃあ、今日はこれで戻ります。計画に進展があったら報告しますね」

ルネはそれ以上、語らずに立ち上がる。去り際、昨日と同様にグレンの手にそっと触れていった。

ルネがいなくなると、グレンはもらったパンをスープに浸して口に詰めこんだ。いつも食べているパンよりもふんわりとしていて美味しい。

腹が満たされたあとはハチミツの瓶を牢の隅に隠し、毛布に包まって横になる。

――あいつ、やっぱり変な女だ。看守を買収できるほど、度胸のある女には見えなかったのに……それに実家の遺産だとか言っていた。もしかしたら上流階級の人間なのか。

ルネはいつも薄汚れた格好をしている。髪は梳《と》かしていないのかぼさぼさで、無造作に一つに束ねていた。前髪が長すぎるのと牢の中が薄暗いせいで、相変わらず顔立ちは分からない。

だから見た目では、どういう生まれなのかは推測できなかった。

ただ、ルネの素性なんてどうでもよくなり始めていた。

もともと身分の差には無関心だし、天涯孤独だと説明した時に嘘をついている様子は見受けられなかった。看守を買収するほど肝が据わっていて難題もクリアしてみせた。

ルネが本気でグレンの協力をするつもりなら利用できる。いずれにせよ彼女の助力なしでは、この地下牢から逃げ出すことは難しいだろう。

まだ信用できるとは言いきれないが、何者だろうが構わないとは思えてきた。

――この毛布、どこか甘い香りがする……ハチミツの匂いとは、違う……。

グレンは温かい毛布に顔を埋めると、心地よい香りに包まれながら眠りに落ちた。

この日以降、ルネはこっそりと食べ物を持参するようになった。

大抵はパンを二つだったが、時々リンゴやモモといった果物を持ってくる。

ルネは腹を空かせたグレンが口に詰めこむ様子をいつも見守っていた。

「うまいな」

率直に感想を述べると、決まって安堵した表情を浮かべるのだ。

地下牢からの脱走計画も着々と準備が進んでいた。

城では二ヶ月に一度、大きな舞踏会が開催されるらしい。幸いにも日取りが近く、当日は大勢の招待客が招かれるため、何か騒動を起こせば兵士は混乱する客の対応に追われて警備が手薄となる。

その機に乗じて兵士に扮したフランクが地下牢からグレンを連れ出す。

そのあとはルネが城外まで案内して、逃走の支度をしたトマスと合流する――というのが大まかな計画の流れだ。

ジェノビア帝国との交渉も難航しているようで、グレンは処刑こそされなかったが、過酷な囚人生活は続いた。


捕らえられてひと月あまりが経過し、脱獄決行の日取りが十日後に迫っていた。

その日も、ルネが食事を持って地下牢に来た。

グレンはいつものように壁に凭れたまま彼女が牢に入るのを眺めていた。

看守が立ち去り、傍らに屈みこんだルネの前髪が揺れて、頬が見える。薄暗い牢の中でも判別できるくらいの赤黒い痣《あざ》があった。

まるで誰かに強く殴打されたような……。

グレンの視線に気づいたルネは、すばやく顔を背けてしまう。口の利けない女を装っているから、看守に聞き咎められないようにと必要なこと以外は話さないのだ。

だが、その日はいつも以上に口数が少なかった。

「今日は、これだけです」

手当てを終えたルネはパンを一つ差し出す。受け取ったグレンの手に、自分の手をそっと添えた。

彼女は帰る時、必ずグレンの手に触れていく。

最初こそ怪訝に思ったが、今はもう好きにさせていた。

ルネが顔を伏せた。華奢な肩がかすかに震えていて、縋《すが》るように彼の手を握りしめる。

――こいつ、今日は様子がおかしいな。

頬に痣もあったから、何かあったのかもしれない。

眉を寄せて声をかけるべきか逡巡していると、ほんの数秒でルネが手を引き、すっくと立ち上がって「また明日」と囁く。牢を出ていく足取りは重くて、心なしかふらふらしていた。

黙って見送ったグレンは握られた手を軽く撫でた。

――あの女の身に何があろうと、どうでもいいか。僕はここを出るためにあいつを利用していて、あいつもそれを承知の上で協力しているんだ。計画に支障がないなら、僕には関係ないな。

結論を出し、胃袋を満たすために渡されたパンを口に詰めこんだ。

しかし、更に翌日。

今度はルネの反対側の頬が腫れ上がっていた。

隠しようもない殴打の痕だったから、さすがのグレンも彼女を見るなり尋ねた。

「お前、その顔はどうした」

「コックに殴られたんだよ」

看守がじゃらじゃらと鍵束を揺らして呆れ交じりに言う。

「コックに？」

「住み込みの下働きは一日に二度、食事が出る。だが、そいつは自分の食事をお前に渡してた。一週間前にバレて食事の量を減らされたが、それからは厨房でパンを盗んでいたんだ。懲りずに、お前に差し入れていたらしいな」

食事のトレイを置いたルネが気まずそうに目を背けた。看守の説明は事実らしい。

「盗みを働いた時点で解雇されるべきだが、仕事態度はまじめだからな。この城は人手不足だし、他にお前の世話をしたがるヤツもいない。で、コックが連日こいつを殴って場を収めたんだ。俺たちも監視を強めろって命令を受けた」

看守は肩を竦《すく》めて説明すると、腕組みをしながら地下牢の前の壁に凭れる。

どうやら見逃されていたのも、ここまでのようだ。

グレンは近づいてくるルネを観察した。彼女が膝を突き、力のない手つきで包帯を替えるのを目で追う。

よく見ると、ルネは初めて顔を合わせた時と比べて痩せた気がした。袖から覗く手首は随分ほっそりとしたし、俯きがちな顔も少しやつれただろうか。

――だから食事を増やせと言った時、あんなに早く対応できたのか。

自分の食事をグレンに分け与えていたのなら合点がいく。

視線でルネの動きを追いかけると、長い前髪が揺れて顔の反対側が見えた。昨日よりも色が濃くなった痣がある。

きっと、コックは無抵抗な彼女を容赦なく殴ったのだろう。

――こいつは、いつもパンを二つ持ってくる。それが減ったのは昨日だけだ。盗んだパンを僕に渡していたのなら、こいつは碌《ろく》に飯を食っていない。それでコックに殴られたことも黙っていた……いくら僕が要求したからといって、普通はそこまでするか？

無言で凝視していたらルネが視線に気づいた。グレンと目を合わせ、唇が小さく動く。

ごめんなさい、と――。

何に対して謝られたのか分からずに目を瞬いた時、看守がせせら笑った。

「俺たちを買収する前に、その金で食い物を買えばよかったんだ。お前みたいな虜囚に入れこんで、食い物を手に入れるために盗みを働くなんてバカな女だよ」

「……あ？」

聞き捨てならない言葉を耳にして、思わず低い声が出る。

「今、なんて言った？」

「だから、食い物のために盗みを働くなんて、バカな女って言ったんだよ」

窃盗は悪であると、アイザックから教わった。けれども盗みを働かなければどうしようもない環境や、必要に迫られる場合があることも彼はよく知っている。

バカ、を強調する看守に、グレンは銀色の目を細めながら問う。

「――お前、食う物がなくて飢えたことはあるか？」

「は？　うちの親父は商人だからな。食い物に困ったことなんてねぇよ」

「じゃあ、バカはお前だ。ぬくぬくとした温室で育った、何も知らないバカ野郎がこの女を貶《けな》す資格はない」

——飢えの苦しみを知らないくせに、えらそうなことを言いやがって。

わざと「バカ」を繰り返して意趣返しをすると、看守の顔色が変わった。

会話の雲行きが不穏だと察知したのか、ルネがおろおろとし始める。

——僕だって腹が減ってどうしようもない時、盗みを働いた。たとえ世間で悪だと言われる行動だったとしても、生きるためにしたことだ。僕はそれをバカだとは思わない。ましてやこの女は……僕のために食い物を盗んだらしいからな。

「俺にバカって言ったか？」

「言った。なんだ、バカだって自覚がないのか。じゃあ今日分かってよかったな」

普段のグレンなら何も言わずに聞き流しただろう。

だが、今はふつふつと怒りが湧いてきて黙っていられなかった。

看守が腰に提げている警棒を手に持ち、扉をくぐって牢の中に入ってくる。息を呑んだルネがグレンの手を握りしめた。

グレンは彼女の腫れ上がった顔を見つめてから、再び看守を睨みつける。

——ああ、なんなんだ……なんで、こんなに腹が立つんだ。

わけの分からない苛立ちが胸の奥で渦巻く。

両手を拘束する枷がなければ、今すぐ看守に襲いかかっていたかもしれない。

しかし、看守がグレンの胸倉を掴もうと腕を伸ばしてきた時、いきなりルネが動いた。

小柄な身体で割って入り、看守から守るようにグレンの頭を腕に抱えこむ。

柔らかな胸元に顔を押しつける体勢にされ、か細い腕で抱きしめられた瞬間、グレンの思考は停止した。「じっとしていて」とかすかな声が聞こえ、どこかで嗅いだ甘く心地よい香りが鼻腔に広がり――。

「おい、どけっ！」

空気を震わす怒号で、グレンは我に返った。

額に青筋を浮かべた看守がルネの髪を引っ張り、力任せにグレンから引き剥《は》がす。華奢な肩を足蹴にして転がした。殴るつもりなのか警棒を振り上げる。

怯えきった顔で両手を翳《かざ》したルネがぶるぶると震えながら頭を守った。

それを見た瞬間、グレンは衝動的な怒りで目の前が真っ赤になった。

身体が勝手に動き、看守に体当たりをする。バランスを崩して倒れかかった相手に馬乗りになり、枷のついた両手を握りしめて顔面を殴りつけた。

「う、ぐっ……！」

鼻を押さえた看守はもがき、枷に繋がった鎖を引いてグレンを蹴り上げる。位置を入れ替えて警棒を振り下ろしてきた。

「早く、行けッ！」

めちゃくちゃに殴られながら、グレンは呆然とするルネに怒鳴った。

「っ……」

ルネが身を震わせて手を伸ばしかけたが、ぎゅっと握りしめて立ち上がる。牢の外へ飛び出し、走って行った。

グレンは甘んじて殴打を受けながらそれを確認し、ふっと力を抜く。

いくばくもなく他の看守が駆けつけて乱闘を止めに入った。

憤激した看守も取り押さえられて、ようやく解放されたグレンは転がったまま鉄格子に顔を向ける。そこにルネがいた。両手で格子を握りしめて俯いている。

彼女の顔の下から雨みたいに小さな水滴がぽたぽたと落ちていた。

目を凝らすと、どうやら嗚咽《おえつ》を零《こぼ》しているらしい。

あの水滴は雨ではなく涙だ。

――あいつ、なんで泣いているんだ……看守を煽《あお》ったのは、僕だし……殴られたのだって、僕だぞ……。

不思議に思う一方で、ひどく安堵している自分に気づく。

もしもルネが殴られていたら、たぶん看守の首を絞めて殺していた。

――あれ……どうして、僕は……あいつを逃がすことを優先したんだ……？

グレンは『食べ物を盗むこと』をバカだと一蹴した看守が気に入らなかった。

そこからは感情のままにふるまっただけで、ルネを擁護したわけではないし、庇ってくれと頼んでもいない。

彼女が看守に殴られそうになったのは、勝手に割りこんできたせいだ。

だから、グレンが看守を止める義理はなかったはずなのに……あの時は、とにかく怯えるルネを逃がさなくてはと思い、ひとりでに身体が動いてしまった。

――自分の行動なのに、理解できない……まぁ、別にどうでもいいか……僕は……殴られるのは、慣れているからな。

鉄格子の向こうではルネが未だに泣いている。

肩を震わせる彼女を目に焼きつけていたら、視界が白く霞んでいった。

――あいつ、いつまで泣いているんだ。さっさと行けよ……で、何か食え……ガリガリに痩せているんだから。

庇われた時、ルネの腕は枝みたいに細くてポキリと折れそうだった。

――本当に……よく、分からない……あんな細い身体で、虜囚の僕を……守ろうと、するなんて…………ああ、だけど……。

今まで生きてきて、あんなふうに抱きしめられたのは初めてだな。

そこまで考えたところでグレンの意識は途切れた。

◆◇◆

エルヴィスに拾われて間もない頃、グレンはアイザックの屋敷に身を寄せ、狭い小部屋をもらって生活していた。

そこで文字の読み書きから始まり、一般常識と礼儀作法を叩きこまれた。

無教養なグレンの教師となったアイザックは、とにかく厳しかった。

当たりもきつくて、課題を終えないと食事を抜かれるから死に物狂いで勉強した。

そんなグレンを見て、アイザックは「食事を与えれば何でも言うことを聞く。お前は野良犬も同然だ」と嘲笑《ちょうしょう》していたものだ。

アイザックには、ニキータという名前の妹がいた。

公爵令嬢として教育を受けたニキータは身分の低い者に憐憫の情を抱く、いかにも貴族然とした女だ。

『グレン。お腹が空いているでしょう。ほら、これをあげるわ』

彼女はよく、お茶の時間に余った焼き菓子やカラフルな包み紙のキャンディをくれた。

グレンは丁寧に「ありがとうございます」と受け取り、見守られながら菓子を頬張った。

『まぁ、やっぱりお腹が空いていたのね』

空腹な飼い犬が、おやつを威勢よく食べているわ……とでも言うように、ニキータは彼の食べっぷりを楽しそうに眺めていた。

彼女にとって身寄りのない孤児は、痩せこけた野良犬と違いはなかったのだろう。

——アイザックの屋敷にいた連中は皆、僕を憐れんだ。エルヴィスの気まぐれで拾われた可哀想な孤児だと思っていたんだろう。

グレン自身は、己を可哀想だと思ったことは一度もないのに。

だが、彼は無駄なプライドを振りかざして噛みついたりはしなかった。

恵まれた育ちではない自覚があり、外野の声に耳を傾ける暇があるなら、衣食住が整った生活を続けられるよう努力した。

幼い頃から、グレンの願望は揺るがず一貫していた。

食うのに困らない環境で生きていければ、それでいいと。

とはいえ彼にも唯一、譲れないことがあった。

ある日、ニキータがいつもより多めに菓子をくれた。

鮮やかな翡翠色のキャンディで、グレンは食べきれなかったぶんを部屋に持って帰ろうとしたが、妹の施しを快く思っていないアイザックに見咎められたのだ。

その菓子をここに置いていけと言われた時、グレンは初めて拒絶した。

『いやだ』

『なんだと？　僕の命令に逆らうのか！』

アイザックに叱咤されても、決して菓子を放さなかった。

『これはもう、おれのものだ』

『グレン、お前っ……』

『絶対、誰にもわたさない。おれから奪うつもりなら、ころす』

グレンは殺気を湛《たた》えた声で言い放つと、キャンディをめいっぱい口に詰めこんだ。

人に奪われて手放すくらいなら、自分で食い尽くしてやる。

貧民窟での地獄みたいな暮らしで染みついた、所有物への執着心だった。

彼が生きるために重要視したのが食べ物だったから、とりわけ執着は食に集中した。

殺意をもって睨みつけるグレンに、アイザックは珍しくたじろいでいた。

この一件で感じるものがあったのか、エルヴィスにも『グレンはいずれ手に負えなくなるかもしれない』と相談したようだが――。

『あいつは食事を与えていれば大人しく、まじめに学んでいるのだろう。だったら菓子を取り上げようとしたお前に非があるのではないのか、アイザック』

と、逆に窘められたらしい。

以来、アイザックは菓子を取り上げなくなった。

グレンは食事をもらえれば従順だったので、うまく飼い慣らすほうを選んだのだろう。

――食い意地の張ったガキだと、よくアイザックに言われたが、僕にとって、食って腹を満たすことは重要なんだ。

物心ついた頃から、命を懸けて食べ物を奪い合っていた。

裕福な者に施しを受けることはあっても、誰かと食べ物を分け合った記憶はない。

だからグレンは――ルネみたいに自分が飢えても構わず、食べ物を分けてくれる人間に出会ったことは一度もなかった。

◆◇◆

　全身の痛みで目覚めた時、グレンは毛布の敷かれた牢内に横たわっていた。

　四肢が重くて動かせなかったので、目だけ動かして傍らを見やると、ルネが腕に包帯を巻いている。

「僕は……どれくらい、意識を失っていた？」

　掠れた声で問うと、ルネが弾かれたように顔を上げた。彼女が答える前に牢の外から返答があった。

「丸一日だ。ぴくりとも動かねぇから手当てをさせていたところだ。死んだかと思って焦ったぞ」

　鉄格子の向こうに、諍いになった看守とは別の看守がいた。

「……僕を殴った、看守は……？」

「あいつは謹慎処分になった。上の命令を無視してお前を殴り殺すところだったからな。これからは交代で、お前に見張りがつく。二度とあんな騒動を起こすんじゃねぇぞ」

　看守の警告を無視して、グレンは黙々と作業をしているルネを見上げる。

「……こいつは、今までどおり……僕の世話をするのか……？」

「ああ。他に世話をするヤツがいない。俺たち看守でも、お前みたいな危険なヤツに近づくのはまっぴらごめんだ」

　看守が嘲笑交じりに鼻を鳴らす。兵士や使用人の中で、グレンはよほど疎《うと》まれているらしい。

その時、ルネの手が頬に添えられた。彼女の口が「昨日は、ありがとう」と動く。

柔らかな手の温もりと、前髪の隙間から注がれる憂いの眼差し。馴染みのない労わりの情が伝わってきた。

髪を撫でられて、ぎゅっと手まで握られたから、グレンは妙に背中がムズムズした。

なんだか居心地が悪くなり、気づけば口を開いていた。

「僕を……そんな目で、見るな。まさかとは思うが……あの看守の件で、何か勘違いしていないだろうな。あれは、僕の自業自得だ……お前のために、やったわけじゃない」

ルネが躊躇いがちに頷く。

「分かっているなら、いい……」

「おい、無駄口を叩くな」

すかさず牢の外から注意が飛んできた。

じろりと看守を睨んでから、グレンはわずかな逡巡ののち、かすかな声で囁いた。

「……食い物を盗む時は、もっとうまくやれ……無理なら、やめろ」

「?」

「お前の施しは、もう要らない」

真意を問うような目を向けられたが、グレンは彼女から興味を失って天井を仰ぐ。

石造りの天井は湿気のせいで深緑の苔に覆われていた。

あの苔はむしって食えそうだと考えていた時、ルネが鉄格子に背を向ける。看守には見えない角度で身を屈め、神聖なものに触れるみたいにおずおずと彼の手のひらを自らの頬に押しつけた。

両手首は枷で一まとめにされているから、空いた手の甲にルネの吐息がかかる。

予想外の行動にグレンはぴくりと肩を揺らしたが、平静を装った。いつもみたいに無視すればいいだけなのに、意識はルネに注がれていた。

冷たい石壁に囲まれた牢で、これほど温かいものに触れたのは久しぶりだなと思う。

——いや、違う。久しぶりじゃない。こいつが、いつも僕の手を触っていくから。

ルネの手はいつだって温かかった。

初めて触れた彼女の頬は、温もりこそ手と変わらないが、なめらかで柔らかい。

——この感触……そういえば、看守とやり合って庇われた時も……。

抱きしめられ、女性らしく柔らかい身体つきに思考が止まったのだ。同時にこんな華奢な身体で、看守からグレンを庇おうとしたのかと驚きもした。

ルネはしばらく動かなかったが、看守に咎められる前に手を放す。

また明日、と口パクで言い残して出ていった。

二人分の足音が遠ざかるのを聞き届けて、グレンは温もりの残る手を掲げる。

「あいつ、なんなんだ」

何度目か知れない疑問を口に出す。

ジェノビア帝国の人間かと尋ねた時、ルネは答えなかった。

もしエルヴィスが送ってきた間諜ならば、帝国の出身であることを隠す必要はない。

だから、ルネには答えたくない事情があるのだろう。

『私は、あなたの助けになりたいだけです。どうか信用してくれませんか。……私、あなたのために何でもしますから』

そう言ってのけたルネは言葉どおりの働きをしている。

だが、その献身が少し行きすぎている気がして、グレンには理解できなかった。

何か見返りが欲しいのか。他に目的があるのか。

あれこれと真意を疑うが、手のひらに残る温もりのせいで思考が途切れる。

――ああ、くそっ……今は、ここから出ることを一番に考えるべきだろうが。脱獄の日まで大人しくしているつもりだったのに、余計な面倒ごとまで起こして……バカは、僕だな。

　ぎこちない動きで起き上がり、近くに置かれた食事のトレイを引き寄せた。硬いパンを口に詰めこみ、薄味の冷たいスープを一息に飲み干す。

　幸いにも毛布は没収されておらず、グレンは横たわって毛布に顔を埋めた。まだかすかに甘い匂いが残っている。

　それがルネに庇われた時に鼻腔をかすめた香りだと気づくと、眠気が吹き飛んだ。

――この毛布も、あいつが使っていたものなのか。

仰向けになって苔むした天井を見上げる。

虜囚に渡す毛布だ。余分な毛布を持って来ただけだと胸中で呟くが、ベッドの上で寒そうに丸まっているルネの姿が思い浮かび、グレンは忌々しげに舌打ちした。

◆
◇
◆

ルネがグレンの世話を終えて厨房に入ると、沈黙に包まれた。あちこちから突き刺さるような視線を感じたけれど無視に徹する。

コックにトレイを返しに行ったら、じろりと睨まれて乱暴にひったくられた。

はじめの頃はルネに同情していたコックだが、彼女に制裁を加えたあとは疎ましげな目を向けてくるようになった。

皿洗いの少年たちが顔を寄せ合ってヒソヒソと話し始める。

ルネは気にせず、ふらふらと厨房を出た。

――お腹が空いた……ここのところ、まともに食べていないから。

空腹がもたらす目眩《めまい》に堪えながら宿舎棟へ向かった。廊下を歩いていると、大ホールの掃除について話しているメイドとすれ違う。

大規模な舞踏会が来週に迫っているからか、城内は慌ただしい。

皆、忙しそうに行き交っていて、ルネに目を留める者はいなかった。

前屈みになって歩いていたルネはふと、階段の前で足を止めた。長身の兵士が一人、物陰に立っていた。彼女と目が合うなり手招きをする。

ルネは背筋をピンと伸ばし、さりげない足取りで兵士の後を追った。人けのない物置部屋へ入る兵士に続き、後ろ手に扉を閉める。

室内に誰もいないのを確認してから、兵士が口火を切った。

「――兵士の巡回ルートは把握したよ。騒ぎを起こす手筈も整えてる。厩舎に火を点けて馬を逃がしちまえば、騒ぎになって舞踏会どころじゃなくなるだろうさ。火種にちょうどいい乾いた藁もたくさんあるし」

金髪にヘーゼルの瞳を持つ、兵士に変装した男――グレンを「隊長」と慕う部下のフランクだ。

ルネは重々しく首肯《しゅこう》した。

「それで十分だと思う。トマスは？」

「逃走用の馬の手配をしている。隊長を連れ出したら一気に国境まで行く予定だ。たとえ追手が来ても、俺たちと隊長がいれば何とかなるだろうさ。で、隊長の具合は？」

「さっき目を覚ましたわ。話もできる状態だったから、舞踏会の日までには動けるようになるはずよ」

「ならいいけどさ。看守に反抗したって聞いた時は、殺されるんじゃないかって冷や冷やしたよ。あの人、たまに後先考えないところがあるし、この国じゃ『英雄殺し』って言われているんだろ。早く処刑すればいいのに、って兵士が話しているのも聞いたぜ」

「………」

「まぁ、隊長が生きているならどうでもいいや。アンタのほうは地下牢のカギを手に入れられそうか？」

「牢のカギは看守室に保管されていて、誰かが持ち歩いているわけではないみたいね。中を見たら壁にかけてあったから、当日、看守室に入ることができれば牢を開けることはできる。城から合流地点までの経路も確認しておいたから、問題なく案内できそうよ」

住み込みの下働きの外出は禁止されているが、人手が足りない時は厨房のお遣いを頼まれて市場へ行く。そのついでに逃走経路は確認済みだ。

「そりゃ頼もしいことで」

感心した口ぶりで腕組みを解いたフランクが、目をすっと細める。

「今更なんだけどさ……アンタはどうして協力してくれるんだ？　俺たちに声をかけてきたのも、アンタからだった」

「………」

「俺たちに協力するふりをして、出し抜こうとしているんじゃないかって疑いもした。だけどアンタの様子を見ているとそうとも思えねぇ。その類の痣も、隊長に食い物を差し入れするためだったって、厨房の連中が話しているのを聞いたぜ。あの人、見た目にそぐわず大食いだから、多めに飯を持って来いって言われたんだろ」

フランクは軽薄そうな見た目をしているが、頭の回転がいい男だった。

今も油断なくルネを観察しながら真意を読み取ろうとしている。

「休戦協定が結ばれていても、アーヴェル王は帝国を敵視している。隊長は、いわば敵国の虜囚ってわけだ。脱獄に協力したってバレたら、アンタは殺されるかもしれないぞ」

「……ええ。そうかもしれない」

「分かっていて、どうして手を貸すんだ。アンタに何のメリットがある？」

──私にとってのメリット、か……。

ルネは翡翠のごとく澄んだ瞳をパチリと開け、迷いのない口調で言いきった。

「私はただ、カリファス将軍を助けたいから協力しているの。メリットなんて考えたこともない」

「あ、そう……」

「今回は、あなたたちと目的が一致したから協力を申し出たの。でも、もし私を疑うのなら、ここで協力関係は終わりにするわ。私は私で、勝手に動くから」

それ以上は何も言わず、フランクの判断に委ねる。

無条件の協力を申し出た見知らぬ女を疑うのは当然だろう。

当初はグレンもルネを疑い、血縁者を皆殺しにするとまで脅されたのだから。

フランクは顎に手を添えて考えこんでいたが、やがてかぶりを振る。

「事情はよく分かんねぇけど、実際アンタの協力がなければ隊長と連絡を取り合うことはできなかった。俺たちだけで突っ走ったら捕まってたよ。だから今はアンタを信じるしかない。それに、俺は人間観察が得意なほうなんだけど——」

なんか、アンタは嘘をついているように思えないんだよな。

頭をかきながら付け足された言葉に、ルネはわずかに口角を緩めた。

密談を終えるとフランクが先に物置部屋を出て、時間をおいてルネも廊下に出る。宿舎棟へ向かいがてら、腹が減ったと訴える胃のあたりをさすった。

——今夜は夕食をもらえるのかな。これまでは朝晩、それぞれパン二つとスープをもらえたから、半分は彼にあげていたけど、それも減らされてしまった……私の食べるぶんをそのまま渡そうか。

城の下働きをこなすためには、少しでも食べておかなければ身体がもたない。だが、もうすぐ脱獄を実行に移す日がくる。

——それまで身体が動いていれば、食事をする必要はない。

覚束ない足取りで自室に到着したルネは窓の外を見た。すっかり日が落ちていて夜空に星が瞬いている。

子供の頃に読んだ本には、罪を犯さず死んだ善人は星になれると書いてあった。

——私はもう死んでも星にはなれないわね。パンを盗んでしまった。

下働きとして城に入る時、こっそり持参した金は看守を買収するために使いきってしまった。少し手元に残しておくべきだったと、あとで後悔した。

働き始めたばかりで給金もなく、自由に使える金がなかったからだ。

市場へ買い出しに出る時は、頼まれた品がリストにされていて予算ぎりぎりのお金しかもらえない。グレンに渡すための食材を買うことも叶わなかった。

だから厨房で余ったパンを目にした時、魔が差した。

皿洗いの少年が、余分な料理をこっそり盗んでいるのを知っていた。コックが食材の切れ端を革袋に詰めて、持ち帰る場面を目撃したこともある。

ルネは行動に移すタイミングが悪く見咎められてしまい、厨房の使用人たちは皆、自分の行動を棚に上げて彼女を吊るし上げた。

そののち余った料理や食材の管理を徹底しろと通達が出された。

ルネが疎まれているのは盗みを働いたからというよりは、その通達のせいだろう。

——とりあえず解雇されなくてよかった。慣れないことはするものじゃないわ。今後は大人しくしていないと。

お腹がぐるると鳴った。苦笑気味に腹をさすってベッドに腰かける。

夕食の時間だから、そろそろ厨房の使用人が食事を持ってくるはずだ。

——そういえば、彼……もう要らないって言ってた。

『お前の施しは、もう要らない』

言葉選びは刺々しいが、あの言葉はルネを想ってのことだろうか。

グレンが看守ともめ事を起こしたのも、もとを辿ればルネのせいだ。

看守に殴られそうになった時も、彼は早く行けと逃がしてくれたのだった。

ルネはベッドに横たわり、胎児みたいに丸まってシーツにもぐる。

自分で使っていた毛布はグレンに渡してしまった。寝具の管理はメイドがしていて、新しい毛布が保管される区域には許可なく出入りすることができない。

そのため廃棄予定の古いシーツを物置で入手し、重ねて毛布代わりにしていた。

何も掛けないよりはマシだが、寒さはあまりしのげない。

食事をさせろと憤るように、また腹の虫が鳴いた。

――この身体は、まだ生きようとしているのね。

失ったものが多すぎて、心はもう死にかけているのに。

今のルネを支えているのは、彼を牢から逃がすという目的だけだった。

虚ろな目で部屋の隅を見つめていたら、グレンの顔が頭を過ぎる。

透明感のある銀色の瞳やナイフみたいに鋭い視線、何年も前に休戦協定の場で目にした彼の姿も蘇ってきて――。

唇を嚙みしめたルネは両手を組み、祈りを捧げる殉教者のように額へと押しつけた。

第三章　欲しくなったから攫うだけ

看守と諍いを起こしてからグレンの監視は厳しくなり、ルネと話す機会もなかった。

脱獄計画の詳細は把握していたので支障はなかったけれど、グレンには一つだけ癪《しゃく》に障ることがあった。

ルネが幾度となく看守の目を盗み、パンを押しつけてきたのだ。毎回「これを食べろ」と目で訴えてくるから「要らない」と彼は突っぱねた。

グレンは、人は誰しも見返りを求めるものだと考えていた。

どれほど親切そうにしていても『相手のためにしてあげた』行為への対価を欲する。

そこに例外はない……ないと、思っていたのに。

――僕のために死ねと言ったら、本当に死ぬんじゃないか。

ルネを見ていると本気でそう疑う。

もしもルネが義務的にやるべきことをこなし、最低限の協力をしているという態度だったら気にせずパンを受け取っていただろう。

しかし彼女は違った。親しい間柄でもないのに自分の食事を分け与え、身を挺して庇おうとする。だからといって見返りを求めるそぶりは見せない。

近頃は、看守もルネに冷たく当たって、よく頭を小突いたり叱咤するようになった。

やせっぽちな彼女は小突かれるたびにふらついて倒れかかるくせに、細い足でその場に踏んばってグレンの世話をする。

――僕が逃げ出したあとに、何か要求するつもりなのか。

何度もそんな疑いを抱いたけれど、ルネは黙々と傷の手当てをして、いつも離れ際にグレンの手をとり、幸せそうに自分の頬に押し当てて帰っていくのだ。

そこまでされたら、どうなっても構わないと無視を決めこむのは難しかった。

他人に構わず生きてきたグレンには理解不能な人間だが、だからこそ興味をそそられたのかもしれない。

それに地下牢の生活は余るほど時間があった。

あれやこれやと考えるべきことを終えると、自然とルネに思いを馳せて、世話をする彼女を観察するようになり――やがてグレンは疑問を抱いた。

ルネはいつも猫背で俯きがちだから顔がよく見えない。面を上げたところで、ほっそりとした顔の輪郭や長い前髪に気を取られてしまう。

彼女はいったいどんな顔立ちをしているのだろう。

一度気になったら、無性に確かめたくなった。

そして、脱獄を翌日に控えた晩――。

手当てが終わると、グレンはおもむろに両手を伸ばしてルネの顎を持ち上げた。半ば強引に上を向かせたら、鬱陶しい前髪が横に流れて容貌が露《あら》わになる。

突然のことに驚いたらしくルネは石像みたいに固まったが、怯えなかった。

グレンは顔を近づけて、まじまじとルネを凝視した。

明かりが少ないせいでハッキリとは分からないが、たぶん目の色は緑だ。やや垂れ目だが瞳は大きく、戸惑っているのか眉尻は下がっていて、瞬きをするたびに長い睫毛がぱさぱさと動く。

ふっくらとした唇は開けたり閉じたりを繰り返していた。

――へぇ……こいつは、こんな顔をしていたのか。

穴の開くほど見つめていたら、ルネのほっそりとした手が腕に添えられた。早く放してくれと優しく叩かれる。

でも、グレンはルネから目を逸らさなかった。

貧民窟の痩せた乞食、彼を犬みたいに扱う令嬢、高級娼館にいるふくよかな娼婦。

今まで様々な女と接してきたが、人間の汚い部分ばかりを見て育ったせいで、グレンは見てくれの美しさに心を動かされたことがない。

エルヴィス主催の夜会で、皆が美しいと褒めそやす令嬢と対面した時は「世間ではこう

いう女がきれいだと言われるのか」と、少しずれた感想を抱いたほどだ。

利用できる人間なのか。

もしくは自分に害を与えない人間かどうか。

彼の判断基準はそれだけで、他人への関心が欠如していたのも理由の一つだろう。

——だけど、こいつは今まで出会ったどの女とも違う。何が違うんだ？

不思議に思いながら観察を続ける。

ぼさぼさの髪を洗い、化粧をして着飾らせたら、ルネは皆に『きれい』と言われる女に化けるのではないだろうか。

ひとまず明るい場所へ連れて行き、瞳の色をきちんと見たくなった。

子供の頃、ニキータがくれたキャンディみたいな色なら、アイザックに奪われないようこっそり隠した時と同様に、瞳の持ち主ごと手元に置きたくなるかもしれない。

ルネが看守を気にしながら「手を放して」と口を動かす。

グレンはまたもや無視して、鼻の頭が触れ合うほどの距離まで顔を寄せた。

するとルネの視線がうろうろと泳ぎ始める。顔が近すぎて目のやり場がないらしい。

「僕を見ろ」

平坦な口調で命じると、さ迷っていた視線がグレンの顔に定まった。彼女の瞳からは侮蔑や嫌悪、畏怖といった負の感情は感じとれない。

しかし、ほんの少しだけ……どこか諦めにも似た、虚ろな光が……。

突然、ガンッと鉄格子を蹴る音が響き渡った。

「何してんだ」

看守が鉄格子越しに、こちらを覗きこんでいた。

ルネの観察に夢中になりすぎて、監視の目があることをすっかり失念していた。

「手当てが済んだら、さっさと外へ出ろ。余計な話をするんじゃねぇ」

水を差されて不愉快だったが、グレンは大人しくルネを解放する。安堵したそぶりで片づけをする彼女から目を逸らさずにいると、看守が言った。

「おい。いくら牢生活で女に飢えてるからって、そいつを口説くんじゃねぇぞ。お前は虜囚だ、自分の立場を弁《わきま》えろよ」

女に飢えてルネに興味を抱いたわけではない。

だが、わざわざ説明してやる必要もないので皮肉交じりの忠告は聞き流した。

ルネが例のごとく手に触れてきたから、グレンは初めて握り返してみた。

途端にルネは肩をびくりと震わせ、また明日、と唇をもごもごと動かして逃げるように去っていく。

――また明日、か……明日、僕はここを出る。でも、あいつはどうするんだろう。

脱獄に手を貸したと知られたら、相応の刑罰は免れないはずだ。

今更それに気づいたが、すでに彼女はいなくなっていた。

まんじりともせず夜が明けて、脱獄の当日がやってきた。

舞踏会の警備の手が足りていないのか、その日は看守に引きずり出されて殴られることはなく、あっという間に一日が過ぎていく。

グレンは壁に凭れて胡坐をかき、苔に覆われた天井を眺めていた。

何かをじっと待つことは苦ではなかった。

物陰から襲われるんじゃないかと気を張る必要のない環境で、時の流れに身を委ねる感覚が心地よくなったのは貧民窟を出てからだ。

根気よくその時を待っていると、牢の外がにわかに騒がしくなる。耳を澄ませたら、聞き覚えのある男の声がした。

「――厩舎で火事があったんだ！　馬は端から逃げ出すし、招待客が大混乱になっていて兵士の数が全然足りない！　看守の中からも応援を出してくれ！」

切羽詰まった様子が伝わる話し方に、思わず口角が上がる。

――これはフランクの声だな。迫真の演技じゃないか。

怒鳴り声と慌ただしい足音が交錯し、まもなく誰かが牢までやってきた。

グレンが鉄格子に目を向けると、兵士に変装したフランクとルネが立っていた。

「隊長、お久しぶりですね。ちゃんと生きていてくれてよかったですよ」

「フランク、久しぶりだな。お前は元気そうだ」

「そりゃ、アンタに比べたらめちゃくちゃ元気ですよ。そんなに傷だらけになって、どんだけ看守に痛めつけられたんですか」

フランクが持っていたカギで牢の扉をガチャガチャと解錠し、牢内に入ってくる。

手枷の錠も外してもらい、グレンは久しぶりに両手の自由を得た。

「あー。鬱陶しい枷だった」

「カリファス将軍。急いでこれに着替えてください」

ルネがシャツとズボン、兵士が身に纏う軽装の鎧を足元に置いて牢を出ていく。

すり切れた囚人服をさっさと脱ぎ捨てたグレンは目線で鎧を示した。

「この鎧は？」

「ルネが訓練場の洗濯場からこっそり拝借してきたみたいです。今は兵士に変装したほうが城内を歩きやすいですよ。なにしろ、動ける兵士はほとんど消火活動と客人の対応に駆り出されているんで、紛れこむにはうってつけです」

「看守も全員応援に行ったのか？」

「一人だけ残りましたが、隙をついて後頭部を殴ったんで気絶してます。目覚める前にずらかりましょう」

グレンは兵士に変装し、肩を貸すというフランクの申し出を断って牢を出た。

石壁に設置された松明の下で、ぼんやりと宙を眺めていたルネがグレンをまっすぐに射貫いてくる。

彼女の瞳はエメラルドみたいに美しい緑色だった。

「着替えが終わったのなら、早く行きましょう。看守が戻り、追手がかかるのも時間の問題ですから」

踵《きびす》を返したルネが足早に歩き出す。

グレンは久々のまともな歩行で少しよろめいたが、すぐに感覚を取り戻し、しっかりとした足取りで地下牢を後にする。

城内は想像以上に騒がしくて、たくさんの兵士とメイドが廊下を走り回っていた。

厩舎の火を早く消してと、どこかの令嬢がヒステリックに叫んでいるのが滑稽だった。

裏口から外に出たらひんやりとした夜の外気が頬をかすめて、グレンは空を仰ぐ。月のない夜で星だけが瞬いていた。脱獄にはもってこいだろう。

――こうやって星を見るのは久しぶりだな。

地下牢では星空どころか昼夜の変化も分からなかったから、奇妙な懐かしさを覚える。

自由を得た喜びもこみ上げてきて、自然と笑みが浮かんだ。

城外はざわついていた。厩舎では依然として消火活動が続いているらしく、どことなく煙くさい。消火用の水が足りないのか、兵士がバケツを持ち、付近の井戸へ水を汲みに行く姿も見てとれた。

騒ぎを横目に、城壁の端にある使用人の専用出入り口をくぐる。

城の敷地から無事に脱出し、人通りが少ないのを確かめて、グレンは振り向きざまフランクに話しかけた。

「フランク。だいぶ派手にやったな」

「俺はちょいと藁に火を点けた程度ですよ。馬は逃がしたし、人がいないのも確認したんで、犠牲になったのは厩舎だけです。もともと城に火を点けようと思ってたんで、それに比べたらかわいいもんでしょ」

「城に火を点けたら僕まで焼け死ぬだろうが」

「あわよくば避難のために地下牢から出されるかもしれないと思ったんです。よく考えたら看守が虜囚を助ける保証はないし、アンタも焼け死ぬ可能性が高かったですね」

「お前は頭の回転がいいわりに、時々バカだな」

「ははは。まさか隊長が捕まるなんて思ってもいなかったんで。いつ処刑されるか分からなかったから焦っていたんですよ」

部下と軽口を叩くのさえ懐かしくて、グレンは笑みを深めた。

前を歩くルネが真横の道に入り、迷いのない足取りで路地を進んでいく。

フランクの弟、トマスとの合流地点は王都郊外へ続く大橋だ。

トマスは逃走用の馬と一緒に待機していて、合流したら帝国との国境を目指す。山岳地帯を越えるので一昼夜はかかるが、追手を撒きながら進むとしても、グレンと部下の二人がいれば帰還できるだろう。

路地の薄闇を歩き続けると、やがて大きな橋が見えてきた。

アーヴェルの王都を囲むように流れる川は横幅が広く、流れは緩やかだ。その川を跨ぐ大橋は頑強な石造りで、周辺に人の姿はほとんどない。

トマスは馬を一頭だけ連れて橋の上にいて、グレンに気づくと「隊長！」と叫んで駆け寄ってくる。

「無事でよかった！　このまま死んじまったら、どうしようって……ううっ……」

優男の兄のフランクと違い、大柄な体軀に強面のトマスはグレンに抱きつく勢いで涙ぐんだ。平時は寡黙だが、情に厚い男なのだ。

グレンは呆れ顔でトマスを小突いて馬の首を撫でた。

「再会の挨拶は、またあとでな。追手がかかる前に逃げるぞ。馬は一頭だけか？」

「これは隊長の馬です。三頭も連れていたら目立つって兄貴に言われたんで、残り二頭は郊外の林に繫いであります。おれたちは馬のいるところまで走っていきます」

その説明に納得し、グレンは馬に跨った。ふと視線を横へ流す。

ルネが少し離れた場所から三人のやり取りを見守っていた。地下牢で会っていた時は猫背で俯きがちだったのに、今は背筋が伸びて顔をしっかりと上げている。

どこか覚悟を決めたような毅然とした立ち姿に、グレンはしばし目を奪われた。

「隊長？」

「……お前たち、先に行け。僕はあいつと話してから、すぐに追いかける」

フランクとトマスは顔を見合わせたが、頷いて橋の向こうへ走って行った。

グレンは手綱を操り、ルネに歩み寄る。

「お前、今後どうするつもりだ。僕を逃がしたと知れたら殺されるかもしれないぞ」

虜囚の世話をしていたルネは脱獄の関与を疑われるだろう。間者として尋問されるかもしれない。

最悪の場合、国家に対する反逆罪で極刑もありうる。

ルネは落ち着いた様子で「ええ」と頷く。

「ええ、じゃない。僕は『今後どうするつもりだ』と尋ねたんだ」

「どうもしません」

「逃げないのか」

「逃げたところで、すぐに捕まるでしょうね」

「ならば捕らえられて、殺されても構わないと？」

目に焼きつけるみたいにグレンを見つめながら、ルネが虚ろな笑みを浮かべる。

――これは死を覚悟した人間の顔だ。こいつは逃げる気なんてさらさらない。たぶん僕が去ったら大人しく捕まるつもりでいる。

彼女の自己犠牲にも似た献身は、とっくに死ぬ覚悟をしていたからできたことなのだとグレンは気づいた。

死が迫った時、人間が取る行動は二つだ。

手段を択ばずに抗うか、すべてを受け入れて身を委ねるか。

どうやらルネは後者らしい。

「カリファス将軍。最後に一つだけ、お願いをしてもいいですか？」

「僕に、お願いだと？」

「たいしたことではありません。ただ、ほんの少しだけ手を貸してほしくて」

手を貸してほしい……助力が欲しいという意味かと思ったが、彼女が自分の手を差し伸べてきたので、グレンも黙って手を差し出した。

ルネは彼の手をおそるおそる自分の頬に押しつける。目を閉じて、かすかな笑みを浮かべたまま動かなくなった。

手のひらに感じる温もりは、牢の中で幾度となく触れたものだ。

ここで別れたら彼女の体温を二度と感じられなくなると思い至り、グレンは何故かひどく不愉快になる。

「あなたのご活躍を心からお祈りしています。——どうか、お元気で」

さようなら、カリファス将軍。

ルネが別れの言葉を紡ぎ、手のひらに押し当てられた温もりが離れていく。

余韻を追うように指先を曲げたが、夜の冷気にさらされて跡形もなく消えていき……刹那、今まで抱いたことのない焦燥に駆られた。

——ダメだ。この温もりを失ったら、僕はきっと、あとで後悔する。

漠然とした予感に背を押されてルネの肩を掴む。勢いよく振り返った彼女に、グレンは真っ先に思い浮かんだ言葉をぶつけた。

「お前、僕のものになるか」

ルネが「え？」と声を発したきり固まった。

地下牢に入れられたばかりのグレンだったら、彼女がどうなろうが知ったことかと無関心を貫いただろう。

だが、牢で暮らした日々が彼の心に変化をもたらしていた。

――ここに置いていけば、こいつは死ぬ。何故か分からないが、それが嫌なんだ。こんなところで死なせるくらいなら、いっそ自分のものにして連れ帰る。

孤独な牢で献身的に尽くしてくれた女に情が湧いたのかもしれない。

しかし感情的な問題をごちゃごちゃ考えるのは苦手だし、グレンは何かを欲しいと思ったら即行動に移す性格だ。ゆえに堂々と言った。

「僕のものになるなら、このまま帝国へ連れて行き、僕の側に置く」

「あなたのもの、って……いったい、どういう意味ですか？」

「言葉のとおりだ。確か血縁者もいないと言っていたよな。だったら、帝国へ連れて行かれても問題はないだろうが」

「それは……でも……」

「ルネ」

初めて名を呼んだら、ひゅっと息を呑んだルネが呆然と見上げてきた。

外灯の淡い明かりに照らされ、緑玉色の瞳がキラキラと輝いている。

——こいつの瞳は、子供の頃にもらったキャンディと同じ色だな。

あのキャンディは誰にも盗られないようにと、こっそり自分の部屋に隠したのだ。

「もういい。僕が答えを決めてやる」

答えを待ちきれなくて、グレンはルネの腕を摑んだ。びくりと大げさに震える彼女を馬に引き上げ、横向きに座らせる。

「帝国へ帰るぞ。ここに残っても無駄死にするだけだ」

「……カ……カリファス、将軍……」

「グレン、だ。それはエルヴィスが勝手につけた名で、あまり好きじゃない。次にその名で呼ばれても返事をしないからな」

「っ……」

「それと、僕のものになるからには勝手に死ぬ自由はやらない。余計なことは考えず、僕の言うことだけに従え。よく覚えておけよ」

「あ…………グ、レ……っ」

それきりルネが声を殺して泣き出したので、何を言っているのか聞き取れなかった。

「泣くほど嫌なのか」

「っ……違い、ます……ただ……すごく、驚いて……」

「驚いたから泣いているのか」

「……は、い」

「ふうん。女はよく分からないな」

男と比べて女は感情的になりやすいと、グレンは勝手な偏見を抱いていた。

納得できないことがあれば癇癪《かんしゃく》を起こして叫んだり、急に怒り出すことがあって、逆に感極まって涙を流したりもする。

ルネの涙の理由も理解できなかったが、行きたくなければ暴れて抵抗するはずだ。

――嫌じゃないなら遠慮なく攫うか。まぁ、泣き叫ばれても無視して連れ帰るが。

グレンは食に関するものを除けば物欲がない。

だからこそ本当に欲しいものができれば手段を問わずに手に入れる。

たとえ、それが人であろうとも――。

アーヴェルの王都が遠ざかり、宵闇の中に消えていく。

部下二人が待っている林を目指しながら、グレンは上機嫌だった。

――こいつ……ルネは僕のもの、か。存外いい気分だな。

帝国に連れ帰ったら女として側に置き、飽きるまで抱きつくしてやろうか。

そんな不埒《ふらち》な願望が頭を過ぎってようやく、自分はルネをそういう目で見ていたのだなと気づいたが、すぐに思考を切り替える。

ひとまず国境までひた走り、アーヴェル王国を出なければならない。

――帰るのが楽しみになった。

手綱を片手で握って、子供のように泣くルネの頭を抱き寄せた。

「僕を庇った時も、牢の外で泣いていたよな。お前って泣き虫だな」

犬を撫でる時みたいに髪をぐしゃぐしゃと撫でたら、彼女は少し身を硬くしたが、すぐに抱きついてくる。従順な態度に笑みが零れた。

――傷一つ付けずに連れ帰ろう。そして誰にも触れさせずに、僕の側に置く。

今のグレンには単なる所有欲と、唯一無二の存在に抱く愛情の区別がつかない。

だからルネへの感情が芽吹いたばかりの『好意』だと、まだ考えもしていなかった。

◆◇◆

揺れる馬上でグレンに凭れかかり、泣き疲れたルネは微睡みながら夢を見ていた。

ゴーン、ゴーン。

どこからか重厚な鐘の音が聞こえる。処刑執行の合図だった。

処刑を見るために詰めかけた群衆が水を打ったように静まり返った。

――また、この夢……。

この国で最後に公開処刑が行なわれたのは、遥か昔のことだ。

かつては処刑を娯楽として楽しむ文化があったが、残虐な処刑は国民に悪影響を与えるという理由で廃止された。

しかし時は流れ、数十年ぶりに公開処刑が行なわれようとしている。

路地の奥で、ルネは焦燥に駆られながら羽交い絞めにする男に向かって叫んだ。

『放して！　早く行かないと……！』

『今から行ってどうされるのですか！　命を捨てるだけです！』

身を捩《よじ》って拘束から抜け出し、決死の思いで路地を駆ける。

『お待ちください！　行ってはなりません……！』

悲痛な制止を無視して処刑の広場に飛び出すと、どよめきが起こった。

『おい、本当に人の首が落ちたぞ！』

『処刑なんて初めて見た……お前、ちゃんと見ていたか？　すごかったよな！』

広場の中央に設置された台の上で、覆面の処刑執行人が腕を持ち上げる。その手は胴体と切り離された人間の髪を摑んでいた。

民衆の前に掲げられた頭部が誰のものか分かった瞬間、全身の血が凍りつきそうな恐怖に駆られる。

思考が停止し、がたがたと身体が小刻みに震えてうめき声が漏れた。

『あ……あ……あぁ……っ』

だが、群衆の歓声がそれをかき消す。

残虐な刑を見て興奮する男たち、子供は見ちゃダメよと息子の目を覆いながら苦笑する母親、嫌なものを見たから帰って酒でも飲むかと言い出す老爺。

目の前で人が死んだというのに、国民は『すごいものを見た』程度の反応だ。

急に吐き気がこみ上げて、膝から頽《くずお》れそうになった。

その時、後ろから誰かに支えられる。振り仰ぐと、先ほど制止してきた年嵩《としかさ》の男――ロバートが険しい顔で立っていた。

『どうか、お気を確かに。見つかる前に帰りましょう』

肩を支えられながら賑わう群衆をかき分けて路地に戻った。放心状態で広場を離れつつ、わななく唇が勝手に動く。

『……あんな、仕打ちを受ける、ような……罪人じゃ、ないわ……いったい、どうして……処刑、なんて……』

大罪人として民衆の前で首を斬り落とすなんて、あまりに非道な仕打ちではないか。

口惜しさと同時に、胸がきりきりと締めつけられて大粒の涙が溢れ出す。

『……どんな罪を、犯したというの、っ……ああ……私の……たいせつ、な……っ……』

押し寄せる絶望と哀しみで頭がガンガンと痛み、嗚咽が止まらなくなった。

処刑の終了を知らせる鐘がゴーンと一度だけ鳴る。

『うう……あぁ……ああああぁっ……！』

空を仰いで慟哭しても、大衆のざわめきによってかき消された。目を閉じると、大好きな人の頭部が大衆の前にさらされる光景が蘇る。

焼き印のごとく刻まれた記憶は、きゅっとルネの中から一生消えないだろう。

「もうすぐ国境を越えるぞ」

悪夢から呼び覚ます声がして、ルネは重たい瞼を開ける。

寝ぼけ眼で頭上を見たら、ひたと正面を見据えるグレンの顔があった。視線に気づいたのか、じろりと睨み下ろされる。

「すぐそこまで追手が来ているかもしれないのに、能天気にぐーぐーと寝息を立てていたな。僕まで気が抜けそうだ」

開口一番、皮肉が飛んできた。夢の余韻を引きずりながら「カリファス将軍」と呼んだら無視される。

そういえばこの呼び方は嫌いだと言っていたか。

「グレン」

「何だ」

「……呼んでみただけです」

ぼそぼそと告げたら、グレンが「はぁ？」と呆れた声を出した。

「お前、寝ぼけているのか。さっさと目を覚ませ。国境を越えたら休憩をとるからな」

ジェノビア帝国とアーヴェル王国の国境には、それぞれ警備兵のいる関所がある。

今回はアーヴェル側の関所を抜けることが困難なため、やや遠回りになるが国境を挟む山岳地帯を行くルートを選んだ。

山道の入り口に見張り台はあるけれど警備が緩く、すり抜けるのも簡単だ。山頂付近には国境の目印となる無人の砦があるだけで関所もない。

ただ険しい山道は整備されておらず、夏は猛獣がうろつき、冬は大雪に見舞われるのでめったに使われない経路だった。

「そろそろ砦が見えてきますよ！　砦といっても、ほぼ廃墟みたいなもんですが」

先頭を行くフランクが松明を掲げながら声を張り上げる。

舗装された街道はいつしか山道に変わって、あたりは鬱蒼《うっそう》とした木々しか見えない。

これは現実だと確信したルネは胸を撫で下ろし、馬から振り落とされないようグレンの首に腕を巻きつけた。

太陽が山間に沈み、周囲は薄闇に包まれている。

――本当に、このまま帝国へ連れて行かれてしまうのね。

不安げに身を乗り出したら、グレンがルネの腰をぐいと抱き寄せた。

「子供みたいにきょろきょろするな。馬から落ちるぞ」

「あ、はい……すみません」

「ちゃんと僕にしがみついていろ」

言われたとおりグレンにしがみつくと、腰に添えられた彼の手にぐっと力が入った。

密着度が上がって鼓動が跳ねたが、頬を切る夜風がとても冷たいので、こうしてくっついていたほうが寒くない。

ルネはおずおずとグレンの胸に顔を寄せた。汗の匂いが鼻をつく。

夜更けに王都を発って丸一日走りどおしだから、グレンも疲れているはずだ。

早く休憩地点に着くことを祈りながら、ルネは目を閉じる。

期待と絶望を繰り返し、ここ数年は燃えカスみたいに生きてきた。

グレンを逃がしたあとは、どんな裁きを下されても受け入れようと心を決めていたが、こんなふうに攫われるとは夢にも思わなかった。

——今更この国を離れることに抵抗はないけど、彼は『側に置く』って言ったわ。もしかして、私を連れ帰って女として扱うつもりなの？

ルネは唇をきゅっと噛みしめた。

——想像もしていなかったことだわ。私には、もう何も残っていなかったはずなのに。

彼の「勝手に死ぬ自由はやらない」というふてぶてしい言葉が蘇り、またしても目の端に涙が浮かぶ。

——そんなことを言われたら……私はまた、生きる望みを持ってしまう。

洟《はな》をくすんと啜《すす》ると、頭上からため息が降ってきた。

「お前、今度は泣いているのか。寝たり泣いたり、忙しいやつだな」

呆れ返った口調に「ごめんなさい」と鼻声で応じたら「ただ呆れただけだ」とそっけなく返された。

馬の限界が近づき速度を落としたため、国境の砦に着く頃には夜更けになっていた。

無人の砦は幽霊でも出そうな雰囲気が漂い、まもなく国境を示す古い看板の横を通り過ぎて帝国領に入った。進むうちに山道の傾斜がなだらかになり、追手の気配もなかったから、ごつごつとした岩や流木が転がる川べりで休息をとることになった。

トマスが慣れた手つきで焚火を起こし、フランクが干し肉を炙って「アンタも食べな」とルネにくれる。

これまで腹の虫が鳴こうとも食べる気が起きなかったのに、香ばしい肉の匂いを嗅いだだけで食欲が湧いた。

――肉を食べるのは久しぶりだわ。私、だいぶお腹が空いていたみたい。

焚火の近くに座る。カリカリに焦げ目のついた肉を齧《かじ》るとジューシーな味わいが広がったので、また泣きそうになった。

――おいしい……。

もぐもぐと肉を齧っていたら、グレンが隣に座ってきた。ちゃっかり自分の取り分を確保した上で、ルネの干し肉を凝視してくる。

あまりに見つめられるので、ルネは食べかけの干し肉を差し出した。

「これも食べますか？」

尋ねた瞬間、フランクが割りこんでくる。

「ああ、ダメダメ。それはアンタのぶんだから自分で食いな。隊長に一度あげちまうと、今後も味を占めて飯を奪われるぜ。いかんせん食い物に目がねぇ人だから」

「奪おうとしたわけじゃない。僕はただ、ルネが食っている肉がうまそうだなと思って見ていただけだ」

「隊長、それ無言のカツアゲですよ」

「うるさい。……ルネ、さっさと食え。お前、ガリガリなんだから」

グレンに促され、ルネは食べるのを再開した。少しずつ頬張って咀嚼していると、彼が干し肉を齧りながらまた見つめてくる。

――なんでこんなに見つめてくるんだろう。

そわそわしつつも干し肉を食べ続けたら、向かいの兄弟が声をひそめた。

「……なぁ、兄貴。隊長っておれたちの飯は奪うのに、ルネの飯は奪わないんだな」

「余計なことは言わずに食え。隊長に全部食われちまうぞ」

ルネは肘で小突き合う兄弟をこっそりと盗み見る。

グレンがルネを連れ帰ると告げた時、彼らは意外にもあっさりと受け入れた。

脱獄に協力したことで一定の信用を置いてくれたようで、変わらない態度で接してくれるのがありがたい。

食事を終えると、木の根元に腰を下ろしたグレンに呼ばれた。

「ルネ、来い」

手招きされるままに近づいたら、腕を強く引っぱられる。勢いあまって倒れこむと抱き留められて、毛布に包まれた。

胡坐をかいたグレンに抱きかかえられる体勢になり、ルネは反射的に身を硬くした。

「夜明け前まで、少し寝る」

「了解です。トマス、お前も少し休んどけ。俺が見張りをやっとくから」

「分かったよ、兄貴。一休みしたら交代な」

仲のいい兄弟の会話を聞きながら硬直していたら、顔を伏せたグレンが呟く。

「ただ寝るだけだ。何もしないから力を抜け」

そう言ったきり目を閉じてしまう。

彼の静かな呼吸が子守歌みたいに眠気を誘い、四肢の力が抜けていった。

——こんなふうに、誰かに寄り添って眠るのはどれくらいぶりかしら。しかも相手がカリファス将軍だなんて……少し前なら想像もしなかった。

睡魔に誘われるまま瞼を閉じると、あっという間に意識が遠のいた。

◆◇◆

焚火の薪がパチパチと爆ぜる音に交じり、トマスの鼾《いびき》が聞こえる。

薄目を開けて、寝入ったルネの顔を眺めているとフランクが話しかけてきた。

「ルネを妻にするんですか」

明日の天気はどうでしょうね。そう訊くのと同じくらい軽い口調だった。

グレンは目をパチリとさせて顔を上げる。

「僕が起きていると、よく気づいたな」

「アンタは周りに人がいると眠れないでしょう。アーヴェルと戦った時も、夜になるとふらっとどこかへ消えちまって、朝になると帰ってきた。あれって誰もいない安全な場所を探して休んでいたんですよね」

「子供の頃からの癖なんだ。同じ空間に人がいると、気が張って眠れない」

「無理もないですよ。アンタ、帝都の貧民窟出身ですよね。今は整備されましたが、昔は無法地帯だったって有名でした。俺も貧しい下町の出ですが、あそこの酷さの比じゃない」

それで、とフランクが焚火をつつきながら話題を戻した。

「ルネを妻にするのかって質問に、答えてもらってないんですが」

「まだ決めてない」

「はぁ？　じゃあ、なんでわざわざ連れてきたんですか」

「死なせるのが惜しかったし、連れ帰って僕のものにしたいと思った」

男女の機微に聡い部下は虚を衝かれたように目を瞬き、ニヤリと口角を上げた。

「へぇ～。後先考えずに惚れた女を攫ってくるなんて、アンタにも人間らしいところがあったんですね」

「惚れた女？」

「そうですよ、自覚がないんですか。男が女を自分のものにしたいって感じるのは、その女に惚れたからでしょう」

――僕はルネに惚れたから、欲しくなったのか……そういうものか？

衝動的に彼女を攫ってきたが『惚れた』という響きはピンとこないなと、グレンは他人事みたいに考える。

「正直に言うと、ルネのことは怪しいなと思っていたんです。俺の顔も知っていたみたいだし。だけど、現にこうして計画は成功しました。ルネは本気でアンタを逃がしたかったんですね。未だに素性は知れませんけど」

「身内は全員殺されたと、本人が言っていた」

「殺された？　死んだ、ではなく？　何かワケありっぽいですね」

「かもな。だが天涯孤独な身の上はさほど珍しくない」

先帝の時代に起きた紛争では、親類縁者を亡くして孤児となった子供が多くいた。

グレンもその一人で両親の顔すら覚えていない。

「素性がどうであれ、僕を裏切らないのなら、どんな生まれでも構わない」

「隊長のそういうところ好きですよ。まぁルネは頭の回転もよさそうだし、顔立ちもきれいなんで、アンタの隣に立っても見栄えしそうだ」

ああ、と相槌を打ったグレンは少し間をおいて首を傾げる。

「お前から見て、ルネはきれいなのか」

「そうですね。本人が顔を隠したがっていたようなんで、あんまりじろじろ見たりしませんでしたが、打ち合わせをする時に観察する機会がありました。うっかり手を出さなくてよかったです」

「…………」

「なんですか。睨まないでくださいよ」

「今の言葉は苛ついた。こいつに手を出したら、お前でも殺すぞ」

睨みつけながら警告すると、きょとんとしたフランクが大げさに吹き出した。

「ははは！　俺は隊長の女に手を出したりしませんよ。さすがに命は惜しいんで」

「だったらいい。帰ったら、周りの連中にも言っておけ」

「了解です、隊長。でも、アンタがそこまで女を気にかけるなんて珍しいですね」

「僕にもよく分からないんだ」

身じろぎするルネを抱き直して、牢での生活を思い返す。

「ただ、こいつの手が……」

「手？」

「温かいんだ、すごく。僕はたぶん、それが心地よかった。今まで経験がないくらいに」

ありのままに心中を吐露すると、フランクは「アンタがのろけを言うなんて空から槍でも降るんですかね」と笑いながら茶化した。

フランクがトマスと見張りを交代したあとも、グレンは眠るふりをしてルネの寝顔を眺めていた。彼女の目元には薄らとクマがある。

無防備に寝ているのは警戒心がないからではなく、疲弊しきっているせいだろう。

思えば馬を走らせている間、ルネは常にうつらうつらと船を漕いでいた。

その時も悪夢を見たのか魘《うな》されていたので、ここしばらくゆっくりと眠れていなかったのかもしれない。

薄明の空が白み始めた頃、グレンは起き出した。

鍋で湯を沸かしていたトマスが「起きたんですか、隊長」と声をかけてくる。

「ああ、起きた。少し下流へ行く。身体が汗くさいから水を浴びたい」

ルネを揺り起こすと、眠たげに欠伸《あくび》をしながら瞼を開けた。

「う……朝……？」

「まだ夜明け前だ。水浴びをしに行くぞ。トマス、余分なタオルはあるか」

「確か、兄貴が用意していたはず……ああ、あった。これです」

荷物を漁ったトマスが大きめのタオルと、小さめのタオルを一枚ずつ手渡してきた。

「ついでにその短剣も貸せ。念のためだ」

グレンは部下がベルトに差していた短剣も受け取り、川沿いを歩いた。川べりの木々は思い思いに枝を広げており、足元には尖った岩が転がっていて進みづらいが、適当に道を作っていく。

後ろを確認すると、ルネが寝ぼけ眼をこすりながら追ってくる。

岩陰の水たまりを見つけてシャツを脱ぎ始めたら、ルネは慌てたように顔を背けた。

こそこそと隠れる彼女を無視して、川に手を入れて水温を確かめる。標高が高いからか気温は低く、水も身体の芯まで凍りつきそうな冷たさだった。

川に飛びこんで全身洗いたい気分だが、屋敷に着くまで我慢したほうがよさそうだ。

「ルネ、使え」

大きめのタオルを彼女に向かって放り投げ、グレンは脱いだシャツを川で洗った。小さめのタオルを濡らして身体を拭く。冷水が傷にしみたけれど意に介さなかった。

牢の中では髪を洗えなかったので、遠慮なく川に頭を突っこんで洗髪する。ひんやりとした水が心地よくて、牢で蓄積した汚れが流れ落ちていく。

髪を洗い終えて顔を上げると、大きな岩の向こうから「くしゅんっ」とくしゃみが聞こえた。ちらちらと白い肌が見える。

グレンは満足いくまで身体を拭き、きれいに濯《すす》いだシャツを絞った。そして岩陰で肌を拭いているルネを無遠慮に覗きこみ――はたと動きを止める。

ルネも上半身裸になり、真っ白な背中をこちらに向けて肌を拭いていた。寒そうに身を震わせたところでグレンに気づく。

目が合った途端、ルネは慌てたようにタオルで肌を隠した。

「のぞき見はやめてください」

か細い声で非難されたが、グレンは無視して彼女の傍らに屈みこんだ。長めの前髪を持ち上げて、濡れたタオルで顔をごしごしと拭く。

「っ、急に、どうしたんですか……ちょっと、グレンっ……！」

「大人しくしてろ。顔を拭いているだけだ」

ルネを宥《なだ》めつつ拭き終えると、ちょうど朝日が顔を出して彼女を照らした。

痣の薄くなった白い頬や鼻筋、ふっくらとした唇、エメラルドの瞳。移動中、泣きっぱなしだったせいで目元が赤く腫れている。

改めてじっくりと容貌を確かめていたらルネの頬に朱が散った。

本人は無意識だろうが、どこか恥ずかしそうに唇がちょこんと尖っている。

初めて見る表情に見入っていると、急にその唇を塞いでやりたい気分になった。

――そういえば、女とキスは一度もしたことがないな。

グレンにとって口は好きな食べ物を詰めこむ場所であり、他人と接触させるのは嫌悪感があった。

――だが、ルネの唇は……なんだか、すごくうまそうだ。

食欲とは全く違う、得体の知れない欲望に駆られて顔を傾ける。

何をされるか分かっていないようで、ルネはきょとんとしていた。まぬけな表情だと思いながら不意打ちのキスをしてみる。

「っ……！」

「……は……」

ルネの唇は柔らかく、ぴったりとくっつく感覚が心地いい。思わず嘆息した。

ただ触れ合わせるだけでは物足りず、グレンは何かを食べる時みたいに重ねた唇をもぐもぐと動かした。

このまま食ってやろうかと思い、口内に舌をねじこむと細い肢体がビクンッと跳ねる。

「んっ……んん……グ、レ……」

ルネが瞠目《どうもく》し、頬が赤く染まっていく。

小刻みに震える身体を抱き寄せたら胸板に柔らかいものが当たった。

グレンは目を細めて、華奢な肩を抱いていた手を下のほうへ滑らせた。乳房に手のひらを添えて無遠慮に揉んだら「ひゃっ」と初々しい悲鳴が上がる。

戸惑いに身を震わせる反応から、きっとルネは男に触られた経験がないのだろう。

――僕がこいつに触れる初めての男なのか。

そう考えただけで身体が熱くなったが、それまで無抵抗だったルネがグレンの肩を強く押しやった。

――なんだよ、僕を拒絶するのか？

顔を歪めながら睨みつけた時、赤面したルネが両手で口元を覆う。

「くしゅっ……くしゅんっ」

かわいらしいくしゃみが二つ。

目をパチパチさせたグレンは、洟を啜るルネの顎を持ち上げた。キスのお蔭で頬の血色はいいけれど、唇は紫色で身体もカタカタと震えている。

「ご、ごめんなさい、さ、寒くて……」

申し訳なさそうに謝る時も、うまく歯の根が合っていない。

夜明けのいちばん気温が低い時間帯に水浴びをしているのだ。無理もなかった。

——ったく。やる気が削がれた。

欲望に忠実な身体は反応していたが、グレンは舌打ちをするだけに留めて、大きめのタオルをルネに巻いてやる。

「お前は色気がないな」

「……ごめんなさい」

「とりあえず、僕の屋敷に帰ったらお前の髪を切るぞ」

「私の髪？」

「これが邪魔で顔がよく見えない。前も見えづらいだろ」

長めの前髪を摘まんでから身を引くと、戸惑いぎみに首肯した彼女が小声で言う。

「グレン。さっき、キスを……」

「ああ、お前の口がうまそうだったから。実際にするのは初めてだが」

「初めて？」

「そうだよ。飯を食う口を、誰かとくっつけるのは気持ち悪いだろうが」

「……そんなに気持ち悪かったですか？」

「お前とのキスは別だ。気持ちよかったから、またしたい」

柔らかい唇の感触が気に入ったと、率直な感想を告げる。

すると、またもやルネが顔を赤らめて絶句した。

「なんだ、その反応は」

「い、いえ、なんでもありません。ちょっと驚いただけで……」

早口になるルネに「あ、そう」と相槌を打ち、グレンは渋面を作った。

「どうでもいいけど、その口調はやめろ。敬語を使われるのは嫌だ」

「フランクとトマスは敬語ですよ」

「あいつらは僕の部下だから軍の規律で敬語を使っているんだ。だけど、お前は違うだろう。次また敬語で話しかけたら返事をしないぞ」

呼び方と同じように忠告したら、ルネが逡巡しつつ「分かった」と応える。

「じゃあ、もう野営地に戻る。服を着ろ」

彼女が服を着終えるのを待って野営地へ戻ると、すでにフランクも起きていた。

トマスは追手が来ていないか周辺の様子を見に行ったらしい。

上半身裸でも平気な顔をしているグレンと寒そうに震えるルネを見比べて、焚火に当たっていたフランクが呆れたように首を振る。

「こんな早い時刻に川で水浴びしたら風邪を引きますよ」

「僕は生まれてこのかた、風邪を引いたことはないぞ」

「隊長の心配はしていませんよ。でもルネは女だし、身体は冷やさないほうがいいです」

「そうなのか？」

「そうなんです。女は繊細だからアンタの基準で考えたらだめですよ。相手に合わせてやらないと。特に隊長は人より頑丈なんだから」

グレンは部下の説教を聞き流し、焚火の前に座るルネに毛布をかけると、濡れたシャツを適当に干した。きれい好きなフランクが替えのシャツを持っていたので奪いとり、着替えて外套をはおったところで、木立の向こうからトマスが走ってくる。

「隊長！　アーヴェル側の山道から馬蹄《ばてい》の音が聞こえました。追手かもしれません」

「ここはもう帝国領です。国境の立て看板を見れば、あいつらも手遅れだと分かって引き返しますよ」

肩を竦めるフランクをチラリと見てから、グレンは腕組みをして考えこむ。

——帝国領内で刃を交えることになったら、アーヴェル側が休戦協定に違反する。僕を罠にかけて捕らえた時も、わざわざ国境の近くまでおびき寄せたくらいだからな。さすがに深追いはしないと思うが……ここまで追ってきたということは、アーヴェル王から何としても僕を捕まえろと命じられているんだろう。

であればと、ベルトに差した短剣を抜いた。

ここまできたら土産の一つでも、エルヴィスに持ち帰ってやろう。

「フランク、そっちの剣も寄こせ。短剣だけじゃ心もとない」

「いいですけど、隊長。まさかとは思いますが……」

「追手を迎え撃つぞ。帝国領内に入ってから僕に剣を向けたら、アーヴェルの協定違反になる。誰か捕まえるか、証拠になりそうなものを持ち帰れば、のちのち活用できるかもしれない」

やれやれと首を振ったフランクが剣を差し出す。

「アンタはやっぱり軍人ですね。そういうことは、ちゃんと考えてんだから」

「今回の件は僕の油断が招いた失態だ。手土産の一つでもないと、アイザックの小言を聞かされそうだからな。……トマスは僕についてこい。フランクはここを片づけたら、そいつを連れて身を隠せ」

剣を受け取って馬に跨ろうとしたら、ルネが「グレン」と呼び止めてきた。

「ルネ、お前は邪魔だからフランクと隠れてろ」

「うん。……どうか気をつけて」

グレンは「ああ」と首肯し、ひらりと馬に跨ると、血気盛んなトマスを連れて木立を駆け抜けた。

第四章　愛し方など分からない

　廃墟と化した砦の近くで、グレンは周辺を探索していた兵士と交戦した。

　騎馬のアーヴェル兵をトマスに任せ、羽交い絞めにした追手の首めがけて小ぶりな短剣を一閃させる。膝から崩れ落ちる兵士を解放し、新たな敵を迎え撃った。

　念のためフランクの剣も預かっていたが、短剣が一振りあれば十分だ。すばやく相手の背後をとって首をかき切ってしまえば、剣を交える暇もない。

　最後の一人が倒れるのを確認して、地面に落ちている剣とボーガンを拾う。

　どちらの武器もアーヴェル王国の紋章が刻まれていた。

「トマス、これを持ち帰るぞ。アーヴェル兵と交戦した証拠になりそうだ」

「分かりました、隊長」

　拾った武器をトマスに手渡して、グレンは離れたところで待つ馬のもとへ向かった。

　野営地まで戻ると、木陰からフランクとルネが出てくる。

「隊長、追手はどうなりましたか？」

「全員片づけてきた。さっさと帰って休みたい。……ルネ、来い」

グレンは小走りに近づいてきたルネを抱え上げ、帰り支度をする部下には「先に行くぞ」と声をかけて馬の手綱を引く。

連日ほとんど寝ていないので、さすがのグレンも気だるい疲労に襲われていたが、あとは帰るだけだ。今はとにかく屋敷に戻って腹いっぱいの食事がしたい。

朝日に照らされた馬上で、冷たく澄んだ空気が頬を切っていく。

不意にルネの手が伸びてきて、ひんやりとした頬に触れた。朝の冷気を遮《さえぎ》るように温かな両手で包みこまれ、グレンはぴくりと肩を揺らして視線を下にやる。

「いきなり、どうした」

「怪我はないかと思って」

「ない。追手も手ごたえのない連中ばかりだった。そんなことよりも腹が減った」

「そんなことって、あなたを心配していたのに」

「お前は僕に攫われてきたんだぞ。攫った相手を心配するのか？」

心底不思議に思って尋ねると、ルネが眉根を寄せた。

「……するわ。確かに強引に連れてこられたけど、私も自分の意思であなたについていきたいと思ったから」

決然と告げるルネの瞳からは、いつの間にか虚ろな光は消え失せていた。

顔の血色もよくなり、心なしか表情まで明るくなった気がする。

グレンは眉を寄せて「ふうん」と相槌を打つ。

「やっぱりお前、変なやつだな」

「そう?」

「そうだよ。地下牢にいた時も、お前は見ず知らずの僕のために尽くしていただろう。こんな枝みたいな細い身体で僕を守ろうとしたこともある。どう考えても変な女だ」

呆れ交じりに言ったら、ルネは何かを応えかけたが、すぐに口を閉じてしまった。


山道の入り口まで降りると帝国軍の駐屯地があり、馬を乗り替えるついでにエルヴィスのもとまで早馬を飛ばしてもらった。

そこから休憩をとりながら丸一日走り続け、ようやく帝都に着く。

帝都は外敵の攻撃を防ぐため、灰色の城壁で四方を囲まれている。東西南北に一つずつ巨大な門があって、それぞれに帝国兵が駐在していた。

傘下にある国の交易品が集まるので行き交う人の数も多い。

住民が門を通り抜ける際は市民証を提示するだけだが、行商人や旅芸人の一座、もしくは外国からの旅人は手続きと通行証が必要になる。

グレンが東門に着いた時も、各国を行き来する商人のホロ付き馬車や、トランクを持った旅行客の姿があちこちに見受けられた。

周辺には食べ物の屋台があり、食欲をそそる香辛料の匂いが漂っている。

雑多な空気感に懐郷の念を抱いたのは一瞬のことで、腹の虫がぐるると鳴った。

――腹が減ったな。適当に食い物でも買って、屋敷へ帰るか。

グレンは不安げなルネを抱き直し、敬礼する兵士を一瞥《いちべつ》してから門を通り抜けた。

だが、黒衣の男が行く手を阻むように立ちはだかったので渋面を作る。

「僕を見た途端に嫌そうな顔をするのはやめたまえ、グレン。陛下の命令で、わざわざお前を迎えに来てやったんだ。むしろ感謝してほしいぐらいだが」

嫌味な口調でそう言い放つのは、ジェノビア帝国の宰相アイザック・クロイツ。

今年で四十一歳になるアイザックは実年齢よりも若々しく見える。長めの黒髪をうなじで縛って黒ぶち眼鏡をかけており、いかにも頭のきれる男といった風体だ。

こちらまで気が滅入りそうな顰め面で睨まれ、グレンは胸中で「面倒くさいな」とぼやきながら馬を降りた。

戸惑うルネも地面に降ろし、姿勢を正して慇懃《いんぎん》に一礼する。

「宰相閣下。お出迎えありがとうございます。お元気そうで何よりです」

「お前も元気そうで驚いた。てっきり死体になって戻ってくるかと思っていたが」

「残念ながら生き延びました」

「そのようだな。ひとまず城へ上がり、陛下にご挨拶しろ。アーヴェル王が捕らえたお前を人質にして、二国間の外交について交渉させろとうるさかったんだ。陛下はその件でずっと頭を悩ませていらっしゃったんだからな」

関所の前には二台の馬車が待機していた。

先頭の馬車に乗れと命じられたので、グレンは渋々ながら部下たちと別れて、ルネを伴い馬車に乗ろうとした。

「待て。この女は誰だ」

偏屈な宰相に鋭く射貫かれ、ルネが慌てたようにスカートの裾を持って一礼する。

身なりは粗末なのにお辞儀の仕方がやたらと様になっていて、すらすらと出てきた口上も丁寧だった。

「……ご挨拶が遅れまして申し訳ありません。はじめまして、私はルネと申します」

「ルネ？　随分と薄汚れた格好をしているな。いったい何者だ？」

「ルネはアーヴェル王城の牢獄で、僕の世話をしていました」

「ということは、まさかアーヴェル人か？　どうしてここにいる」

「気に入ったので連れ帰りました」

「は？」

信じられないものを見るような目を向けられたが、グレンは無視をしてルネの脇に手を入れた。幼子にするみたいにひょいと持ち上げて馬車に乗せる。

「グレン。いま『気に入ったので連れ帰りました』と言ったのか？」

「言いました。僕の屋敷に住まわせるつもりでいます。そんなことより、早く行きませんか。さっさと挨拶をして休みたいんです」

ルネを座席の奥に押しこみ、グレンは当然のように隣に座った。

唖然としていたアイザックもひとまず詰問をやめて、後続の馬車に乗りこむ。

動き出す馬車の中で、ルネが控えめに袖を引いてきた。

「グレン。今の方はジェノビア帝国の宰相様よね」

「ああ。口うるさいやつだが、僕の立場上、あいつの指示には従わないといけない。これからエルヴィスに帰還の挨拶をしに行く」

「エルヴィスって、まさかジェノビア皇帝陛下のこと？」

「そうだ。面倒だけど仕方ない。すぐに終わらせるから、お前は馬車の中で待ってろ」

ルネが「分かったわ」と小声で応えて、グレンの袖を放す。彼女には駐屯地で入手した外套を着せていたが、未だに汚れたシャツとスカートのままで、くすんだ茶色の髪もぼさぼさだ。アイザックが見咎めるのも納得できる装いだった。

――屋敷に帰ったら最初にこいつを風呂に入れよう。

グレンはそう決めて、窓の外に意識を移すルネを観察した。

やはり、あの橋の上で向けてきた虚ろな表情は消え失せている。短い逃避行の間に、何かしら心境の変化でもあったのかもしれない。

一級品の宝石みたいな瞳をこちらに向けてほしくなり、グレンは口を開く。

「今後、もし城へ足を運ぶ機会があれば、お前も知り合いと会うかもしれないぞ」

「知り合い？」

「今、アーヴェル王は独裁政治を強行しているだろう。そのせいでアーヴェルから亡命してきた貴族が結構いるんだ」

ルネは身の上を語らない。しかし大枚をはたいて看守を買収できるなら、それなりによい家柄の生まれだろう。この話題にも食いつくはずだ。

案の定、振り返ったルネは目を真ん丸に見開いていた。

かち合った視線に満足を覚えて、グレンは続ける。

「亡命貴族の受け入れはアーヴェルの内政事情を知るのに好都合だからな。エルヴィスは有益な情報を提供した貴族に屋敷を与えて、生活できるように取り計らっている」

夜会でもアーヴェル出身の貴族をちらほら見かけるぞ。そう付け足して反応を窺えば、ルネはか細い声で「そうなのね」と呟いた。

不意に沈黙が落ち、カラカラと車輪の乾いた音が響く。

グレンは長い足を組み、背もたれに凭れながらルネの観察を続けた。足元に視線を落とす彼女の横顔は憂いを帯びている。

路傍の小石に乗り上げた馬車が揺れたところで、ルネがかすかな吐息をついた。

「アーヴェルの貴族の話までしておいて、私の素性は訊かないのね」

「僕は別に、お前がどんな生まれでも構わない」

「でも、あなたは帝国の将軍よ。素性の知れない女を側に置くのはよくないでしょう」

「僕は平民の生まれだから、生まれや育ちは気にしない。もし周りの連中がとやかく言っても無視するだけだ」

身分の高い者には敬意を払えと教えられたが、身分差と無縁の場所で育ったグレンはその感覚がイマイチ理解できない。

相手が皇帝や貴族だからといって、彼らは偶然その地位に生まれただけだ。

身ぐるみを剝いで並ばせたら同じ人間だし、上流階級の身分に生まれただけで『えらい人間だ』と言われても、その理屈がさっぱり分からない。

――しかし、世間ではそういう理屈が当たり前らしい。だから僕も『そういうものだ』と思うようになった。

周りと考え方を合わせただけで、やはり理解はできなかったけれど。

だからグレン自身は他人の身分がどうとか生まれがどうとか、関心がない。

「それに、お前の血縁者は全員殺されたんだろう。身の上を聞いたところで退屈そうな話だからな」

「……そう、ね。きっと、あなたにとっては退屈な話だと思う」

「だったら無理に訊き出すつもりはない。お前はただ僕の言うことに従い、絶対に裏切るな。もし裏切ったら殺す」

逡巡せずに言いきると、俯きがちなルネが面を上げた。

グレンを射貫く目は夜明けのまばゆい太陽を見た時みたいに細められて、どことなく熱が宿っていた。それも不愉快な熱ではない。

ただ一心に焦がれるような——不純物の一切ない、純真な熱。

——裏切ったら殺すと脅したのに、こいつは何故こんな目で僕を見るんだ。

気づけば手が伸びてルネの顎を持ち上げていた。澄んだ瞳を覗きこみ、衝動に任せて彼女の唇に自分のそれを重ねる。

「っ、ん……」

「……は……」

抵抗しないルネを抱き寄せてキスをしながら、何故こうも、この女に惹かれるのだろうと不可解に思う。

おもむろに舌を出し、魅力的な唇のかたちをなぞって誘うように這わせると瞬時にルネの頬が赤くなった。息を乱した彼女が頼りない手で背中に縋りついてくる。

それだけでグレンはひどく煽られた。抱きすくめて座席に押しつけ、このまま身体を暴いてやりたくなる。

しかし、徐々に馬車の速度が落ちて城のロータリーに到着した。

グレンは名残惜しげにキスをやめ、息を整えるルネの赤面を覗きこんだ。腫れぼったくなった彼女の唇を親指でなぞり、不機嫌そうに口を尖らせる。

「ああ、さっさと屋敷に帰りたい」

とうとう馬車が停車し、御者が外からコンコンとノックしてきた。

「仕方ない、行くか。お前はここで大人しく待っていろ。勝手に外へ出るなよ」

「……分かった。いってらっしゃい」

従順なルネに見送られて、グレンは気乗りしない顔で馬車を降りる。

後続の馬車が遅れていたため、宰相の口うるさい叱責が飛んでくる前に城へ入った。

玄関ホールの正面には横幅の広い階段があり、ちょうど貴族の男が下りてくる。

グレンが足早に階段を上り始めると、その男がすれ違いざまに「カリファス将軍！」と驚愕の声を上げる。

「アーヴェルに囚われていたと聞きましたよ。無事に戻られたのですね」

「……ええ、まぁ」

男の年齢は三十代くらいか。見覚えのある顔だが、すぐに名前が出てこなくて生返事をすると、男は感じのよい笑みを浮かべながら一礼した。

「私はイーサン・ベルダンと申します。以前、夜会でご挨拶させていただいたかと」

「ベルダン……ああ、アーヴェルから来た侯爵殿か。陛下に何か用でも？」

「陛下から許可証を頂き、ジェノビア帝国内をしばらく周遊していたのですが、本日戻ったのでご挨拶をしに参りました。カリファス将軍も、これから陛下のもとへ？」

アーヴェルから亡命した貴族たちは、皇帝が許可を与えれば一定の自由が保証される。監視の衛兵付きではあるが、帝国内を回遊することも許されるのだ。

グレンはそっけなく頷き、呑気なものだなと胸中で零しながら謁見《えっけん》の間へ向かう。

謁見の間の衛兵は彼を見るなり敬礼した。

「ご無事で何よりです、カリファス将軍！」

「ああ、うん。陛下は今、謁見の間にいるか」

「ハッ。中で将軍をお待ちになっておられます」

「待て、グレン！　身なりを整えてから――」

ようやく追いついてきた宰相の小言を聞き終える前に、扉を開け放った。途端に朗々とした声が響き渡る。

「騒がしいと思ったら、グレンが帰ったか」

グレンは前に進み出ると片膝を突いて軍人の礼をとる。身体にしみついた所作だった。

玉座で書類を読んでいたジェノビア皇帝は、グレンを見るやいなや破顔した。

「おかえり、グレン。お前の顔をまた見ることができて嬉しいぞ」

ジェノビア皇帝のエルヴィスは金髪碧眼の偉丈夫だ。

年齢は四十五になるが、彫りの深い顔立ちは女性たちの垂涎の的で、鍛えられた身体つきには衰えがない。

グレンはエルヴィスを見るたびに金色の獅子を連想する。

そこにいるだけで雄々しい獅子のごとく存在感があり、緩さのある鷹揚《おうよう》な態度と、場合によっては非情な決断を下せる賢帝の貫禄があるのだ。

「ただいま戻りました、皇帝陛下。ご心配をおかけしました」

「ああ。お前がアーヴェルに捕らえられたと聞いた時は耳を疑ったが、よく生きて戻ってきてくれた。早馬が届けた書簡によると、二人の部下がお前を救い出したそうだが」

「部下のフランクとトマスです。僕が捕らえられた時、彼らも近くにいたので迅速に対処できたのでしょう。特にフランクは潜入活動が得意ですから」

「のちほど、その二人には褒賞を出すとしよう。帝国内でも救助の部隊を出すべきかどうか議論が難航していたのだ。下手に動くと、アーヴェルと戦になりかねない。アイザックや貴族院も『静観するべきだ』の一点張りだったからな」

エルヴィスがチラリと視線をやると、咳払いをしたアイザックが説明を引き継いだ。

「アーヴェル王は、グレン……カリファス将軍の身柄と引き替えに、自国に有利な外交条件を提示してきました。あれは交渉というよりも脅迫です。休戦協定を結んでいるとはいえ、依然としてアーヴェル王は我が国を敵視しています。軽はずみに条件を呑むわけにはいきませんでした」

「……という状況でな。すぐに助けを送れず、すまなかった」

「お気になさらず。今回は僕の失態ですから」

皇帝の謝罪に、感情のない声で応じる。

ジェノビア帝国は皇帝の独裁政治ではない。

宰相や貴族院の意見が尊重されて、重要な採決については軍部や民間の知識人、傘下国の代表を招いて政策会議を開く。

一方のアーヴェル王国は、今や絶対王政を唱える独立国であり、帝国と戦を交えるほどの軍事力があった。休戦協定を結んでいるとはいえ、きっかけがあれば再び戦争が起こる可能性もある。

慎重な対応をするべきだという意見が出るのは当然だろう。

――アイザックが渋ったというのは予想どおりだな。密かに救助を送ることもできたはずだが、それもしなかった。もし僕が処刑されても知らぬふりを通しただろう。むしろ、さっさと処刑してくれたほうがありがたいとさえ思っていたかもしれない。

グレンは冷めきったことを考える。

デメリットが多ければ切り捨てられるのは当たり前だと承知していたし、静観してくれたお蔭で脱獄までの時間稼ぎができた。

「今日は屋敷へ戻って身体を休めろ。体調が快復したら詳しい報告をしてくれ」

「かしこまりました、陛下」

一礼して早々に立ち去ろうとすると、アイザックに呼び止められる。

「グレン、まだ下がっていいとは言っていない。もう一つ、陛下に説明するべきことが残っているだろう」

「なんのことですか？」

「先ほどの女についてだ」

エルヴィスが「女？」と、興味をそそられたようにグレンを見やった。

「ああ、僕が連れ帰った女のことですね。名前はルネ。牢で僕の世話をしていて、部下二人とともに脱獄の手助けをしてくれました。今後、僕の側に置くつもりでいます。問題はありませんよね」

謁見の間が、数秒の沈黙に包まれる。

瞠目したエルヴィスが、いかにも興味津々で問うてきた。

「その女性を側に置く、というのはどういう意味かな。まさか妻にでもするつもりか」

「妻？」

グレンは首を傾げる。そういえばフランクにも同じことを尋ねられた。

「それは決めていません。とりあえず気に入ったので連れ帰りました。天涯孤独で行き場もないようなので、これからは僕の屋敷に住まわせます」

「ほう、なるほどな……」

「素性の知れない女を側に置くのはどうかと思うが。お前は帝国軍の将軍なんだぞ。その地位にふさわしいご令嬢を、いずれ陛下が選んでくださるはずだ」

たちまちアイザックが苦言を呈したので、グレンは宰相を冷たく睨《ね》めつける。

「宰相閣下。僕は仕事であればどんな命令でも従いますが、誰を側に置くかは自分で決めます」

「なんだと？　自分の立場を弁えろ、グレン！　誰のお蔭で、今のお前があると思っているんだ！」

かつてグレンを野良犬のようだと言ったアイザックこそ、すぐに噛みつく犬みたいだった。何をしても文句を言い、グレンが少しでも意にそぐわぬことをすれば叱咤する。

かわいがられた記憶など一切ないし、今では互いに一線を引いて接していた。

言い合いになっても面倒なので大抵グレンが先に折れるが、今回は譲れなかった。

――ルネは側に置く。僕の中ではそう決まっているんだ。

「僕は好きで将軍になったわけじゃありません。上質な住居と食う物さえあれば、それ以上は望まないと以前から言っているはずです。それに、僕はただ気に入った女を側に置くと言っただけです。妻にするかどうかは、その時にまた相談しますよ」

「陛下の前で、よくもそんな生意気な口を……っ」

一触即発の空気が漂う中、不意にエルヴィスが手をパンッと叩いて緊張を破った。

「よし、分かった。お前の好きにしろ、グレン」

「陛下！」

「お前はグレンに厳しすぎるぞ、アイザック。捕縛された件はともかく、グレンは自力で戻り、常日頃よく働いてくれている。私の命令に逆らったこともない。妻の件も相談すると言っているのだからな。気に入った女ができたのなら好きにさせてやれ」

主に窘められてはぐうの音も出ないのか、アイザックが口を噤んだ。

「それにグレンがここまで固持するのは珍しいことだ。いつも、お前がとやかく言えば素直に従うのだからな。グレンにとって、それだけ譲れないことなのだろう」

悠然とした笑みを浮かべたエルヴィスがグレンを見つめてきた。

「落ち着いたら一度、その女性を私のもとへ連れてくるように。ぜひとも挨拶がしたい」

「分かりました。いずれ連れてきます」

「私から招待状を送ろう。なに、軽い気持ちで来るように伝えてくれ」

皇帝は鷹揚な口調で言うと、もう下がっていいぞと穏やかに告げた。

いずれ、という曖昧な言葉で濁そうとしたのを、あっさりと看破されたようだ。

グレンは苦々しい思いを抱きつつもお辞儀をして、その場を辞した。

◆◇◆

時刻は少し遡り――城に入っていくグレンを見送ったルネはスカートのポケットに手を入れた。ハンカチに包んだ香水の瓶が割れずにあるのを確かめる。

これだけは最期まで手放したくなくてポケットに入れておいたのだ。

心を落ち着かせるように香水に触れてから、今度はおそるおそる自分の唇に触れる。

グレンに二度もキスをされた。もっと乱暴にされるかと思ったが、彼のキスは拙くぎこちなかった。

――あの橋で攫われた時、私はグレンのものになった。彼は何も考えなくていいと言った。死ぬ自由さえ私にはないのだと。

ルネの意思も訊かずに放たれた傍若無人な台詞。

あの時ならまだ、必死に暴れて逃げ出すこともできただろう。

でも、ルネはしなかった。する必要がなかったからだ。何故なら……。

――私も、彼のものになりたかった。

たとえアーヴェルに帰ったところで家族はいない。

世話になった人には、今後は死んだ人間だと思ってくれと伝えてある。

ルネ自身もとっくに死ぬ覚悟をしていたが、グレンが欲してくれるのなら話は別だ。

――必要とされるのなら、どんなかたちでもいいから彼の側にいたい。そのために、もう少し生きていてもいいと思えた。

それは諦めかけていた生への望みだ。しかし、希望は平気で手のひらを返す。

ルネはその瞬間を幾度となく味わい、絶望の底へ叩き落とされてきた。

だから今度は何が起こってもいいように、あらかじめ心の準備をしておこう。

――彼は将軍なのだし、もう身分の高い奥様や美しい恋人がいるかもしれない。期待しすぎてはいけないわ。

屋敷に置いてもらい、ひとときの幸せをもらえるのなら十分だった。

その結果、飽きられて放逐されるのならばそれもいいだろう。

『お前はただ僕の言うことに従い、絶対に裏切るな。もし裏切ったら殺す』

「裏切ったら殺す、か……」

彼が自ら手を下してくれるのなら、いっそ殺されたって構わない。

背もたれに身を預け、ぼんやりと窓の外を眺めていた時だった。

城から出てくる身なりのよい男が目に留まる。ロータリーの端で待機している馬車へ向かう男の顔が見えた瞬間、息が止まりそうになった。

「っ……！」

ルネは咄嗟《とっさ》に前屈みになり、向こうから見えないように隠れた。

男がこちらに気づいた様子はなく、馬車に乗りこんで立ち去る。

彼を乗せた馬車が見えなくなっても、ルネは身を起こすことができなかった。

──あれはベルダン侯爵だったわ。まさか、あの男がジェノビア帝国の城に出入りしているなんて……。

ぶるぶると震える手をポケットに入れて香水の瓶に触れた。

亡命したアーヴェルの貴族と会う可能性があると言われたが、早々に知人を見かけるとは思いもしなかった。

──この姿なら私だと気づかれないだろうけど、いずれ会うことになるかもしれない。

そうなれば、ベルダン侯爵はルネに気づくだろう。

先にグレンに素性を打ち明けるにしても、いささか込み入った事情がありすぎる。

──グレンの前では、もう少しだけ、ただの『ルネ』で在りたい。

そう強く願っていたら、グレンが戻ってきて颯爽《さっそう》と馬車に乗りこんだ。

「エルヴィスへの挨拶は終わった。僕の屋敷へ帰るぞ」

俯いたルネは「うん」と力なく首肯し、ポケットから手を出してグレンの手に添えた。

◆◇◆

屋敷へ帰ると、厳めしい顔つきの執事マルコスに出迎えられた。

「おかえりなさいませ、グレン様。ご無事でお戻りになられたこと、我ら使用人一同、心から喜んでおりま――」

「マルコス、リンダはどこにいる」

馬車を降りるなり、グレンは堅苦しい挨拶を遮って尋ねた。

マルコスが「すぐに呼んで参ります」と頭を垂れて、義足の右足を引きずりながら屋敷に入っていく。

「あなたの屋敷は、とても広いのね」

あとから降りてきたルネが瞠目し、贅を尽くした屋敷を見回している。

赤茶けた煉瓦調の屋敷からは城が見えて、貴族の中でも最高位の公爵家と匹敵する敷地を有していた。ロータリーには馬車が何台も停車できる。

庭師が手入れを欠かさない庭園は子供が走り回っても余りある広さだ。

「ここに住めと命じられた。安全に寝泊まりできればどこでもよかったんだけどな」

グレンは簡潔に説明し、ルネの腕を摑んで屋敷に招き入れる。

すると、ふくよかなメイド頭のリンダが二階からせかせかと降りてきた。

「まぁ、グレン様！　よくぞご無事でお戻りになられました」

「リンダ、部屋を適当に選べ。で、こいつを洗って着替えさせろ。ついでに顔が見えるよう前髪も切っておけ」

「あらまぁ……こんな若いお嬢様を、いったいどこから連れてこられたのですか？」

「アーヴェルだ。名はルネ。僕の側に置く」

必要な情報だけ伝えると、どこか落ち着きのないルネをリンダに預けて自室へ向かう。

入浴の支度をさせている間、テーブルに並べられた料理を腹に詰めこんでいたら、慣れた手つきで紅茶を淹れたマルコスが口を開く。

「グレン様。先ほどの女性はアーヴェルから攫ってこられたのですか？」

「察しがいいな。囚人だった時の世話係で、気に入ったから攫った。なんだ、お前までアイザックみたいに小言を言うつもりか？」

「いいえ、グレン様らしいなと思っただけです。名はルネ様とおっしゃいましたね。丁重におもてなし致します」

グレンの性格を熟知している有能な執事は、余計な質問をせずに頷く。

マルコスはもともと軍人だ。グレンの隊に所属していて気の利く男だった。

しかし戦地で片足を失ったあとは軍を除隊し、路頭に迷っていたところを妻のリンダともどもグレンが召し上げた。

以来、優秀な執事として重宝している。

「ところで、お身体の具合はどうですか？　アーヴェルでの囚人生活はおつらかったでしょうに。医師を呼びましょうか」

「必要ない。牢では散々痛めつけられたが、手当ては受けていたからな。……もう湯浴みはできるか？」

「はい、準備は整っています」

あらかた空腹を満たすと、グレンは久しぶりにバスタブに浸かって入浴した。

虜囚生活による汚れを落とし、清潔な綿のシャツとズボンに着替えて部屋を出る。

ルネの部屋へ直行したら、メイドを連れたリンダが出てくるところだった。グレンを見るなり神妙な面持ちで近づいてくる。

「ルネ様は湯浴みを終えて、今は部屋で休んでいらっしゃいます。グレン様、一つお聞かせくださいませ。あのお嬢様は、いったいどういう生まれの御方ですか？」

「どうでもいいだろう。お前が口を出すことじゃない」

「もちろん承知しております。ただ、その……ルネ様の湯浴みをお手伝いして、我々も驚いたものですから……」

リンダがメイドと顔を見合わせる。二人の表情からは困惑と驚きが見て取れた。

グレンは眉を寄せつつも使用人を下がらせ、ノックもなしにルネの部屋に入った。

刹那、視界に飛びこんできたのは鮮烈な『赤』――。

「っ……！」

グレンも、それを目にした瞬間は息を呑んだ。

窓を開け放った室内にはオレンジ色を帯びた日差しが射している。夕風がレースのカーテンをたなびかせる窓辺に、薄緑色のワンピースを着たルネが立っていた。

グレンが扉を開けた音に反応し、彼女が振り返る――癖のあるストロベリーブロンドを靡かせて――。

「お前、その髪はどうした」

食い入るように見つめながら問うと、ルネが目線を下に向けた。

「もともと、こういう髪の色なの。隠していてごめんなさい」

グレンはゆっくりと歩み寄り、彼女の肩に垂れている髪へ無造作に触れた。

――こんな髪色は帝国でもめったに見かけない。ただの赤毛と違う、血みたいな色だ。

そんな感想を抱いてから、血と表現するのはしっくりこないなと首を傾げる。

死を感じさせる生々しい色ではなく、もっと別の表現が相応しい気がするのに、うまい言葉が思いつかない。

「派手な髪だから目立ってしまうの。それで茶色に染めていたんだけど……」

皆まで聞かずにルネを抱き寄せて、洗いたての髪に頬を押しつける。

色鮮やかな赤毛を指に巻きつけて視線を落とせば、ワンピースの襟元から白い首筋が覗いていた。

「髪の色を隠していたこと、怒ってる？」

「そんなこと、どうでもいい」

どうでもいいが、この髪色はすごく気に入った。

グレンは口角を緩めながら身を離し、ルネの顔を覗きこむ。

湯浴みを終えた彼女は今までとは別人みたいだった。華やかな髪色との対比に肌がより一層白く見える。長かった前髪は眉にかかるあたりで切り揃えられ、しっかり面立ちが分かった。

雨上がりの青葉みたいな色彩の瞳が不安げにグレンをとらえている。

――ああ、やっぱりな。こいつはたぶん『きれい』な女なんだ。

整った眉目をじっくりと眺めたあと、グレンは上機嫌で彼女を担ぎ上げた。肩に乗せても軽いから、もう少し肉を付けさせたほうがよさそうだなと考えながらベッドに向かう。

「グ、グレン……？」

ルネをベッドに投げ落として軋《きし》むマットレスに乗った。

華奢な両手首を摑んで組み伏せると、ルネがびくりと身を震わせる。

「僕のものになるってことが、どういう意味か分かっているよな」

「……ええ、たぶん……私を、抱くんでしょう」

「抱く。そのために連れてきた」

グレンは透けるような白い首に顔を寄せてぺろりと舐めた。組み敷いたルネの身体が小刻みに震える。

うぶな反応を横目に、舐めた首筋をがじがじと甘噛みすると「きゃっ」と悲鳴が上がったので笑みが零れた。

「お前、処女だよな」

断言したら、ルネが真っ赤に染まった顔を背けた。

男に抱かれた経験があるのなら、こんな初々しい反応はしない。

「そう、だけど……もしかして、よくないこと？」

「なんでそう思った」

「やり方を知らないから……もちろん、何をするのかは分かっているわ。実践がないっていう意味で。あなたは慣れていそうだし、私が相手ではつまらないかもしれない」

きっと楽しませることはできないわ。

そう付け加える彼女の声は蚊の鳴くほど小さかった。首まで赤くなり、目を合わせようとしない。

――まぁ、確かに抱くつもりで連れてきたが……。

別につまらなくはない、とグレンは笑い交じりに応える。

「反応を観察するのは面白そうだからな」

「反応？」

「顔を赤くして、そのうち泣き出しそうだ。泣き顔もじっくり見てやる」

「っ……」

意地の悪い言葉をぶつけてワンピースの裾に手を差し入れると、ルネはわずかに身を捩ったが、抵抗はしなかった。

太腿を撫で回しながら鎖骨に口づけ、布越しに胸元へと頬を押しつけたら、ほのかに甘い香りが鼻をつく。

――これは……牢で包まって寝ていた毛布と同じ、ルネの纏う香りだ。こいつに庇われた時も同じ匂いがした。

鼻の利く獣みたいに匂いのもとを辿っていくと、彼女の頭の下にある枕に行き着いた。もしかしたら香水でも振りかけたのだろうか。それがルネに移ったのかもしれない。

くんくんと嗅いでいたら力が抜け、ルネに体重を乗せたら背中を抱き返された。

「この甘い匂いは、何だ？」

「甘い匂い……香水かしら。アーヴェルから持ってきたものなの。以前、人にもらったものので……枕にかけておくと、よく眠れるから」

「ふうん」

かく言うグレンも虜囚だった頃、この香りがする毛布に包まれて眠っていた。そのせいか目がとろんとしてくる。ほとんど休みなしで馬を走らせてきたため疲労感は拭いようがなく、強烈な睡魔に抗うのは難しい。

しかし、今は睡眠よりも満たしたい欲がある。

グレンはルネのワンピースを剝ぎ取り、女性らしい胸の膨らみに顔を押しつけた。

愛らしく尖った乳頭を舐め、ほっそりとした身体を手のひらで撫で回す。

「もっと食って肉をつけろ。お前、ガリガリすぎる」

肉づきの悪い骨盤のあたりをなぞれば、ルネが「分かった」と細い声で返答した。

痩せた裸体は、これまでのグレンなら全くそそられなかっただろう。

だが、頼りなく背に回された細い腕やもじもじと太腿をこすり合わせる動作を見ていると身体が火照り、煽られるままキスを仕かける。

――まただ。もっと、こいつに触りたい。

川で水浴びをした時も、馬車の中でも、突発的にルネに触れたい衝動に駆られたのだ。

グレンは彼女の顔を両手で固定し、思う存分キスを交わした。

「は……はぁっ……グレン……」

小さな口内に舌を挿しこんで淫らに絡める。クチュクチュと唾液の音がした。

「ふっ、ん……ふぅ……」

ルネが鼻にかかった声を漏らしてグレンの背に爪を立てる。

華奢な身体を押しつけられ、彼女が息を吸って身じろぎするたび柔らかな乳房の先端が胸板にこすれた。

たちまち下穿きの中で雄芯が硬く張りつめる。

快楽を覚えたての少年みたいに盛っている自分に驚きつつも、グレンは白い乳房を手のひらに包んだ。力の加減もせずに揉みしだく。

——このまま奥に突っこんで、気を失うまで揺さぶってやろうか。

粗野で暴力的な衝動に見舞われた。

けれど、不意にルネの反応が鈍くなる。

「う、っ……い、痛い……」

「痛い？」

「もう少し、優しく……」

どうやら胸の揉み方が強すぎたらしい。

グレンは無視して続行しようとしたが、ルネが唇を噛みしめているのに気づき、ことりと首を傾げた。

女を抱いた経験はある。とはいえ後腐れのない娼婦ばかりで、大げさな喘ぎ声を上げるから「黙ってろ」と命じて碌な会話をしたことがない。相手の反応は一切気にせず、まともな愛撫もせずに事を済ませ、金を払ったら屋敷へ帰る——それが常だったのだ。

グレンは乳房に触れていた手を掲げる。開いたり閉じたりして、また首を傾げた。

「痛いのか？」

再度確認すると、ルネが弱々しく頷く。

遠慮なく揉んだせいで、よくよく見れば白い乳房が赤くなっていた。

「この程度で肌が赤くなるのか。お前の身体、どうなってんだ」

「私の身体って、変なの？」

「さぁ。僕は男だから、女の身体はよく分からないけど」

「……少しくらいなら痛くても平気よ」

ルネが胸元をさすってからグレンの首に抱きついてくる。言葉とは裏腹に、彼女の肩はわずかに震えていた。


『——女は繊細だからアンタの基準で考えたらだめですよ。相手に合わせてやらないと』


そういえばフランクがそんなことを言っていたなと思い出す。

——相手に合わせる？　この僕が？

女が繊細なんて考えたこともなかったし、正直面倒くさい。

身体は興奮しているから、このままルネを強引に抱いてしまえばいいのだ。

たとえ処女だろうが構うものか。

自分の欲だけ発散できれば、それで——。

その時、ルネが両手でグレンの顔を包みこみ、控えめに唇を寄せてくる。

華奢な手の温もりを感じながら可憐な唇に言葉を封じられた瞬間、グレンは何もかもどうでもよくなってルネを抱きすくめた。

さっきまで考えていたことが頭から吹き飛び、めちゃくちゃにキスをする。

「っ、ふ……んんっ……グレン、っ……は」

「ルネ……っ」

酸素を求めて顔を背けようとするルネをマットレスに押しつけ、挿しこんだ舌を淫蕩《いんとう》に搦めた。重なり合った口の端から唾液が溢れても構わず続行する。

ルネの狭い口内をグチュグチュと犯していると官能の炎が燃え上がり、下腹部がこれまでにないくらい張りつめた。下穿きが窮屈で堪らない。

ルネが息も絶え絶えになりながら彼の首にしがみつき、覚えたてのキスを返してくる。

拙い舌遣いでグレンの攻めを受け入れて、鼻にかかった声を漏らした。

「んん……グレンっ……」

ルネも興奮しているらしく色白の肌が淡い桃色に染まっていた。

グレンは汗ばんだ手で彼女の足を押し開く。赤い茂みに覆われた秘部はすでに濡れていて、透明な愛液がとろりと溢れた。

勃起した肉槍を布越しにぐりぐりと押しつけると、ルネがあえかな嬌声《きょうせい》を漏らす。

「あぁ、っ……」

足の間に狙いを定めて、焦らすように腰を前後に揺すった。

色っぽく身もだえるルネを眺めながら、グレンは興奮で乾いた唇を舐める。

ささっさと挿入して、このまま最後まで抱いてしまえ。

抗いがたい誘惑に駆られて下穿きをずらした。

隆々と猛《たけ》って先走りを垂らす剛直を出すと、彼の手元に目をやったルネがハッとする。

「あっ、それは……」

今から犯されると察した女の本能か、ルネは狼狽しきった様子で後退した。

「グ、グレン……ちょっと、待って……」

待ったをかけて、うつ伏せになったルネが逃げようとするから、させるものかと細い腰を摑んで引きずり戻した。

華奢な身体を力づくで仰向けに返し、足首を摑んで乱暴に開かせる。

凶器じみた肉棒をいたいけな割れ目に押しつけると、ほっそりとした腰を抱きかかえて挿入の体勢に入った。

「はぁ……ルネ……」

「っ、あ……ひ、っ……」

慣らしていない秘裂に突き入れようとした瞬間、小さな悲鳴が聞こえて我に返る。

組み敷いたルネが目を見開き、今まさに繋がろうとしている部分を見ていた。顔が引きつっていて、目には明らかな怯えと恐怖が浮かんでいる。

グレンは以前、それとよく似た反応を見たことがあった。

ルネが看守からグレンを庇い、警棒で殴られそうになった時だ。

一方的な暴力に怯えきった表情を浮かべ、必死に両手で頭を守ろうとしていて──。

「っ！」

力づくで欲望を満たそうとしていたグレンは、すんでのところで動きを止めた。

ルネの足の間に先端を突きつけた状態で、大きく肩を上下させる。

「……なんだ」

「え……」

「ちょっと待ってと、言っただろ」

絞り出すように問えば、ルネがわななく唇を動かした。

「び、びっくりしたの……だから、少し待ってほしくて……」

「さっきまで僕を受け入れていただろう。それなのに、待てだと？」

「っ……急に、怖くなって……」

「怖い？　何が？」

「……初めて、だから」

他人と身体を繋げる行為は未知で恐ろしくなったのだと。

眉尻を下げながら震える声で説明するルネを、グレンは苦い表情で見下ろした。

「嫌なわけじゃないの……もう大丈夫よ。落ち着いたから」

頷いたルネが目を見つめてくるが、まだ顔が強張っている。さっきまで紅潮していた頬も白くなっていた。

キスの最中はきつくしがみついてきたのに、今は首に回された腕も弱々しい。

──行為そのものじゃなく、僕を怖がっているじゃないか。

独りよがりな欲情が急激に冷めて、代わりに腹立たしさがこみ上げる。

「くそったれが」

「く、くそったれって、私のこと？」

「違う、自分に言ったんだ。……チッ」

舌打ちをして身を引いたが、ルネを放す気にはなれなくて抱えたまま寝転がった。

きょとんとする彼女の顎を掴んで唇にがぶりと噛みつく。

「んっ、む……グレン？」

「僕はあの看守と違う」

「なんのこと？」

「お前、あいつに殴られそうになった時と、同じ表情で僕を見ていた。あんなくそ野郎と一緒にされたくない」

──ああやって怯えた目を向けられるのは不愉快だ。

苛立ちをぶつけるように荒々しいキスをすると、ルネがぐったりと身を預けてくる。

弛緩《しかん》する彼女を抱きしめて、グレンは眉間の皺を深くした。

さっきまでの脳が痺れるような興奮は冷めつつあるが、身体の熱はすぐに収まらない。

それすらも苛々して、また舌打ちをする。

「チッ……抱くつもりで連れてきたのに、なんでこんなことに」

「……続き、しないの？」

「したい。でも怯えられるのが、なんかムカつく」

「怯えてなんかいないわ」

「チッ、嘘をつくな」

「さっきから舌打ちばかり」

「思いどおりにいかなくて苛々するんだ」

身体の火照りを今すぐ発散したい。

けれども自分の欲情を優先することで、ルネに怖がられるのも腹立たしい。

そう吐き捨てれば、躊躇いがちに髪を撫でられた。

「グレンは、私を怖がらせないようにしてくれているのね」

「怯えた目を向けられると、腹が立つだけだ」

「だから、それが――」

何かを言いかけたルネをじろりと睨めば、彼女はかぶりを振って言い直した。

「確かに、いきなりで怖かったけど……ちょっと驚いただけよ。次は逃げない。あなたは何も気にせず、私を好きにしていいのよ」

ルネが手のひらを彼の頬に添え、目を細めながら声色を和らげる。

その瞬間、グレンは「ああ、まただ」と思った。

ここは牢の中じゃない。彼はもう自由を得ていて、ルネも世話係ではなかった。でもルネの言動は今も自分ではなく、グレンを優先したもので――ずっと気になっていた疑問が口から飛び出す。

「お前、僕にどんな見返りを求めているんだ」

「見返り？」

「僕に尽くし、脱獄の協力をした。死ぬ覚悟までしていただろう。挙げ句、攫われても逃げようとせず、今度は好きにしていいだと？　……お前の思考が理解できない。もしも見返りが欲しくて従順なふりをしているのなら、ここでハッキリと言え」

ルネが瞠目して、それきり動かなくなった。

その間もグレンは視線を逸らさずに、まっすぐに彼女を見つめ続ける。

「――そんなこと、考えもしなかった」

やがてルネは独り言のように呟き、のろのろと身を起こした。肌に映えるストロベリーブロンドを指に巻きつける仕草をして、しばらく呆けたように宙を眺める。

グレンも起き上がり、ルネの様子を観察した。身体はまだ火照っていたけれど、彼女の返答を聞くのを優先したい。そんな自分の変化に、ほんのわずかに戸惑いも覚えた。

ルネがどこか遠くを見ながら、ぽつりと言う。

「もし、見返りが欲しいと言ったら……何でも叶えてくれる？」

――なんだ、やっぱりお前も見返りが欲しいんだな。

結局、ルネも例外ではなかった。

失望にも似た感情を抱いて口角を歪めたグレンが「ああ」と応じたら、ルネの細い手が伸びてきた。

グレンの手にそっと乗せられて、甘いキャンディみたいな緑玉色の目が彼を射貫く。

「だったら、私を愛してほしい」

てっきり金銭的なものや、かたちあるものを要求されると予想していたので、想定外かつ突飛な願いに即答できなかった。

ルネが彼の手を持ち上げて自分の頬に押し当てる。

「ずっとじゃなくていい。あなたが飽きるまでで構わないから」

「……意味が分からない。具体的にどういうことだ？　お前を毎日抱けということか」

当惑しながら訊くと、ルネは頬に朱を散らす。

「それがグレンの愛し方なら」

「愛し方があるのか？」

「そうね、例えば……恋人として大切にしてくれる、とか。身体だけの関係は悲しいから、できれば恋人らしいこともしてみたい」

――恋人だと？　なんなんだ、それは。

グレンの人生には存在しなかったモノだ。

恋愛感情にも疎くて、特定の女を恋人にするなんて考えたこともない。

「無理ならいいのよ。困らせるつもりはなかったの。試しに言ってみただけ」

さりげなく毛布で素肌を隠したルネが声量を落とした。

「ちょっと欲張ってしまったわ。……反省する」

本気で反省しているらしく、赤い顔でしゅんと項垂《うなだ》れる。

それを見ていたら、ああだこうだと考えるのが馬鹿らしくなってきて、グレンはルネを引き寄せた。再び抱きかかえてベッドに寝転がる。

「分かった、その要求を呑んでやる」

お前に恩があるのは確かだからなと呟き、彼女の赤毛に頬を押しつけた。

——恋人なんてどう扱ったらいいかさっぱり分からないが、まぁどうとでもなるな。

ルネを抱きしめると、あの香りに包まれた。

ほのかに甘く、眠りへと誘う匂いだ。

——なんだか続きをする気が失せた……今日はもう抱かなくてもいいか。

ふわぁと大きな欠伸が出た。中途半端で放置された熱はまだ燻っていたが、妙な満足感があって自分でも機嫌がいいのが分かる。

——僕に愛してほしい、か。金銭的な要求をされるよりも、ずっと気分がいいな。

そもそも、グレンにそんなことを要求してきた人間は他にいない。

「やっぱりお前は変な女だ」

グレンは嬉しそうにはにかむルネを腕の中に抱きこんだ。

するると、また眠気を誘発する心地よい香りが鼻腔をくすぐった。

◆◇◆

夜の帝都は平穏そのものだ。

ジェノビア皇帝エルヴィスは城の上階にある執務室から、城下の夜景を眺めていた。

一日の執務を終えて、ようやくひと心地ついたところだ。

昼の賑わいとは一変して穏やかな空気に満ちた帝都は、屋敷や民家の窓に明かりが灯って、通りを歩けば一家団らんの声が聞こえるだろう。

よくここまで復興したなと思い、エルヴィスは満足げに笑う。

愚かな兄から皇帝の座を奪い取る前、この帝都は荒れ放題だった。

人々から笑顔が消え、路地に入れば痩せた乞食が地面に転がり、あちこちに鼻の曲がりそうな悪臭が漂っていた。そして帝都のはずれには最悪の貧民窟が広がっていて、痩せこけた少年――グレンと出会ったのだ。

当時のことが脳裏に蘇り、エルヴィスは笑みを深める。

殺意を露わにして短剣を突きつけてきたグレンは、今や軍人としてエルヴィスに仕えている。だが、そのグレンを教育したアイザックは「危険な存在だ」と忠告してくる。

そのたびエルヴィスは笑って聞き流した。

グレンの荒々しい気性を気に入っていたし、アイザックには反抗的でもエルヴィスの前では忠実な臣下だったからだ。

――あれが自力でアーヴェルから帰還したことは喜ばしい。

グレンは利用価値があった。エルヴィス自ら武術の手ほどきをしてやったから、わずかなりとも情はあれども、二人の関係は互いを利用し合うことで成り立っている。

不必要になればグレンを切り捨てるし、本人も承知しているだろう。

――だからいい。あれは誰よりも腕が立ち、どんな命令でも遂行する。そこにあるのは利害関係のみだ。そういう男が一人いると便利だし、退屈せずに済む。

その時、コンコンとノックの音がして、宰相のアイザックが入ってきた。

「陛下、少しよろしいでしょうか。グレンの件でお話ししたいことがあります」

「アイザック。まさか、グレンに対する文句か？」

「文句だったら山ほどあります。捕虜になった件も、本人の不注意が原因です。そのせいでアーヴェルとの関係は一層ややこしくなりかけています。アーヴェル王もグレンを捕まえたと脅しをかけてきた手前、手札がなくなり引っ込みがつかないでしょうから。……それは対策会議で取り上げるとして、私が話したいのはグレンが連れ帰った女の件です」

「やっと本題か。お前の文句は長すぎる」

宰相の小言に耳を傾けていたエルヴィスは苦笑し、続きを促した。

「グレンが側に置くと言っていた娘の件だな。私も気になっていた。どこの誰なんだ」

「分かりません。アーヴェル人ということしか……グレンが囚われていた時、世話をしていた女だと言っていました。おそらく城の下働きか何かでしょう。ただ——」

「ただ、何だ？」

「それなりの、礼儀作法を身につけた女ではないかと思います。顔を合わせた時に挨拶をされた程度ですが、口調やお辞儀の仕方は躾を受けた令嬢のようでした。平民では、目上の者に対して咄嗟にあんな挨拶はできません」

エルヴィスが不遇な扱いを受けていた頃から、アイザックは側近を務めていた。

敵と味方の区別をつけるのが難しい環境で生きてきたからこそ、観察眼は優れている。

「そうか。アーヴェル王の息のかかった娘という可能性もあるな」

「どうしましょうか。調べさせることも可能ですが」

「いや、頃合いを見計らって城へ招こう。アーヴェルの貴族たちの反応を窺う。身分の高い娘ならば、素性を知る者がいるかもしれない。それにグレンも馬鹿ではない。怪しい動きをしていれば、あいつが自ら手を下すはずだ」

グレンが特定の女を側に置くのは珍しいが、いざという時、情に絆される男ではない。

アイザックもそこは信頼しているのか、無言で肯定する。

「何にせよ、グレンが生きて戻ってきてくれたことは喜ばしい。その娘を側に置きたいのなら好きにさせてやれ。しばらく様子を見るためにも、な」

「かしこまりました。しかし、グレンが無事に戻ってきたこと、お喜びなのですね」

「ああ。優秀な臣下が戻ってきてくれて嬉しいよ」

「陛下。以前から再三申し上げておりますが、グレンのことは……」

「それ以上は言うな。お前が何を心配しているのかは分かっている。救助部隊を送ると言った時、お前が反対した理由もだ」

「……ハッ」

「だが、あいつは賢い男だ。私たちの思惑を全て理解した上で、自力で戻ってきた。ならば主人として労ってやらねばなるまい」

富や名誉に固執し、出世欲がある人間は臣下としても扱いやすい。その欲望に応じた餌を与え続ければいいからだ。

しかし称賛を浴びても無関心で、独特な価値観を持ち、皇帝を崇拝していない者――グレンのような人間の手綱を握っておくのは難しい。

今は「衣食住を保証された生活」と引き替えに忠誠を誓っているが、他に欲するものができれば簡単に地位を放り出して姿を消すだろう。

もしくは、何か逆鱗《げきりん》に触れることがあれば主に牙を剝《む》くかも――。

だが、エルヴィスはそういう危うい一面も含めてグレンを気に入っている。

心配そうな宰相に笑いかけた皇帝は、おどけたように片目をつむった。

「昔から、お前はグレンに厳しいからな。だが、私はあいつを手放したくない。だから今の地位も与えたし、今後も手足となって働いてもらいたいと考えている」

「……御意」

「とはいえ、お前の心配も理解できる。これまで私たちは敵が多かった。用心しておくに越したことはない。グレンを私に繋いでおける、よい首輪が見つかるといいが」

何があっても決して千切れることのない、頑強な首輪が。

第五章　僕のものには触れさせない

グレンは幼い頃の夢を見ていた。

腐臭が漂う貧民窟で、食べ物を探して延々とさ迷う夢だ。

もう何日も食事をしておらず、川の濁った水で空腹を誤魔化していた。

しかし、いよいよ限界が訪れつつある。胃袋が空っぽで腹と背中がくっついてしまうのではないかと思った。

——ああ、何か食いたい……腹が減りすぎて、このままじゃ頭がおかしくなる。

痩せた手で腹をさすりながら路地を歩いていたら、徐々に視界が霞んでいく。

激しい目眩に襲われて膝を突けば、目の前に骨と皮だけになった老婆が転がっていた。

——こいつは死んでいるのか……食えるのなら何でもいい……何でもいいんだ。

グレンは息絶えた老婆に手を伸ばしかけたが、視界の端にネズミがちょろちょろと走っていくのが見えてハッと我に返った。

——今、おれは何をしようとした？

この地獄では善も悪も関係ない。

強い者が生き残り、弱い者が死ぬ。

だが、越えてはならない一線があることはグレンにも分かっていた。

たとえ飢餓の果てに狂い死のうとも、人としての矜持だけは捨てるものか。

グレンは腹をさすってから、ネズミを追いかけるために立ち上がった。ふらふらとした足取りで退廃した路地を進んでいく。

——くそったれが。ここは地獄だ。食い物はないし、秩序もない。まともな思考もできなくなる。だけど、おれは人間だ……まだ人間でいたい。

飢えた人が、飢え死にした人を食うなんて地獄の果てにある光景だろう。

そこまで行き着いたら人間以下の畜生に成り下がる。

——こんな地獄でも正気を保って生き続けることが、おれの唯一の望みだ。どうにかして食い物を手に入れなければ……じゃなきゃ、死ぬ。

まだ死にたくない。人として生きていたい。

強い執念を胸に、ひたすら食べ物を探し続ける。

結局ネズミは見失ってしまったが、路地裏で身なりのよい獲物を見つけた。

グレンは腰のベルトに差した短剣を握りしめて、その獲物……のちに主として仕えることになるエルヴィス・ジェノビアに襲いかかった——。

夢うつつの狭間で揺蕩《たゆた》っていると、傍らに温もりが在るのに気づいた。

甘く優しい香りに包まれて、額にはとても柔らかいものが押し当てられる。

——なんて心地いいんだ。

腕を伸ばして心地よい塊を引き寄せた。思いっきり抱きしめて犬がじゃれるみたいに頬をぐりぐりと押しつけたら、今度は髪を撫でられる。

——こんなに心が安らぐのは初めてだ。

「グレン」

心地よい塊が名を呼んだ。静かで穏やかで、落ち着きのある女の声だった。

「そろそろ起きて、もうすぐお昼よ。さっきもマルコスさんが起こしに来たの。宰相様から呼び出しの書簡が届いたって」

「……ん……アイザックから……？」

グレンが欠伸をしながら目を開けると、視界いっぱいに白いものが飛びこんできた。

状況が分からなくて固まったら、上のほうから声がする。

「グレン、起きた？」

目線を上げれば、恥ずかしそうに口を尖らせたルネの顔があった。

「起きたのなら、その……放してもらえると、嬉しいんだけど」

どうやらルネの胸に顔を埋めて熟睡していたらしい。

一瞬で眠気が消え失せて、グレンは勢いよく起き上がった。

「僕は眠っていたのか」

「ええ。昨夜、あのまま一緒に寝てしまったみたいね」

「一緒に寝た？　お前と？」

「うん」

「ありえない」

ルネも身を起こして毛布で肌を隠し、怪訝そうに眉を寄せる。

「ありえないって、何が？」

「まぬけに眠りこけることだよ。僕は人の気配があると眠れないんだ」

貧民窟にいた時は無防備に眠ると物を盗まれて、時には危険な目に遭うこともあった。

その頃からの癖で、今も人がいるところでは眠れない……はずだった。

グレンは額をトントンと叩いた。十分な睡眠をとったお蔭で頭はスッキリしている。

「僕としたことが、気を抜きすぎた」

「……きっと、すごく疲れていたのね。先に目覚めたんだけど、あなたはよく寝ていたから起こさなかったの」

そう言って、ルネが流れ落ちる赤毛を耳にかけた。白い首筋が露わになり、手繰り寄せた毛布の端から華奢な肩が覗く。

雪白の肌に目を奪われていたら、視線に気づいたルネが首を傾げる。

「どうしたの？」

「お前、ずっと裸で寝ていたのか」

グレンは目を細め、こくりと頷くルネを注視した。

――裸のルネと一緒に寝ていて、よく手を出さなかったな。

自分に感心する。まぁ、熟睡していたから手を出すも何もなかったのだけれど。

もともとグレンは欲望に忠実な人間だ。よほどの理由がなければ我慢しないし、隠す必要がなければ感じたことも率直に告げる。

――だが、昨夜は結局こいつを抱かなかった。途中まで抱く気でいたはずなのに。

怖がられたから行為を中断したのだ。

今までは相手を優先し、自分の欲求を後回しにするなんてありえなかった。

我ながら不可解な変化だなとは思うが、まぁいいかと流してルネを抱き寄せる。

「おい、ルネ。キスをしたくなった」

「えっ、今？」

「今だよ。お前を見ていると、いつも急にしたくなる。それに――あれは気持ちいい」

グレンは小声で囁き、ルネの顎を摑んで唇に齧りついた。表面をぴったりと重ねて大好物を食べるようにもぐもぐと動かす。

まだ身体を繋げていないのに、キスだけは何度もしていた。

それも彼にとってはイレギュラーな出来事だが、こうして唇を重ねていると『何故キスをしたくなるか』なんてどうでもよくなる。

「ふ、う……グレ……ン、ンッ」

ルネが彼の名を呼ぼうと口を開けた隙に、グレンは自分の舌をねじこんだ。

生温かい舌先をぬるぬるとこすり合わせて搦めとり、ひとしきり彼女の口内を犯しきったあと、ちゅっと音を立てて離す。

「はぁ……ふ……」

互いの口を繋ぐ唾液を舐めとって、陶然としているルネの両手首を摑んだ。

そのまま後ろに押し倒し、両手をシーツに磔《はりつけ》にしながら再度口づけを仕かける。

好き勝手にキスをしてもルネは暴れない。呼吸するタイミングが分からないのか息を荒らげて、涙目になっても決して「やめて」とは口にしなかった。

それをいいことにグレンはちゅっ、ちゅっ、とリップ音を立ててキスをしまくる。

──こいつとキスをするのは好きだ。全然、気持ち悪くない。

吐息を分け合い、鼻の頭を親密にこすり合わせる。自然と身体も火照るが、それ以上に馴染みのない心地よさに包まれた。

──ルネとなら、いくらでも唇を重ねていられる。

グレンは押しつけていた唇を離し、口元を手の甲で拭って顔を歪める。

「お前さ、変なことしていないよな」

「なんのこと?」

「ただキスをしているだけなのに気持ちいいなんて、絶対おかしいぞ」

悩ましげな吐息を零すと、ルネの頬が熟れたリンゴみたいな色に変わった。

「それって、私のせいなのかしら」

「僕は何もしていない。だから、お前のせいだろ」

「そう言われても……どこを、どう直せばいいのか分からないんだけど」

「別に直さなくていい。キスをしたくなったらするだけだ」

そこでいったん区切り、グレンは声のトーンを低くして「今はまだ、な」と加える。

「あまり気持ちがいいと、そのことばかり考えるようになりそうだ。僕も普段は忙しいからな、支障が出るようになったら困る。その時は——」

その時はどうする?

自分に問いかけて口を噤むと、黙って聞いていたルネが引き継いだ。

「その時は、私があなたの前から去るわ」

「何?」

「だって困るんでしょう。私の存在が疎ましくなった時は、ちゃんと言って。出ていけと命じてくれたら、私はすぐにここを去……」

グレンは皆まで言わせなかった。表情をスッと消して、ルネの腕を摑み上げる。

びくりと大げさに震える彼女を押さえつけると、重低音の冷ややかな声で言い放った。

「それ以上は言うな」

「っ……」

「僕は一度欲しいと思って手に入れたものを手放したりはしない」

手に軽く力を入れたら、ルネが苦しげに眉根を寄せる。

「あの橋の上で言ったはずだぞ。余計なことは考えるな。ましてや僕の前から去るなんて二度と口にするな」

「グレン……」

「お前に出ていけと命じることはない。お前は、その髪の毛一本に至るまで僕のものだ。たとえ死体になっても離さない」

ルネを連れ去った瞬間から、グレンは己の所有物と見なしていた。

手放したくない対象が『人間』になるのは非常に稀なことではあるが、ルネが自ら離れていくのは許しがたい行為だった。

大体、グレンの所有欲を満たしているのはルネ自身だ。

彼と一緒に行きたいと言い、何をされても寛容に受け入れようとするのだから。

「聞き分けのいいふりをして『僕の前から去る』と口にするのは、僕への裏切りだ。次は許さない。――分かったか、ルネ」

「……ええ、分かったから……腕を放して、グレン」

ルネが弱々しく頷いたので拘束を解くと、ほっそりした腕に指の痕が残ってしまった。

グレンは昨夜のように手を握ったり開いたりして、怪訝そうに首を傾げる。

「そんなに強く握ったか」

「いいの、大丈夫よ。私が余計なことを言ったせいだから」

ルネの手がわずかに震えているのを見て、彼はぐしゃりと髪をかき上げた。

「チッ……腹が立って力の加減ができなかった。悪かったよ」

ルネが驚いたように目を丸くする。

顔をじいっと見つめられて「なんだよ」と不思議そうに返した。

「あなたが謝ったから、驚いて」

「僕のせいだからな。お前を痛めつけたいわけじゃない。今後は気をつける」

非があるなら自分から謝罪しろと、耳にタコができるほどアイザックに注意された。

それに謝罪は面倒ごとを避けるのに都合がいい。

「なんだか意外で……謝ることとか苦手そうだと思っていたわ」

「あのな、僕を何だと思っているんだ」

眉間に皺を寄せたら、ルネはかすかに笑って身を乗り出してきた。羽のように柔らかいものが頬にちょんと触れて離れていく。

虚を衝かれて目を瞬くと、すぐにそっぽを向いたルネがベッドを出ていこうとした。

「おい、待て。今、キスをしたよな」

死体になっても側に置くと宣言し、次は許さないと警告したばかりだ。

普通は怖がって距離をとられそうな場面なのに、まさかキスをされるなんて。

――ルネの反応は、いつだって予想外だ。

思い返せばルネは最初からグレンに好意的だった。血縁者を皆殺しにすると脅した時でさえも、いっそ違和感を抱くほど反応が薄かったのだ。

一方で、いざ抱こうとすると怖がって小動物みたいに逃げようとする。

「……そ、そろそろ着替えなきゃ。お昼ごはんは何かしら」

「とぼけるのが下手か。こっちへ来い、逃げるなって」

グレンはルネが身体に巻いているシーツを引っ張り、逃走を図った彼女をずるずると引き寄せた。ふかふかの絨毯に押し倒して覆いかぶさる。

「何を恥ずかしがってんだ。昨夜は、僕の唇にキスしてきたくせに」

「まぁ、そうなんだけど……」

「それに、たぶんキスは恋人らしいこと、だろ？」

口角を上げて囁き、狼狽するルネにお返しのキスをしてやった。

しばらくして執事のマルコスが起こしに来たが、グレンはキスですっかり腰砕けになったルネを、お気に入りのぬいぐるみのように抱きかかえていた。

◆◇◆

「お嬢様。紅茶はいかがでしょうか」

庭園に佇み、ぼんやりと晴天を眺めていたルネはリンダの呼びかけで我に返った。

「……ああ、紅茶？　いただこうかしら」

「あちらにご用意しております。段差がありますので足元にお気をつけください」

にこやかなリンダの先導で、庭園の一角に置かれたテーブルに案内される。

『屋敷では好きに過ごせ。ただし敷地の外には絶対に出るなよ』

遅めの昼食をとったあと、グレンはそう言い残して城へ出仕して行った。

アーヴェル王国への対応について緊急会議が開かれていて、関係者であるグレンも招集されたようだ。

屋敷に残されたルネは手持ち無沙汰になり、リンダに手伝える仕事はないかと尋ねたところ、客人として庭園にお茶を用意されたのだ。

砂糖を入れた紅茶を飲みつつ、昼食時のグレンとのやり取りを思い返す。

『――ねぇ、グレン。もし屋敷に奥様がいらっしゃるのなら、きちんとご挨拶をさせてもらいたいの』

『は？　奥様？』

『あなたは将軍職に就いているし、結婚しているんじゃないの？　私の存在は快く思われないだろうけど、さすがに無視するわけには……』

『僕は結婚してない。この屋敷に連れてきた女はお前が初めてだ』

『え、そうなの？　……てっきり、あなたは既婚者だと思ってた』

『結婚を打診されたことはあるが、すべて断ってきた。相手はいつも貴族の女だったからな。平民育ちの僕に、あいつらは野犬でも見るような目を向けてくる。別に何を言われようが構わないが、そんな女と結婚はしたくない』

グレンは一笑に付し、さっさと会話を切り上げて昼食をたいらげていた。

彼が未婚という事実にホッとする反面、ルネは複雑な心境になった。

グレンが平民の生まれで、将軍の地位まで上り詰めたという話は有名だ。結婚を打診した貴族の家も、グレンと繋がりを持っておくことが目的だろう。

条件のよい結婚相手を望むのは上流階級の常だが、見下してくる妻は不要だというグレンの気持ちも理解できた。

「のちほど焼き菓子もご用意いたします。お嬢様はお好みの菓子はありますか？」

「お菓子は何でも好きよ。嫌いなものも特にない。あと……その、お嬢様っていう呼び方はやめてほしいの。名前で呼んでくれていいのよ」

リンダは穏やかに「かしこまりました」と応じる。

お茶を飲み終えて散歩を始めても、リンダは片時も離れず側に控えていた。

――てっきり最低限の世話をされて、屋敷の隅に放っておかれると思ったわ。

メイド頭のリンダがわざわざ世話をしてくれて、執事のマルコスも当然のような顔で客人扱いをするので、ルネは居た堪れない。

——グレンは私が上流階級の生まれってことに気づいているみたいだから、使用人の方たちにも話したのかしら。それで、こんな好待遇なの？

かつては、ルネも使用人に囲まれて生活していた。

だが、もう何年も前のことだ。

今は身の周りのことを一人でできるし、苦手な料理以外なら家事もこなせた。

早々に散歩を切り上げて部屋に戻ると、リンダがクローゼットの中を見せてくれた。

若い女性が好みそうな服が数着ぶら下がっている。どれも動きやすいワンピースやブラウスとスカートだ。

「これは……」

「私が勝手にご用意しました。新しい服を手配しておりますが、少々時間がかかるとのことでしたから。質素な服で申し訳ないのですが」

「これで十分よ。このとおり身一つで来たから、着替えをどうしようかと思っていたの。今着ているワンピースも、あなたが用意してくれたものだし……ありがとう」

若葉色のワンピースを示して礼を言うと、リンダは慌てたように首を横に振った。

「とんでもございません。すべて娘の服なのですよ。少し流行遅れかもしれませんが、ルネ様と身の丈が似ていましたので、娘が袖を通していなかった服を選びました」

「そうだったのね。娘さんにもお礼を言っておいて」

「……はい。お役に立てて、あの子もきっと喜んでいます」

リンダが微笑んで頷いた時、ノックの音がした。メイドが焼き菓子の皿を持って入ってくる。焼きたての菓子の香ばしい匂いが鼻をついた。

「どうぞ、ルネ様。焼きたてのクッキーです」

椅子に腰かけて促されるままクッキーを摘まんでみる。クルミが入っていて、ほのかに紅茶の風味があった。甘さと香ばしさのバランスがよくて、とても美味しい。

「これ、すごく美味しい」

「グレン様がお好きなんですよ。コックがクッキーを焼くと端から食べてしまいます」

「そう……彼はクッキーが好きなのね」

ルネは齧りかけのクッキーを見つめて、ふと思いつく。

――料理は苦手だけど、クッキーなら私にも作れないかしら。

グレンも食べることが好きなようだし、喜んでくれるかもしれない。

食べかけのクッキーをじっくりと味わってから、ルネはすっくと立ち上がった。

「リンダ。お願いがあるの」

「はい、何でございましょう」

下働きをしていた時みたいに腕まくりをしてリンダに笑いかける。

「このクッキーの作り方を教わりたいの。料理はちょっと苦手なんだけど、グレンのために作ってあげたいから」

◆◇◆

長ったらしい会議を終える頃には、すっかり夜の帳《とばり》が下りていた。

グレンはうんざりしながら屋敷に帰り、出迎えたマルコスに愚痴る。

「不毛な話し合いだった。また明日続きを論じる、だとさ。僕の意見なんて通らないんだから、あれじゃ出席したって無意味だ」

「アーヴェル王は、今のところ沈黙しているのですね」

「ああ。僕という交渉材料を失って、今頃は臣下に当たり散らしているんじゃないか」

帝国の軍人を拘束するのは休戦協定に違反するし、喧嘩を売られたも同然だった。

しかし、ジェノビア帝国はエルヴィスの統治下でようやく安定し始めた。

傘下国からも「戦争は起こさないでくれ」と釘を刺されて、本日の会議は平行線のまま終了した。

「捕縛されたのは僕の責任だ。でもアーヴェル王は帝国領を欲しがっている。諍いを起こす口実が欲しかっただけで、遅かれ早かれ何か仕かけてきたはずだ」

「先代の王が締結した休戦協定を破ってまで、ですか？」

「今のアーヴェル王は傲慢な男だ。捕まって顔を合わせた時、自分が世界で一番えらいって態度をとっていたぞ。看守も話していたが、王の機嫌を損なえば首が飛ぶらしい」

「とんでもない王ですね。ご機嫌取りが大変そうです」

「確かに。仕える王がそんなやつだったら、自分の首が飛ぶ前に殺してやる」

つまらなそうに呟くと、マルコスの強面に薄らと笑みが浮かんだ。

「あなたらしい台詞ですね、隊長」

「お前こそ懐かしい呼び方をするじゃないか。昔みたいに、そう呼んでもいいぞ」

「いいえ、今はあなたの執事ですから。路頭に迷っていた私と妻のリンダを屋敷に置いてくださったこと、感謝しています。執事として死ぬまでお仕えするつもりです」

グレンは胸に手を当てるマルコスに「あ、そう」と気のない返事をする。

使用人の献身には関心がない。給金のぶんだけ働くのは当然だと思っていた。

「屋敷の管理や小難しい執務も、お前たちがいれば片づいて便利だからな。好きなだけいればいい。それに見合う金は払い続けてやる」

マルコスを雇ったのは雑務と屋敷の管理に手を焼いていたからだ。足を失い、除隊したマルコスの働き口がないのだと他の部下に相談され、雇えば互いの利益になると思ったのがきっかけだった。

そんなことよりも腹が減ったなと、グレンは胃袋をさすった。

「食事は？」

「すでに部屋のほうに支度させています」

そっけない態度にもマルコスは慣れていて、特に気にした様子はない。

自室に戻れば、テーブルに大量の料理が置かれていた。

グレンはカウチに座り、手を拭いてからパンを千切って口に放りこむ。がっつくのは、みっともない。せめてマナーを守ってきれいに食べろ。アイザックにそう指導されたお蔭で、グレンの食べ方はそれなりにきれいだが、料理を次から次へと口に運ぶため、あっという間に皿からなくなっていく。

あらかた胃袋が満たされた頃、ふと焦げたクッキーの皿に気づいた。

「なんだこれ。コックが失敗したのか」

グレンは黒っぽいクッキーを指で摘まんだ。食べられるものなら何でも構わないので、躊躇いなく口に運ぶ。

少し焼きすぎていて苦みもあるけれど、味はまぁまぁだ。

「ふうん。普通に食えるな」

淡泊な感想を零した時、珍しくマルコスが笑みを浮かべていると気づいた。

「なんだよ、マルコス」

「それはコックではなく、ルネ様が焼いたクッキーです」

ぴたりと動きを止めたら、マルコスが目線を伏せて続ける。

「あなたのためにと、コックに作り方を教わったようです」

「僕のため？」

「はい。夕食前、厨房でルネ様が粉まみれになって作っていました。私にも焼きたてのクッキーを一枚くださいましたよ。少し焦げてしまったからと、あなたにお出しするのを嫌がっておいででしたが、リンダがさりげなく並べておいたようですね」

グレンは不揃いで焦げたクッキーを皿ごと持ち上げた。一枚ずつ黙々と食べ始めたら、マルコスが笑みを消して言う。

「ルネ様は私ども使用人にも丁寧に接してくださいます。何か手伝える仕事はないかとまでおっしゃって……食事の所作を見ていても、きちんと教育を受けたご令嬢のように見受けられますが」

「あいつは、たぶん上流階級の生まれだ。でも血縁者はいないらしい」

クッキーを残らずたいらげてから、彼はじろりとマルコスを睨んだ。

「ルネが貴族でも苛めるなよ。僕のものだからな」

「そのような真似は致しません。ただリンダが楽しそうに世話を焼いているので、私も気になりまして」

「そりゃ、むさくるしい僕の世話を焼くよりは楽しいだろうな」

「いえ、そういう意味ではなく……ルネ様は私どもの娘と同じ年頃ですから、重ねているのかもしれません」

マルコスが声量を落とした。

そういうものかと呟き、グレンは立ち上がる。シャツを脱いで入浴の支度を始めた。

「娘が死んで、何年経った」

「私が足を失う前の出来事ですから、六年ですね」

「まだ憎いか」

最愛の娘を、馬車で轢き殺して逃げた貴族のことが。

会話の流れで問うたら、マルコスはしばし黙ったあと答えた。

「憎いです。一時は、この手で犯人を殺してやりたいと思いました。でも、誰かを憎み続けるためには強い気力が必要です。私は疲れてしまいました。今は憎しみよりも……亡くなった娘を恋しいと思うことのほうが多いですよ」

グレンは平坦な声で「そうか」と相槌を打ち、服を脱ぎ捨てて浴室へ行った。

湯浴みを済ませるとルネの部屋へ足を運び、ノックもせずに扉を開ける。明かりは灯っていたが静かだった。

ベッドを覗けば、ルネが読みかけの本を開いたまま寝息を立てている。

「ったく、無防備に寝やがって」

覆いかぶさって彼女の頬を抓《つね》ってみた。しかし起きる気配はない。

グレンはため息をつき、開きっぱなしの本を手に取った。

「ジェノビア帝国の伝統料理レシピ、ね……へぇ、うまそうだな」

挿絵つきのレシピを数ページ捲《めく》ってから、すやすやと眠るルネの隣にもぐりこむ。

すると、またしても眠気を誘うあの香りに包まれた。

グレンは首を振って睡魔を追い払い、ルネのネグリジェに手をかけた。

――このまま抱くか……いや、起こさないように悪戯するのも面白そうだな。

昨夜はお預けを食わされたから、ちょっとした悪戯心でネグリジェをたくし上げる。

まろび出た乳房に触れたところで愛撫を痛がっていたことを思い出す。

――力加減は、たぶんこれくらいか。

だいぶ力を抜いて胸を揉んでやったら、ルネが「んっ」と声を漏らした。

かすかに瞼が震えたけれど、すぐに呼吸が整って起きる気配はない。

グレンは満足げに笑い、細心の注意を払って胸を揉んでいく。女らしい膨らみは手のひらに吸いつくみたいに弾力性があり、柔らかかった。

興味津々で揉んでいたら桃色の先端がぷくりと尖る。うまそうだなと思い、顔を近づけて舌で舐めてみた。

「は……う……」

ルネが細い声を漏らす。邪魔そうに頭を押されたが無視をした。

寝ているのに反応するのが面白くて、しばらく胸ばかり弄っていたら、いよいよルネが薄目を開ける。

「起きたか」

「……ふわぁ……グレン……？」

寝ぼけているのか、ルネがとろんとした目で見てくる。

「起きたのなら、僕の相手をしろ。昨夜の続きを――」

「こっちに、きて」

皆まで言う前に頭を引き寄せられ、華奢な腕に抱きこまれた。

刹那、彼の脳裏を過ぎったのは看守に庇われた時のこと――そうだ、こんなふうにか細い腕で抱きしめられて――。

「……グレン……だいすきよ」

欠伸を連発したルネが銀髪をよしよしと撫でて、額に口づけてくる。

予想外の行動と『だいすき』という聞き慣れない言葉のせいで、グレンは「え」と声を漏らしたきり動けなくなった。

「ん～……」

ルネが目を閉じてむにゃむにゃと口を動かし、眠気に負けたのか再び寝入った。

彼女は逃走の道中でも寝てばかりいて、昨夜も一緒に寝落ちした。世話係をしていた頃の疲れが、どっと出ているのかもしれない。

今朝と同様に胸の膨らみに顔を押しつける体勢で、グレンは渋い顔をする。

「チッ、また寝やがったな」

舌打ちをするが、妙に顔が熱かった。

「お前、いったいなんなんだ……大好きだって？　それ、僕に言ったのか？」

彼の名を呼んでいたし、たぶんそうなのだろう。

――僕が好きって、なんなんだよ。

好意を向けられているのは薄々気づいていた。けれど真剣に受け取らずに流してきた。

ルネがどんな感情を抱いていようが、グレンは感心がなかったからだ。

でも、今は――。

「本気なのかよ……じゃあ、あの言葉も……」


『だったら、私を愛してほしい』


――ルネに好かれていたとしても、僕は愛し方なんて本当に知らないんだ。大体、何がきっかけなんだよ。ルネには、あの牢獄で初めて会ったんだぞ。

何度も脅した。怖がられるならともかく、好かれるような真似をした記憶はない。

グレンは顔を顰めながらルネを抱き寄せる。悪戯めいた愛撫をしたことで、素直な身体は忌々しいほど反応していた。

でも今ここで寝ているルネを叩き起こして抱くのは、なんだか違う気がする。

眉を寄せたグレンは下穿きを緩めて、硬くなった肉槍を握りしめた。

「くそったれが……これじゃバカみたいだ」

抱きたい女が腕の中にいるのに、手を出せなくて自分で処理をするなんて。

そう腹立たしく思いつつルネの口にそっと吸いついた。

「ルネ……はぁ……」

ふっくらとした彼女の唇を舐めて、拙いキスだけではち切れそうな雄芯を上下に扱く。

まもなく感じ入った声を漏らしながら自分の手のひらに熱を放った。

「……ダメだ……」

これじゃ満たされない。

ルネと身体を繋げて、たくさんキスをして抱きしめたい。

だけど一方的じゃなくて、ルネにもキスをしてほしいし、抱きしめ返してほしかった。

馴染みのない願望に歯嚙みすると、グレンはベッドを離れた。浴室で手を洗ってからルネの隣に戻り、あの心地よい香りごと彼女を抱きしめる。

夢の世界にいるルネの寝顔を眺め、ふわふわの赤毛を撫でて欠伸した。

「くそ……ねむくなってきた……」

――少し目を閉じるだけだ。ルネのことは、あとで考える。

そう自分に言い聞かせて、彼女の規則正しい寝息に誘われるまま瞼を伏せた。

結果、またしても朝まで爆睡することになる。


アーヴェル王国についての対策会議は難航した。

グレンは持ち帰ったアーヴェル兵の武器を提示して協定違反を示したが、議論の末にアーヴェル王の出方を待つべきだという結論が出た。

ただ万が一の時に備えて軍を増強し、国境の警戒も強めることになり、彼は帰還したばかりにも拘わらず朝から晩まで軍務に忙殺された。

ようやく休みがとれたのは、帰還して二週間が経過した頃だった。

午前中に仕事を切り上げて帰宅したグレンは、ルネを捜して厨房へ向かう。

「ルネ、ルネ！」

ルネは長い髪を後ろで一つに括り、コックやメイドと一緒にスコーンを作っていた。

この二週間で屋敷の生活にも馴染んで、リンダをはじめとする使用人と仲良くなり、グレンのために料理の腕を上げようとしているらしい。

「グレン、おかえりなさい。今日は早いのね」

「やっと休みだ。出かけるぞ」

スコーンに混ぜる木の実を潰していたルネを肩に担ぎ上げ、厨房から連れ出す。

「あっ、まだ作りかけで……」

「あとはコックに任せればいい」

玄関へ直行したら、小走りにリンダが追いかけてきた。

「グレン様！　お出かけになられるのなら、せめてルネ様に外套を……」

「貸せ」

グレンは担いだルネを下ろして外套を着せ、目立つ赤毛を隠すようにフードを被せた。

玄関前に馬を待たせておいたので、ルネを抱きかかえて馬に飛び乗る。

「いつごろお戻りでしょうか」

「今日中には戻る」

「かしこまりました。いってらっしゃいませ」

マルコスの見送りの言葉を最後までは聞かずに、グレンは馬を走らせた。急発進したせいでルネがずり落ちそうになり、ぎゅっとしがみついてくる。

帝都の裏通りを駆けて、大通りの喧騒から離れた郊外へ向かった。

貧しい人々が住む住宅区の裏手には、帝都の外まで続く緩やかな川が流れている。

川の周りは整備されていて、水面は少し濁っているものの魚影が見えた。川原では年端もいかぬ子供たちが走り回って遊んでいる。

グレンは馬を降りて、鞍に括りつけておいた釣り道具を出した。

きょろきょろしているルネに「こっちだ」と声をかけ、近くの木に馬の手綱を結びつけてから、川にかかった細い石橋に移動する。

橋の縁に腰を下ろしたグレンはおもむろに釣り糸を垂れた。

ルネもおそるおそる隣に座って、スカートの裾を押さえながら足をぶらぶらさせる。

「釣りをしに来たのね」

「そうだ」

「釣った魚を食べたいの？」

「食うのが目的じゃない。釣りをするのが好きなんだ」

「そうなのね。私を連れてきてくれたのは、どうして？」

「しばらく忙しくて、お前に構ってやれなかったから」

「じゃあ、これはデートね」

「は？　デート？」

会話の場面で初めて遭遇した単語だ。

「だって二人で出かけるのはデートでしょう」

「そういうものなのか」

「ええ、たぶん」

「ふうん。じゃあ、デートでいい」

ルネが嬉しそうに首肯して、川原で遊んでいる子供たちを眺め始めた。

グレンも釣り竿を握ったまま、ぼんやりと水面を見つめる。

緑がかった川の中では小魚が泳いでいた。蒼天からぽかぽかとした日差しが降り注ぎ、凪いだ水面が太陽を反射してきらりと光る。

針に餌をつけずに糸を垂らしているだけなので、竿はめったに撓《しな》らない。無害な釣り針をかすめた魚が小さく跳ねて、まぁるい波紋ができる。

子供の笑い声を聞きながら天を仰ぐと、白い雲が碧空をゆったりと横切っていった。

――さすがに少し疲れたな。

新兵の訓練、部隊編成、その他の雑多な軍務……忙殺される生活には慣れていたが、たまに嫌気が差して釣りをしに来る。

子供の頃は生き抜くだけで精一杯で、朝から晩まで食べ物を探し回るだけの単調な毎日を送った。もちろん釣りもしたし、手づかみで魚を捕まえることもあった。

ひもじい思いばかりしたが、あの頃のグレンは時間に縛られず自由だった。

――こうして、何もしないひとときが心地いい。

獲物が釣れなくても構わない。

水面に糸を垂らし、何も考えずにぼーっとする穏やかな時間が好きなのだ。

しばらく気ままに流れる雲を見ていたが、ふと横に目をやった。

ルネも空を見上げていた。横顔に表情はないが、流動的な空模様を眺める姿が少し寂しげで――グレンは口を開いた。

「祖国が恋しいのか」

少し遅れて、ルネが「祖国？」と反芻《はんすう》する。

「ああ、アーヴェル王国のことね。恋しいとは思わないわ」

「だったら、空を見て何を考えていた」

「うーん……こうやってグレンと並んで空を見ているなんて、少し前の自分が知ったら驚くだろうなって。こんなに穏やかな気持ちで空を眺めたのは、久しぶりだから」

ルネが囁くように言った時、川原で遊んでいた子供たちがこっちへ走ってきた。

彼らは立派な馬が繋がれていると気づいて騒ぎ始めたが、グレンが「あっちへ行け、ガキども」と威嚇した途端、蜘蛛の子を散らすように逃げていく。

「騒がしいガキどもだ」

「子供が元気なのは平和な証よ」

「平和ボケしすぎだ。ここは以前、貧民窟があった場所だぞ。何千人と飢え死にして、その死体が土に埋められ、川に沈んで魚の餌となった」

竿が少し揺れたが、泳ぐ魚がつっついただけのようだ。

「今のガキは何も知らない。ここはすっかり整備されて、生き残った人間も当時のことを話さないだろうからな。僕も思い出すだけで反吐が出そうだ」

「グレンも貧民窟で育ったの？」

「エルヴィスに拾われるまでな。あれは地獄だった。人が死ぬのは日常茶飯事で、食事にありつくために何でもした。……さすがに死体は食わなかったが。死ぬほど飢えがつらくても、まだ人間でいたかったからな」

ルネが絶句していると気づき、グレンは皮肉げに口角を歪めた。

「なんだよ。気分でも悪くなったか」

「あまりに壮絶な経験談だから、驚いて」

「ふん。エルヴィスに拾われて僕は運がよかった。でも、あの飢餓感は二度と味わいたくない。僕は飢えることが、この世でいちばん怖いんだ」

「グレンでも怖いと思うことがあるのね」

「あるさ。飢えずに生きるためなら、なんだってする。エルヴィスの命にも従う」

「今のあなたなら、誰かの命令に従わなくても生きていけそうなのに」

「生きてはいけるだろうな。だが、この生活はいつでも腹いっぱい飯が食える。あれこれ口出しされるのは鬱陶しいが、別の生き方を探す必要性を感じない」

冷めた口調で答えて竿を上げた。小魚が釣り針に引っかかっている。　痩せた小魚を釣り針から外して川に投げた。ぽちゃん、と水音がして波紋ができる。

「グレンの過去や考え方を、ちゃんと聞いたのは初めてね」

「訊かれなかったからな。お前こそ、自分のことを話さないじゃないか」

「あなたが訊いてこないから」

「ハッ。確かにそうだ」

その時、賑やかな子供たちの集団から遅れて、仲良く手を繋いだ姉妹がやってきた。

「ほら、早くしないと置いていかれちゃうよ、おねえちゃん！」

「ゆっくりでいいよ。どうせ、みんなと行くところは同じなんだから」

大人びた姉が、おてんばな妹を宥める。

ルネが橋の横を通り過ぎる姉妹を目で追って、きゅっと唇を噛みしめた。

グレンは横目で彼女の表情を窺い、手元に視線を戻した。竿はぴくりとも動かない。

「ねぇ、グレン」

「ん？」

「少し私の話をしてもいい？　あなたは興味がないかもしれないけど」

「聞いてやるよ」

「……姉がいたの」

今にも消えそうなかすかな声量だったが、彼の耳はしっかりと拾った。

「優しくて賢くて、美しい自慢のお姉様だった。どんな時でも側にいて、両親が亡くなったあとも互いに支え合って生きていた。あなたが、いい香りだと言ってくれた香水をくれたのもお姉様なの」

沈んだ声で打ち明けられる話に、グレンは竿を軽く揺らしながら耳を傾ける。

「お姉様と二人で暮らした日々は幸せだった。朝になって目が覚めるたびに、こんな幸福をくれてありがとうって感謝したわ。だけど、それも長くは続かなかった」

グレンのほうを向いたルネの表情は暗かった。

濁った川の水底よりも、遥かに深く淀んだ沼を覗き見たような暗鬱な目をしている。

「お姉様は殺されたわ。助けに行ったけど手遅れだった」

「誰に殺された」

「アーヴェル王よ。王の不興を買ったから、見せしめに処刑されたの」

「…………」

「あの光景は一生、忘れられない。お姉様を喪って、私はずっと抜け殻みたいに生きていた。いつ死んでも構わないと思っていたの」

グレンには肉親が一人もおらず、喪失の哀しみを味わったことがない。接点の多い部下が戦場で殉職しても、単なる事実として処理して、そっけなく「残念だ」の一言で終わらせてしまう。

きっとグレンはエルヴィスやアイザックが命を落としても「死んだのか」とあっさり受け入れて、今後の身の振り方へと意識を切り替えるだろう。

——僕は他人に共感できない。もしかしたら、共感するという能力そのものが欠けているのかもしれない。

だからルネの話を聞いても「そんな過去があったのか」程度の感想しか抱けない。

——これまでは気にしたこともなかった。だがルネと出会って『分からない』と感じることが増えた。寝言で好きだと言われた時だって、どうすればいいか分からなかった。それが、僕はもどかしくて堪らないんだ。

「……僕にはお前にかける言葉が分からない。でも姉がいて、アーヴェル王の命で処刑されたという過去があるのは理解した」

「それで十分よ。聞いてくれて、ありがとう」

彼女の笑顔が切なげで、けれどどこか嬉しそうでもあって、会話を切り上げようとしたグレンは逡巡した。

今まで考えもしなかった思いが胸に湧く。

——ルネは他のやつらとは違う。他にどんな経験をしたのか教えてほしい……ああ、そうか。僕はルネのことをもっと知りたいんだな。

「お前の両親は、どうして死んだ」

一歩踏みこんだ質問を投げかけたら、ルネの表情が凍りつく。

重苦しい沈黙が流れ、グレンは咄嗟にこの質問は失敗だと思った。

「いや、答えなくていい。試しに訊いただけだ」

「ううん。いずれ、あなたには話すつもりでいたの。でも、まだ心の準備ができなくて……もう少し今のままでいたいの。必ず打ち明けるから、それまで待ってくれる？」

「話す気があるのなら急かしたりしない。好きにしろ」

――釣りと同じだ。待つことは苦手じゃない。

口を尖らせて頷けば、ルネは「ありがとう」と礼を言って儚げな微笑を浮かべた。

◆◇◆

幼い頃の記憶で色濃く残っているのは、目の前に差し出される姉の手のひらだ。

『ルネ、そこから出ておいで。私の部屋へ行きましょう』

白くてほっそりとした手が幼いルネの手を取る。姉は安心させるように彼女の頬を撫でると、手を引いて部屋まで連れて行ってくれた。

内側から扉にカギをかけ、部屋の隅で姉と手を握り合ったまま身を寄せる。

『帰りが遅くなってごめんなさい。もっと早く帰ってくるつもりだったのよ』

『ううん、お姉さま。わたしは平気よ』

ルネは『大丈夫だよ』と伝えるために姉の手を握りしめた。

こうして姉の温もりを感じていると、いつだって心が励まされた。

『あとで一緒に夕食をとりましょう。帰りにプディングを買ってきたのよ』

『たのしみね。お姉さま』

大好きな姉の手を自分の頬に押しつけて、ほっと一息つく。

大丈夫。わたしは、まだ大丈夫。

そうやって今にも折れそうな心を鼓舞するために、ずっと姉の手を握っていた。


「おい、ルネ」


耳元で聞こえた呼びかけで、追想に浸っていたルネは現実に戻された。ぱっと横を見たら、骨付きチキンを持ったグレンが怪訝な顔をしている。

「何をぼーっとしてんだ。全部食べちまうぞ」

「あ……うん、ちょっと考え事をしていたの」

——お姉様の話をしたから、昔の出来事を思い出してしまったわ。

香辛料の利いた肉のジューシーな匂いがして、あちこちから酒を飲み交わす男たちの笑い声が聞こえた。

ここは帝都の大通り沿いにある酒場。夕暮れまでのんびりと釣りをして、そのあと食事をしに来たのだ。

料理が美味しく、酒も手ごろな値段で提供していてグレンの行きつけの店らしい。

目の前のテーブルには、たくさんの料理が並んでいた。

ルネが取り皿にサラダを盛りつけたら、グレンが骨付きチキンを二本乗せてきた。豆と豚肉にピリ辛な味つけをした炒め物もよそられて、ずしりと重くなる。

「こんなに食べられるかしら」

「食えるだろ。もう少し肉をつけたほうがいいぞ」

骨付きチキンをちまちまと食べ始めると、テーブルの向かい側から声がした。

「兄貴……隊長って、やっぱりルネからは飯を奪わないんだな。むしろ食わせてるし」

「ああ、他の連中にも見せてやりたいよな。こんな隊長、珍獣も同然だ」

「トマス、フランク。お前らうるさいぞ。別の席へ行け」

「店が混んでいるんです。相席くらい許してくださいよ。ルネとは隊長の脱獄を手伝った仲だし、俺たちのことは置物とでも思ってくれればいいんで」

「置物はしゃべらないんだがな」

皮肉交じりの相槌を笑顔で聞き流したフランクが、ルネにウインクしてくる。

肉を頬張っているトマスとも目が合い、ひらひらと手を振られた。

二人に会うのは、あの脱獄以来だった。

レストランで偶然鉢合わせし、フランクが適当な口実を作って相席に持ちこんだのだ。

ルネが二人に笑い返すと、グレンの腕が腰に巻きついて抱き寄せられる。

「他の男に笑いかけるな。料理か僕を見てろ」

「分かったから、グレン……近すぎて食べづらいわ」

「お前の食べているそれ、うまそうだな」

手元の骨付きチキンを示されて「食べる？」と尋ねたら、グレンが一口食べた。

「味は同じだな」

「食べたいなら、あげるけど」

「いい。お前が食え」

ルネが小さく口を開けてチキンに齧りつくと、また横から視線を感じる。

スパイシーなチキンを咀嚼していたら、不意にグレンの顔が近づいてキスをされた。

「っ……！」

「お前が食ってるモノはうまそうに見える。もう一口くれ」

ルネは薄ら赤い顔でチキンを差し出し、彼が齧るのを見守る。

もぐもぐと口を動かして、野生の肉食獣みたいにぺろりと唇を舐めたグレンが二度、三度と同じことをねだった。

繰り返すうちに、ルネは段々と猛獣の餌付けをしている心地になる。

「ルネ、そっちのチキンも食いたい」

　「ちょっと待ってね」

　いつしか給餌役になっていたが、ルネは穏やかな口調で言い、グレンと一緒に二本目のチキンを食べ始めた。

「……なぁ、兄貴。おれたち明らかに邪魔者だぜ。目の前で見せつけられているし」

「ぐだぐだ言うなよ。隊長がデレデレしてんのが面白いんだろうが。俺はいくら見ていても飽きないね。むしろ酒が進むよ。……あ、ちょっと、ビールお代わり！」

「僕はデレデレしてない」

「してますよ」

「してますね」

「グレンはデレデレしてるの？」

「してないって言ってんだろ。くそが」

　渋面のグレンが悪態をつき、フランクとトマスが笑い始める。

　つられてルネも笑うと、舌打ちしたグレンが新しいビールのジョッキを奪い取った。

「俺のビール飲まないでくださいよ。自分で頼めばいいじゃないですか」

「飲みたくなったんだ。……ルネ、もっと食え。手が止まってるぞ」

「アンタのせいでしょうが。こんな調子じゃ隊長の相手は大変だろうに。なぁ、ルネ」

　急に話を振られて、サラダを食べ始めたルネは「ううん」と首を横に振った。

「大変じゃないわ。グレンといるのは楽しいし、アーヴェルにいた頃よりも、ずっと穏やかな日々を送れているもの。それに……グレンは私を大切にしてくれるから」

そう付け加えると、パンを食べていたグレンがぴたりと止まった。

食事に熱中している弟を肘で小突いたフランクが、好奇心丸出しで身を乗り出す。

「へぇ～、それは興味がある。これまで女を歯牙にもかけなかった隊長が、どんなふうにルネを大切にしているのか。……当然もう抱いていますよね？」

あえて直球な質問をして反応を見たいのか、フランクが茶化しつつ尋ねた。会話に入ってこないトマスも、肉を口に詰めこみながら上官の様子を窺っている。

ルネが顔の火照りを隠すように俯く横で、グレンは真顔で応えた。

「いや、まだ」

「まじですか」

「ルネが怖がったから途中でやめた。忙しくて続きもしてない。でも、明日は久しぶりに丸一日休みだからな。これを食ったらさっさと帰って……」

「グレン、そこまでにして」

ルネは思わずグレンの手を摑む。

さりげなく今夜の予告までされたから、顔が熱くて火を噴きそうだった。

グレンは不思議そうにしているが、フランクはニヤニヤを深めるし、寡黙なトマスまで心なしか笑っている気がする。

「なるほどなるほど。よく分かりましたよ」

「フランク。お前はいつもヘラヘラしているが、今日は一段としまりのない顔だな」

「いやぁ、意外な一面があるものだなと思ったら楽しくって。すみません」

含みのある視線を向けられ、ルネは恥ずかしくて仕方なかった。

もう余計なことは言うまいと食事に集中していたら、グレンが席を立つ。

「ちょっと用を足してくる。フランク、トマス。僕が戻るまでルネをちゃんと見てろ。ただし指一本触れるなよ。……ルネ、お前は大人しく飯を食ってろ」

「うん、分かった」

足早にお手洗いへ向かうグレンの背を見送っていると、フランクが話しかけてきた。

「アンタもとんでもない男に捕まっちまったな」

「それってグレンのこと？」

「そう。隊長って変わってるだろ。頭のネジがぶっ飛んでんじゃねえかってことも平気でする。アンタも感じたことはないのか」

「確かに、変わっているなと思う時はあるけど……」

頭のネジがぶっ飛んでいる、とまではいかなくとも、グレンの独占欲の強さや、裏切れば殺すと言い放った冷淡さを思い出す。

もしルネが裏切って出奔すれば、グレンは本気で殺しに来そうだ。

「隊長は他人に関心がないんだ。部下が死んでも『残念だ』の一言で終わりさ。俺たちに一定の信頼を置いているが、それ以上でも以下でもない」

「………………」

「俺があの人を慕って、どこまでもついていくと伝えた時も『そうか』で終わった。たぶん何も感じないんだ。気さくに接しても許してくれるくらい、俺やトマスを気に入ってくれているけどさ、いざ死んだって『残念だ』で終わりだろうな」

フランクがジョッキを飲み干して空にした。酔いが回ってきたのか店員に水のグラスをもらい、黙りこくるルネを見やる。

「一見まともに見えても、あの人はぶっ壊れてるぜ。バケモノみたいに腕も立つ。数年前の戦争でも、たった一人でアーヴェル王国の英雄をぶっ殺した」

テーブルに目線を向けていたルネはついと面を上げた。

暗い眼差しでフランクを見て「ええ、そうね」と相槌を打つ。

「そんな男がアンタにあれだけ興味を持ってる。望んで側にいるならいいが、意にそぐわぬことをすればマジで殺されるぞ」

フランクは和やかにルネと会話をし、茶化していたとは思えないほど真剣だった。

少し考えてから、ルネは静かに語った。

「私の人生は失うことばかりで、ずっと死に場所が欲しかった。でもグレンが連れて行くと言ってくれて、生きることに前向きになれたの。だから今は彼の側にいたい」

「そっか……事情は分かんねぇけど、アンタの意思で隊長の側にいたいなら、俺が余計な気を遣う必要はなかったな」

聡いフランクは、それ以上は踏みこんでこなかった。

——グレンの周りには、気遣ってくれる人がたくさんいるのね。

屋敷の使用人も然り、みんなルネに親切だ。

フランクとの会話を頭の中で反芻していたら、すぐ横で何かが割れる音がした。

「あっ、すみません！　すぐに片づけます……！」

女性の店員がジョッキを落としたらしい。足元までビールと破片が飛び散ったので、ルネは片づけやすいよう席を立った。

「破片が散っているわ。フランク、そっちは大丈夫？」

「こっちは平気。それより掃除が終わるまで、ここに座りな。俺たち立つからさ」

「気にしないで。立っていても平気だし、何なら掃除を手伝っても……」

店員が掃除用具を取りに行っている間、邪魔な椅子を移動させた時だった。

真後ろから壁みたいに硬いものがドンッとぶつかってくる。たたらを踏んで振り返ると見上げるほどの大男が立っていた。日に焼けていて筋骨隆々だ。

かなり酔っているらしく髭面が真っ赤に染まっている。

「何だよ、お前……ぶつかってきやがって」

体格のいい大男に睨み下ろされて、ルネはびくりと身を震わせた。さっと顔を背けて謝罪する。

「ごめんなさい。後ろを見ていなかったの」

「……あ？　なんだよ、ジョッキを割ったのか」

男は床を見て鼻で笑ったが、はたとルネを凝視してくる。

「嬢ちゃん、派手な髪の色だな。この国では珍しい」

いきなり顎を摑まれて上を向かされた。

「へぇ～。よく見ると、ずいぶん別嬪《べっぴん》じゃねえか」

「っ……ちょっと、やめて」

「おれたちの席に来いよ。酒でも奢るぜ」

酒臭い髭面が鼻先に迫り、ルネは咄嗟に身を捩ったものの力が強くて逃げられない。

状況を察知したフランクとトマスが一斉に立ち上がる。

しかし二人が介入する寸前で、真横から伸びてきた誰かの手が男の腕を摑んだ。

ルネは唇を噛みしめながら視線だけ横に向ける。

男の腕を握っているのはグレンだった。端整な面に表情はなく、色素の薄い銀色の目で男を冷ややかに見据えている。

「――お前、死にたいのか」

騒がしいはずのレストランに、平時より低めのグレンの声が妙に響いた。

「あ？　なんだ、てめぇ……」

男は最後まで言葉を紡げなかった。グレンが摑んだ腕を反対側に捻り上げ、空いている手で男の太い首を摑んだからだ。

「遠くから見えたぞ、お前がルネにぶつかってきたよな。しかも席に来いだと？」

グレンも長身だが、男は更に背が高く体格がいい。並ぶとグレンは細身に見える。

体格差では男が有利のはずなのに、グレンは物ともせず筋肉質な首に指をみしみしと食いこませた。呼吸ができなくなるように気道を絞めているらしい。

「こいつは僕のものだ。お前みたいなやつが軽々しく触れていい女じゃない」

「ぐっ、う……お、おい……やめ……し、ぬ」

男が腕を叩いて降参しているのに、グレンは顔色一つ変えずに絞め続けた。

「グレン、もうそれくらいで……」

「お前は僕の後ろに隠れてろ、ルネ」

いつになく冷淡に命じられて、ルネは唇を引き結ぶ。フランクとトマスに目をやるが、二人は口を挟む気がないらしく見守っていた。

やがて男の首ががくんと垂れて脱力した。気絶したようだ。

「トマス。これを外に連れて行け」

「はい、隊長」

「フランクは支払いをしてこい。迷惑料込みでな」

「了解です、隊長」

あれほど賑やかだった酒場はいつの間にか静かになっている。

部下に平然と指示を出したグレンに手を引かれながら、ルネは周りを見回した。

軍人から選抜される警ら隊の制服を着た客もいるのに我関せずの態度だ。どこかに男の仲間もいるはずだが他人のふりをしている。

「行くぞ、ルネ」

「……ええ」

促されて外へ出ると、酒場は張りつめた緊張が解けて騒がしくなった。

グレンがルネの手を放して、意識を取り戻した男のもとへ歩み寄る。トマスに羽交い絞めにされている男は近づいてくるグレンを見て慄いた。

「あ……あんた、カリファス将軍、か……酔って、よくわかんなかったんだ……あんたの女だと知ってたら、あんなことしなかった……わ、悪かったよ……」

グレンは謝罪を無視して、許してくれと懇願する男の顎を摑み上げた。

「こうやってルネの顎を摑んでいたよな。あいつは嫌がっていたのに」

「ひっ……ぐう……」

男が顔面蒼白になってぶるぶると震え始めた。先ほど意識を飛ばした時と同様、人並み外れた握力で顎を砕かれると悟ったのだろう。

グレンが空いた拳を握りしめたので、ルネはこれ以上見ていられずに駆け寄る。

「グレン、もういいから……！」

圧倒的な強者を前にして震え慄く男の姿が、かつての自分と重なった。

「さっきは、私が後ろを見ていなかったせいでぶつかったの。顎を摑まれた時も、私がもっと毅然とした対応をするべきだった。だから、もうやめて！」

グレンの腕にぎゅっとしがみつき、これ以上は必要ないと言い募る。

男を睨んでいたグレンの視線がゆっくりとルネに向けられた。彼は心底不思議そうに首を傾げる。

「お前に手を出そうとしたんだぞ。それなりの制裁を加えないと」

「制裁はもう十分でしょう。彼、怖がっているわ」

「お前は、僕よりこいつの味方をするのか」

「そうじゃないの。ただ、必要以上に痛めつけるのはやめて」

決して敵わない相手に痛めつけられる恐ろしさを、ルネは知っていた。

過去の記憶がフラッシュバックしそうになって身震いしたら、グレンが眉間に皺を寄せて男を解放する。へなへなと座りこむ男には目もくれずにルネの顔を覗きこんできた。

「僕を怖がっているのか、ルネ」

「……ううん。怖いのは、あなたじゃない」

「震えてるだろ」

「昔のことを思い出しそうになっただけよ。……グレンは私のために怒ってくれたんでしょう。怖くなんてないわ」

眼差しを受け止めてきっぱりと告げたら、グレンは考えこむように手を顎に添えた。

「確かに、僕は怒ってた……そういえば以前もあったな。お前を殴ろうとした看守に腹が立った。殴られそうになったのは僕じゃないのに」

「？」

ぶつぶつと呟くグレンを困惑顔で見上げたら、静観していたフランクがため息をつく。

「隊長、結局こいつどうするんです？」

「立てなくなるまで、おれと兄貴で殴っておきますか」

トマスがへたりこんだ男の頭を小突く。男が「ヒッ」と小さな悲鳴を上げた。さすがに酔いも醒めたのだろう。

ルネは「グレン」と呼んで、彼の手をくいくいと引いた。

すぐに腰を折って目線を合わせたグレンが、透明感のある銀色の目で見つめてくる。

「なんだよ、まだ怖いのか」

「もう大丈夫よ。震えも止まったから」

普段のグレンは理由もなく手を上げたりしない。言葉遣いが悪く、矯激《きょうげき》な台詞で脅してくることはあるが、理不尽な暴力をふるって服従させる真似はしなかった。

加減を間違えてルネの腕を摑んだ時も、すぐに謝罪をしてくれた。

もともと他人への関心が薄く、とびきり腕も立つから、自分より弱い相手を力でねじ伏せるのは無意味だと思っているのかもしれない。

でも、ひとたび逆鱗に触れるとグレンは容赦しない。

相手が許しを請うても無視して、思わず目を覆ってしまいそうな制裁を加える。

――少しやりすぎかもしれないけど、グレンは私のために怒ってくれた。それだけ私に関心を持ち、守ろうとしてくれたっていうことよね。

たとえ、それが単なる所有欲からくるものであったとしても。

『一見まともに見えても、あの人はぶっ壊れてるぜ』

――今回みたいな出来事は序の口なのかもしれない。グレンには、もっと私の知らない一面があるのかも。だとしても……私はどんなグレンだって受け入れたい。

ルネは深呼吸をしてから、おもむろに手を伸ばした。

「さっきは私を助けてくれて、ありがとう。でも、これで十分だから」

情けなく尻餅を突いた男と二人の部下に見守られながら、グレンの意識を自分だけに向けるように彼の頬をするりと撫でる。

「屋敷へ帰りましょう、グレン」

空いている手でグレンの手を取り、軽く自分のほうへ引いて促す。

グレンが繋いだ手に視線を落として、またルネの顔を見た。笑いかけたら、彼は瞬きもせずにこちらを見つめたまま「ああ、うん」と生返事をする。

「そうだな……やる気が削がれたし、帰るか」

「ちゃんと私も一緒に連れ帰ってね」

「分かってる。ほら、行くぞ」

身を屈めたグレンがルネを荷物みたいに担ぎ、酒場の裏手にある厩舎へ歩き出した。

「待ってくださいよ、隊長。こいつはどうすればいいんですか」

「ああ、もうどうでもいい。酒場へ戻しておけ」

男から完全に興味を失ったようで、グレンは一瞥もせずに手を払う仕草をした。

フランクが「相変わらず気まぐれですね」と苦笑し、ルネをチラと見てくる。

「……しっかし、すげぇ女だな」

「なんだよ、フランク」

「いや、隊長とルネはお似合いだなと思って。俺たちは飲み直してきますよ」

ルネはグレンの肩の上から、酒場へ戻っていく三人を目で追いかけたが、すぐ建物に遮られて見えなくなる。

馬に乗せられて、口数の少ないグレンとともに帰宅の途についた。

屋敷に着くと、グレンはまたしてもルネを肩に担いで玄関へ向かう。

――グレンって、まるで荷物みたいに私を運ぶのよね。

どうせ暴れたところで無意味だから、遠くを見ながら現実逃避をする。

玄関ホールでは、マルコスが恭しく「おかえりなさいませ」と迎え入れた。

担がれたルネを見ても表情を変えないのは、さすが有能な執事といったところか。

「夕食はどういたしましょうか」

「外で食ってきたから要らない。でも夜食は欲しい。部屋の前に置いておいてくれ。そのあとは朝まで人を近づけるな」

グレンがてきぱきと指示をして階段を上っていく。

段差を上がるたびに身体が揺れて腹部が圧迫されるから、ルネは苦しげに訴えた。

「グレン……この運び方、何とかならないかしら」

「これが一番運びやすい」

それで終わり。これ以上の問答は無駄だと悟り、ルネは再び現実逃避をした。

グレンは自室の扉を開け放ち、四人は眠れそうな広いベッドに彼女を投げ落とす。

「抱くぞ、ルネ」

彼が外套を脱ぎ捨てて堂々たる宣言をした。

たぶん世の中には、もっと女性の心をときめかせる誘い文句が山ほどあるだろう。

でもグレンらしく飾り気のない言葉は、ルネの胸を甘く疼かせた。

ベッドをギシッと軋ませて近づいてくる彼は、さながら捕らえた獲物に牙を立てようとしている肉食獣のようだ。

このあと食われてしまうと分かっていながら、ルネは自分から腕を伸ばした。手のひらを上に向けて請う。

「分かった。もう逃げたりしないから、私をたくさん抱きしめて。グレン」

すべて、あなたのものだから。

直後、勢いよくグレンに手首を掴まれてマットレスに引き倒された。飢えた獣がようやく餌にありついたとばかりに、獰猛《どうもう》なキスで言葉を封じられる。

ルネはあえかな吐息を零して口づけを返し、のしかかるグレンの重みを受け止めた。

舌を搦め合って濃密なキスをしていると、そっと唇を離したグレンが囁く。

「お前とのキス、めちゃくちゃ気持ちがいい……もっと、したい」

欲望が駄々洩れのおねだりは、歯の浮くような甘ったるい誘惑の言葉よりも遥かに熱くルネの肌を火照らせた。

第六章　どうすればいいか教えろ

存分にキスをして熱情を高め合いながら、ルネは裸に剝かれた。

攫われてきて二週間あまり。この屋敷では朝昼晩とたっぷり食事が用意されるから、痩せていた身体にも肉がついて健康的な体形になってきた。

覆いかぶさっているグレンに肌を撫で回されそうになったが、汗でべたついていると気づいてルネは口を開く。

「先に湯浴みをしてもいい？　外を出歩いたし、汚れを落としてから」

これから抱き合うなら、きれいに身体を洗ってから触れてほしかった。

グレンが眉を寄せて唇をムッと尖らせる。

「……仕方ないな。僕と一緒に湯浴みをするなら許す」

「一緒でいいわ」

答えながら首に抱きつくと、グレンが威嚇するように唸り声を上げた。

「抱きつくな。このまま抱いちまうぞ」

口ではそう言いつつも、彼はルネを引き剝がそうとはせずにベッドを降りる。

「肩に担がないの？」

「お前がしがみついているから担げないんだよ」

抱きかかえて浴室まで連れて行かれ、バスタブにお湯が溜まるのを待つ間、二人で身体を洗いながらキスを交わした。

「んっ、グレン……」

もどかしい手つきで身体を洗い終えると、グレンに後ろから抱きしめられた。武骨な両手で乳房を包まれる。

力を入れすぎないよう注意しているのか丁寧に揉んでくれる。

「痛くないだろ」

「ええ……痛く、ない」

初めて揉まれた時と比べたら、彼の手つきは優しかった。張りのある膨らみを揉みしだかれ、なんだか気持ちよくて嘆息する。

グレンはちょこんと突き出た乳頭に気づいたのか、先端を摘まんで引っ張った。たちまちびりびりとした痛みが走ったので、ルネはビクリと跳ねる。

「っ……もっと、弱めに……」

「痛かったか」

「ん、少しだけ……」

グレンが右手を閉じたり開いたりして、桃色の頂をそっと指で摘まんだ。

すぐに要領を得たらしく、ルネの反応を窺いながら指の腹ですりすりと撫でてくる。

「は……ふう……」

ルネが悩ましい吐息を零すたびにグレンは頬にキスをして、硬くなった雄芯を臀部にこすりつけてきた。

——私に触れて、彼も興奮してくれているのね。

それが堪らなく嬉しくて俯きがちに微笑むと、顎を持ち上げられた。

グレンの顔がすぐそこにあって、息つく暇なくキスをされる。

「は……グレ、ン……」

「……ルネ」

互いの名前を呼び、素肌を重ね合う。

シャワーのお湯が降り注ぎ、焼けそうなほど熱を持った肌を伝い落ちた。

鼻の頭をくっつけてはキスを繰り返していたら、やや強めに乳房を揉まれて腰をぐりぐりと押しつけられる。

ルネは息を吸うために顔を逸らしてキスから逃れた。肩を上下させながら視線を落とすと隆々と反り返ったグレンの昂ぶりが視界に入る。

卑猥《ひわい》な造形のそれを意図せず直視してしまい、ルネは急いで目線を外した。

これから、あれを中に挿入《い》れるのだ。

心臓がドキドキと激しく高鳴る。

恥ずかしいのに否応なく興奮が煽られてもじもじと太腿をこすり合わせたら、またグレンに顎をとられた。容赦のないキスの攻撃を仕かけられる。

「ふ、っ……んん、んっ……」

無遠慮で自由奔放なグレンの舌が口の中を犯していく。逃げ惑う舌も囚われ、唾液ごとぬるぬると搦めとられて無力化された。

クチュクチュと卑猥な水音を立てて濃密な口づけをし、柔らかさを堪能するように乳房への愛撫も始まる。

ルネは唇と胸を好き勝手に嬲られて満足に息を吸うことができなくなった。

はふはふ、と荒い呼吸をしていたら身体の向きを変えられ、前のめりになったグレンの腕に抱きこまれる。

「はぁ……はぁ、っ……む、っ……」

「……あぁ、もっとだ……」

胸の膨らみが厚い胸板に圧し潰されて、舌を搦める淫猥なキスが執拗に続いた。

――キスが……長すぎて……。

初めてキスをした時と比べたら、グレンはキスが格段にうまくなっていた。

口づけの最中でも陰茎を太腿にこすりつけられるから、彼の興奮が伝わってくる。

「ん……ぷ、はっ……」

ようやくキスが終わって、ルネは大きく息を吸いこんだ。

その間も、グレンは鼻の頭をくっつけて唇を甘噛みしている。

色彩の薄い銀色の目は熱く燃え滾り、ぐっと背中を抱き寄せられて下腹部に屹立した肉槍が当たった。先端はつるりとしていたが力強く脈打っていて、彼が早く身体を繋げたがっているのが分かる。

でも、グレンは深呼吸をしてルネの首へ顔を埋めた。ちくり、ちくりと痛みが走る。

咎めるほどの痛みではなかったが、何をされているのか分からなくて戸惑った。

「……まさか、翳っているの？」

「違う。僕の痕をつけているんだ」

耳の後ろまで口づけられて、くすぐったさに身を捩ったらグレンの腕が離れた。

途端に、ルネは膝から頽れそうになる。足の力が抜けたのだ。

すかさずグレンが支えてくれたが、ルネは自分の足元を見下ろして狼狽する。

「あ、足に力が、入らない……」

どうやら、長く甘ったるいキスのせいで腰が抜けたらしい。

身体を立て直すためグレンにしがみついたら、彼が口元を押さえた。

「僕とキスをして、腰を抜かしたのか……」

かすかに震えた声で呟いた直後、グレンが口を開けて笑い始める。

こんなふうに快活に笑う彼を見るのは初めてで、ルネは呆気にとられたが、すぐに顔を赤らめて言い返した。

「グレン！　腰が抜けたのはあなたのせいなのに、笑うなんて……」

「ああ、分かってる。笑って悪かったよ、ほら座れ」

グレンが緩みきった顔でルネに手を貸し、バスタブの縁に座らせてくれる。

笑われたのが恥ずかしくて上目遣いで睨んでいると、紅色の頬をするりと撫でられた。

「僕とキスをして腰を抜かした、か」

「繰り返さないで……恥ずかしいから」

「ふうん。なんかさ、お前ってあれだよな……ええと……あー……なんだっけ」

笑みの余韻を残したまま、グレンは首を捻っていたけれど「そうだ」と閃いたらしい。

「かわいい、だ。一度も使ったことはないけど、そういう言葉があるよな」

「かわ……え？　なんて？」

「だから、お前の反応がすげぇかわいい。こういう時に使うんだな、かわいいって」

かわいい、を連呼されて、ルネは顔が火を噴くほど赤らんでいくのを感じた。

固まっていたら、グレンが正面で片膝を突いた。ほっそりとした両足に触れてくる。

「なぁ、ルネ。お前にもっと触れたくなった」

彼の手が太腿をさすって足の間に入ってきたから、ルネは背筋をピンと伸ばした。

反射的に膝を閉じようとしたけれど「動くな」と命じられて固まる。

「ちゃんと足を開いて、僕に見せろ。女は準備が必要なんだろう」

いやらしい手つきで内腿を撫で回されて鼓動が速くなった。

ルネも今年で二十二歳だ。男性と性交した経験はないが、身体を繋げる時はきちんと慣らさないと傷つき、痛みを伴うという知識はあった。

グレンの指が足の付け根をなぞり、ルネの背筋にぞくぞくと甘い感覚が走る。

「……準備、してくれるの？」

おそるおそる尋ねてみた。

前回、挿入の寸前までした時は全く慣らさずに抱かれそうになったのだ。

「ああ。やるのは初めてだけど。あと、どんなふうにすればいいかは、お前が教えろ」

付け根をなぞっていた指が足のあわいに到達して、敏感な媚肉をなぞられた。またもや足を閉じたくなったが堪える。

「グレン……私も初めてだから、よく分からないわ」

「やり方を教えろって言ったわけじゃない。準備の仕方もなんとなく分かる」

ルネの右足を持ち上げたグレンは内腿に唇を押し当てた。足の付け根まで舌を這わせていく。グレンの顔が徐々に秘部に近づくのを見ながら、ルネはひどく息苦しくなる。

彼がぺろりと唇を舐める仕草で、これから何をされるか分かってしまう。

――ああ、まさか……それをするの？

顔に熱が集中し始めて、全速力で走った時みたいに鼓動がバクバクと鳴っていた。

「ルネ。僕は女の抱き方を知ってる。だけど――『恋人』の抱き方は知らないんだ」

だから、お前が教えろ。

どこがいいのか、何をしてほしいのか。

全部叶えてやるから。

グレンは囁くように告げて、とうとう到達した秘裂を舐め上げる。

「あ……そんな、っ……グレ、ンっ……あぁっ……！」

汚いから舐めないで。今すぐやめて。

口を突いて飛び出しそうになった制止を呑みこむ。

熱い舌が蜜口を舐め回し、たっぷりと唾液を塗りこんで中を広げていった。

自分でも触れたことのない敏感なところを舌先でつつかれると、驚いて声が出る。

「あぁーっ……むっ……」

甘い声が思いのほか浴室に反響したので、慌てて両手で口を塞いだ。

グレンは動揺するルネを無視して、溢れ出した蜜液をちゅうっと吸う。ほぐれた秘裂に節くれだった指が入ってきた。ぬるぬると出し入れされる。

「……はっ……あ……」

ルネは前のめりになり、太腿の間で動く銀髪を見下ろした。

――恋人って……こんなことまで、するのかしら。

羞恥に焼かれて朦朧としながら考えた。

恋人らしいことをしたいと言ったのはルネだが、睦み合いのやり方までは分からない。

——それなら……あとで、私も……彼にしてあげないと。

でも、グレンの男性器は、すでにはち切れそうなほど大きくなっている。

グレンの準備を優先してくれた。

だから自分も同じように彼の……と、そこで思考が乱れた。生温かい舌先が感じる場所を掠めたので足がビクリと震える。

「あぁ、んっ……」

グレンも反応が変わったのが分かったのだろう。

膨らんだ秘玉を重点的に弄り始めた。指でぐりぐりと潰されるだけで目眩がする。

ルネは更に前屈みになり、しっとりと濡れているグレンの髪に触れた。

指で慣らされる蜜口からは、とろみのある愛液が溢れて準備が整っていく。

「あ……グレン……」

「どうだ、ルネ。気持ちいいか」

「はぁー……きもち、いい……」

舌足らずに応えると、グレンが顔を上げる。

眉尻を下げて喘ぐルネを見上げて、半開きになった唇をキスで塞いできた。

「むうっ、ん……グレン……」

グレンがキスをしながら身を乗り出す。隘路《あいろ》に挿しこまれた指はそのままで、ゆっくりと前後に動かされた。

　ぐちゅぐちゅと、はしたない水音が響く。

「これくらいで、もう十分だろ」

　グレンは十二分にほぐしてから掠れた声で呟き、指を抜いた。

　ルネの足を広げさせて秘部が蕩けているのを確認し、口角を緩める。

「ここに挿入れたら気持ちよさそうだな」

　彼が期待に声を弾ませて媚肉に指を這わせた。

　さりげなく指先が陰核をかすめて、ルネは感じ入った声を漏らす。

　いつの間にか、バスタブはお湯が溜まりきって溢れていた。あたりには白い湯気が立ちこめている。

　グレンは蛇口をひねってお湯を止めると、ルネの肩に手をかけた。

「風呂はあとでいい。ベッドへ行くぞ」

「……ちょっと、待って」

　準備をしてくれたからお返しを、と彼の下腹部に手を伸ばす。

　硬くなった雄芯におずおずと触れた瞬間、すばやく手首を捻り上げられた。

「おい、何してる」

「私も……あなたに、してあげたくて……」

　舌打ちをしたグレンの唇で続きを封じられた。肩と膝の裏に腕を回されて爪先が浮く。

ルネは抱き上げられて、瞬きを数回する間にベッドへ投げ落とされていた。

「っ……グレン？」

「これ以上は待てないんだよ」

すかさずグレンが覆いかぶさってきて、ルネを組み伏せる。

足首を持って横に開き、入念に準備した蜜路に硬くなった陰茎をめりこませてきた。

「お前の中に、早く挿入れさせろ」

凶器じみた硬さの肉槍がずぶずぶと押し入ってくる。

ルネは首を捩らせて「あぁ――」とあえかな声を漏らした。圧迫感から逃れようとして無意識に腰を浮かしたが、グレンが両手で臀部を摑んだ。

「動くな、ルネ」

「……うん」

体重を乗せられて、身動きできない状態で奥を征服されていく。

全身を疼痛が駆け抜けたけれど、ルネは口を引き結んでグレンの背にしがみついた。

太い雄芯がきつく締めつける隘路を抉《こ》じ開けていき、まもなくすべて呑みこんだ。

「……ああ、すご……きつくて、とろとろ、だ」

ルネの耳元で、うっとりとした囁きが聞こえる。

破瓜《はか》の疼痛により朦朧としていたルネは、頬ずりしてくるグレンの髪を撫でた。

「グレン……キスして」

望みはすぐに叶えられた。

グレンが唇にがぶりと齧りついて腰を緩やかに揺らし始める。

「んん、っ……あ……」

雄々しい肉棒で奥を貫かれて、ルネの背中は反った。ギシッ、ギシッ、とベッドが軋んで、その弾みで視界も上下に揺れる。

「あぁ、あっ……んっ、グレン……」

「ルネ……ルネ……」

グレンはキスの合間に名前を連呼しながら、ルネを抱きしめて揺さぶった。

ルネも胸にこみ上げる感情に急き立てられて彼を抱き返す。傍からは細身に見えるグレンの身体は筋肉質で、思った以上に逞しかった。

——ああ……私は、今……グレンに抱かれているのね。

奇跡みたいだと思った。

少し前の自分であれば、こんな幸福がこの身に訪れるなんて想像もしなかっただろう。

もしも夢なら、ずっと覚めないでほしい。

目尻に涙が溜まったが、ぐっと奥歯を噛みしめて耐える。

グレンが腰を突き上げて、首を反らしながら色っぽく吐息をついた。

「……お前の中、やばい……気持ち、よすぎる……」

その言葉だけで、ルネの内側がきゅんと熱く締まった。

──私も、グレンとこうするのが気持ちいい。

腹の奥を貫かれる感覚にはまだ慣れなくて、疼痛も消えていない。けれど、そんな違和感は彼に抱かれる多幸感で上書きされた。

ルネは顔じゅうに口づけてくるグレンの首に腕を巻きつけて甘い声で囁く。

「もっと、私で気持ちよくなって……グレン」

自分から彼に抱きつき、目の前にある耳を甘噛みした。

グレンが呼吸を乱しながら身震いして、腰をグッと押しつける。

「……はぁ、っ……」

押し殺した呻き声を合図に奥深くまで穿たれた。

そこからは、嵐のような激しさで身体を揺さぶられる。

脈打つ熱棒でがつがつと抉《えぐ》られ続けて、グレンの脇に抱えられた足も上下に揺れた。

「あんッ、あぁ、あっ……」

「ルネ、っ……」

引き締まった太腿と、ルネの臀部がぶつかってみだりがましい打擲音《ちょうちゃくおん》が響き渡る。

「……く、そ……めちゃくちゃ、いい……っ」

聞いているだけで腰が抜けそうなほど色気のある掠れ声だった。

それに煽られてグレンの唇に吸いついたら、いきなり両手を摑まれた。

強く握られて一瞬びくりと肩が跳ねたが、すぐに手の力が緩んで指を搦められる。

繋いだ両手をシーツに押しつけられて、手のひらから伝わる温もりが心にじんわりと染み渡ったところで、腰をズンッと押し上げられた。

不意打ちの突き上げで思わず舌を噛みそうになる。

「は、うっ……」

膨れ上がった情欲をぶつけるように、がむしゃらに腰を打ちつけられた。

硬い先端で抉られるたびに嬌声が上がり、熱杭を出し入れされる結合部からは体液の混ざり合う音が聞こえる。

「グレ、ン……あぁ、っ、あ!」

「……あ、出る……っ」

前傾姿勢になったグレンがひときわ奥まで雄芯を突きこんで呻いた。腹の奥にびゅるびゅると精を注がれて中に染みわたっていく。

「ンンッ……あ……あぁ、っ……」

動きは止まったけれど余韻がすごかった。心臓が激しく鳴り響き、ベッドがまだキシキシと軋んでいる。

——これで、私は……身も心も、彼のものになった。

胸がいっぱいになった。これ以上の幸せはきっとないだろう。

ルネは震える手を差し伸べると、吐精の快感に浸っているグレンの頬に添えた。乱れた息を整えながら、彼の顔を自分のほうに引き寄せて唇を寄せる。

「グレン……グレン……」

「ん……ルネ……なんだよ」

「もっと、キスがしたい」

「いいけど……もう一回、したくなるぞ」

キスを返してくれたグレンが硬さを保つ男根を抜こうとしたので、ルネはさせまいとして彼の腰に両足を絡みつけた。

予想外の行動だったのか、繋がりを解こうとしていたグレンが目を見開く。

「おい、ルネ」

「お願い……まだ、出ていかないで」

もう少しだけ身体を繋げていてほしい。

ルネが目を伏せて消え入りそうな声で言うと――。

「チッ」

舌打ちが降ってきた。ついでに「くそが」と聞き覚えのある悪態も聞こえた。

薄目を開けてグレンの様子を窺ったら、整った顔を歪めて口をひん曲げている。

空で瞬く星の色みたいな銀髪をぐしゃぐしゃとかき混ぜて、彼はため息交じりに言った。

「お前、そういうのやめろ」

――叱られたわ……。

やはり、はしたない願いだったか。

ルネが赤面を手で隠しつつ、しゅんとして足をほどくと、グレンが起き上がった。

しかし、彼は雄芯を抜くことはせずにルネの身体をひっくり返す。うつ伏せにして背中に覆いかぶさってきた。

「っ、ん……グレン？」

「男に抱かれるのは初めてだろ」

「……ええ、そうだけど」

中に入っている雄芯がまた熱を持ち、蜜路をぐりぐりと広げていく。

ルネはハッと息を呑んで、ぐしゃぐしゃになったシーツを握りしめた。

グレンの腕が背後から巻きついて腰を持ち上げられる。背中に胸板が押し当てられて、耳たぶに熱い吐息がかかった。

「初めてなら、一回でやめてやろうと思ったのに」

「う……あ……」

「つーかさ、ルネ」

後ろからパンッと腰を叩きつけられて、また「あっ」と声が上がった。

「まだ出ていくなって、どこでそんな誘い方を教わったんだよ」

「っ……お、教わってないわ……私、思ったことを……言った、だけで……」

乳房を包みこまれ、指の腹で慎ましく尖った先端をすりすりとこすられる。

「あぁ……っ、う……」

「ふうん。だったら、あれは本心で言ったのか」

「……んっ、あ……そう、よ……」

「あ、そ。分かったよ」

グレンの声が少し低くなった。ちょうどいい力加減で胸を揉みながら、意地悪そうな口調で耳に吹きこんでくる。

「じゃあ、もう少しお前の中にいさせろ」

なにしろ『恋人』の頼みだからな。

底なしの甘さを含んだ言葉に、ルネはわずかに口角を緩めて「うん」と頷いた。

◆◇◆

女の抱き方は知っていた。

あけすけな言い方になるが、中に挿入れて、出すだけだ。

グレンにとっては、本当にそれだけの行為だったはずなのに――。

「はぁ……はぁ……」

二度目の果てを迎えて、グレンは肩で息をしながら緩慢に起き上がった。

ルネの中から萎えた男根をずるりと引き抜き、気絶した彼女に毛布をかける。

力尽きたように横たわって隣を見ると、こちらに寝返りを打ったルネの寝顔があった。

長い睫毛に縁どられた瞼は閉ざされている。性交の余韻で頬が赤く、キスをしすぎて腫れぼったい唇は少し開いていた。

ぐしゃぐしゃになった白いシーツには鮮やかなストロベリーブロンドが広がっている。汗でしっとりと濡れた彼女の肌にも纏わりつき、赤と白の対比が艶めかしい。

すーすーと穏やかな寝息を聞きながら、グレンはおもむろに手を伸ばした。

ルネの額に張りついた髪をそっと払ってやる。

「僕は……恋人らしく、お前を抱けたか」

問いかけてみるが、彼女の答えは求めていない。

たぶん途中まではうまくやれていたと思う。

だが、ルネの中に入ってからはあまりに気持ちがよくて、好き勝手にした気がする。

——誰かと抱き合うのは、あんなに気持ちがいいものなのか。

全然知らなかった。

何故なら、セックスは昂ぶりを冷ますためだけのものだと思っていたからだ。

でも、ルネとする睦み合いはそんな単純な行為ではなかった。身体を繋げて互いの唇を啄《ついば》むだけで、脳が溶けるほどの快感と充足感があった。

グレンはルネの髪を撫でて、閉ざされた瞼にそっと触れる。潤んだ瞳で見つめられると欲望のまま手ひどく扱いそうになった。

しかし同時に、もっと優しく触れてやらなければと理性が遮るのだ。

グレンがキスをすると気持ちいいと感じるように、ルネにも気持ちよくなってほしい。ただの独りよがりな欲の発散ではなく、快感を分かち合いたかった。

——こんなの初めてだ。

初めてだが悪い気はしなかった。それに一つハッキリしたことがある。

——僕にとって、ルネは特別な存在なんだな。

感情的な問題をあれこれ考えるのは苦手だ。

普段なら、別にどうでもいいと匙《さじ》を投げてしまうだろう。

だが、ルネに対しては違う。怖がらせないようにどうしたらいいのかを考えて、自分の快楽よりも彼女を優先した。他の人間だったらここまでしない。

相手がルネだから。

彼女だけは大切にしてやりたいと思うのだ。

——牢にいた頃からルネのことが気になっていたんだ。ルネは自分の食事を僕に分け与え、手を握り、こんな細い身体で僕を守ろうとした。

孤独な牢で尽くしてくれた女に情が湧いたのかもしれない。

いつぞや頭を過ぎったその考えは、まさしく的を射ていたのだろう。

——ということは、僕はルネに惚れた……のか？　そんなようなことをフランクが言っていた気がする。

いかんせん聞き慣れない言葉なのでピンとこないが。

グレンは顰め面をして、額をトントンと叩いた。

——やっぱり感情的な問題は苦手だ。明確な答えがないのがもどかしい。

その時、ルネの睫毛が震えて瞼が開く。美しい緑玉色の目が眠たげに宙をとらえて、乱れた赤毛を邪魔そうに手で梳いた。それから子猫みたいにくわぁと欠伸をする。

起き抜けの無防備な姿に見惚れていたら、ルネが視線に気づく。

「ごめんね、グレン……ちょっと寝ていたわ」

少し恥ずかしそうだが、屈託のない笑みだった。

こんな笑顔をグレンに向けてくれる人は、ルネの他に誰もいない。

——ああ……今、もう一つ分かったことがある。

甘えるようにすり寄ってくる彼女を受け入れて、ふわふわの赤毛に顔を埋める。

すぐにルネが背中を抱き返し、優しくさすってくれた。

——こんなふうにルネと過ごす時間を、僕は手放したくない。

この時間を守るためなら何でもするだろう。

誰かに邪魔をされるのなら躊躇なく排除してやる。

——ルネは僕のものだ。もう放さない。誰にも渡さない。

グレンは赤毛の隙間から覗く耳を甘噛みした。無意識に細い首筋に触れる。

ルネのたおやかな首は、酒場で男の首を絞めた時のように力を加えれば簡単に折れそうだった。

しきりに首を撫でていたら、ルネがくすぐったそうに身を捩った。

「グレン、くすぐったい」

「細い首だな。少し力を入れただけで折れそうだ」

「そんなに簡単に折れたら、すぐに死んでしまうわ」

そうだな、と相槌を打ってルネを腕に抱きこむと、ひとりでに欠伸が出た。

誰かがいると眠れなかったはずなのに、ルネは例外だった。最近は夜更けに帰ると、ルネのベッドにもぐりこんで爆睡してしまう。

枕に振りかけた心地よい香りのせいかと思ったが、今はもう彼女の温もりさえあれば眠れるだろう。現に睡魔に襲われていた。

グレンはうとうとしながら、回転の鈍くなった頭で考える。

――ルネがいるのが当たり前になっていく。だが、もしルネがいなくなったら、僕はどうなるんだろう。

想像もできなかった。この温もりを手放すなんて、もうできっこない。

ただし気がかりなことがある。ルネは未だに身の上を隠していた。

打ち明けてくれるまで待つとは言ったものの、彼女と肌を重ねて手放したくないという想いが強まった今は少し後悔している。

グレンはどんな生まれでも気にしないと彼女に伝えた。

それなのに、あえて『隠す』のはそれなりの事情があり、彼に対して後ろめたいことがあるのかもしれない。

彼女の想いが一途なもので、グレンを裏切らないと心の底から確信したかった。

――もっとルネのことが知りたい。教えてほしい。

――僕をこんなに悩ませるなんて、やっぱりルネは特別なんだな。

だから、どうか失望させないでくれ。


ルネを抱いてからもグレンの生活に大きな変化はなかった。

朝には城に出仕して、夜に帰宅してルネと過ごす。

肌を重ねる時間が大幅に増えたこと以外は、変わり映えしない毎日だった。

帰還して二ヶ月あまりが経過して――その日、城に出仕したグレンはアイザックから雑務を押しつけられ、辟易《へきえき》とした顔で廊下を歩いていた。

――こんな事務作業を僕に押しつけるなよ。また帰りが遅くなるだろうが。

屋敷で待つルネのことが頭を過ぎり、さっさと片づけて帰ろうと足取りを早める。

ジェノビア帝国における軍人のトップ……将軍は三人いる。

グレン以外の二人は五十代で、エルヴィスとも縁が深く経験のある軍人だった。

部隊編成や訓練をはじめとする軍務は他の将軍が仕切り、経験の浅いグレンは国境の視察に赴いたり、単独で特殊な仕事をこなしたりと仕事内容が変則的だ。

今日のように、アイザックの使い走りをさせられることもしばしばある。

面倒だが、これも仕事だからと割り切って片づけていた。

ちなみに二人の将軍は、若く平民上がりのグレンが気に入らないのか、顔を合わせるたびに嫌味や皮肉をぶつけてくるが、いつも適当に聞き流していた。

それに彼の率いる部隊は平民の出で功績を上げた者や、他部隊で爪はじきにされた癖のある軍人ばかりだ。

グレンはどんな部下でも公平に扱い、輝かしい経歴に実力も兼ね備えていたから「カリファス将軍の命令にしか従わない」という者も多い。

いわゆる『問題児たち』を纏め上げている点でも評価されているのだ。

グレン自身は周りの評価には関心がなく、義務的に仕事を片づけているだけなのだが。

不貞腐れた足取りで廊下を歩いていたら、いきなり呼び止められた。

「あら、グレンじゃない」

振り返ると、エルヴィスの妻――皇后のニキータが立っていた。

アイザックの妹でクロイツ公爵家の令嬢だったニキータは、エルヴィスが皇帝になると皇后として迎えられた。

あくまで政略結婚だが、兄と同様にエルヴィスとは幼馴染なので夫婦仲は良好らしい。

ニキータの隣には、どこかで見たことのある男が立っている。

確か帰還した直後に顔を合わせた貴族だ。名前はイーサン・ベルダンだったか。

「久しぶりね、ちょっといいかしら。……ベルダン侯爵、外してくれる？」

ニキータが手を振ると、ベルダン侯爵が恭しく一礼して去っていく。

グレンは面倒くさいのに呼び止められたなと心の中で唾棄《だき》したが、礼をとった。

「皇后様。お久しぶりです」

――僕を見かけたって声をかけることは少ないのに、呼び止めるなんて珍しいな。

世間話に付き合わされるのはごめんだぞ、と忌々しく思っていたら、淑やかな足取りで近づいてきたニキータがベルダン侯爵の去ったほうを一瞥した。

「……行ったかしら。はぁ、まったく。あまり馴れ馴れしく話しかけないでほしいわ」

「先ほどの男はベルダン侯爵ですね」

「ええ。アーヴェルから亡命してきた貴族よ。亡命貴族の受け入れは政治的に有益だし、異国の貴族に偏見はないけれど、あの侯爵は私や陛下に媚びを売って取り入ろうとするの。大げさなお世辞を聞かされると不快だわ」

なるほど、とグレンは得心する。

媚びを売る侯爵の相手と、馴染みのある野良犬を比べて後者を選んだというわけだ。

それにしても、寛容なニキータが嫌悪感を見せるのは珍しい。

「亡命貴族を快く思わない者も多いので、気に入られようと必死なんですね。貴族が陰でコソコソと話しているのを聞いたことがあります。亡命貴族は売国奴だとか、なんとか」

「でも、それは仕方がないことよ。彼らはアーヴェル王国の情報を売る代わりに、帝国の庇護《ひご》を受けているのだから。陛下も寛大な処置をしているわ」

「堪りかねてアーヴェル王国に逃げ帰る者も、そのうち出そうですがね」

「そうならないように監視の兵士をつけているのよ」

暴君を恐れて祖国を逃げ出し、異国へ逃れたはいいが、そこでも針の筵《むしろ》で監視つきの生活を送る。

――周りに何か言われたところで気にするだけ無駄だけどな。帝国の庇護を求めたのなら、それくらい耐えて当然だろう。それに見合う生活も与えられているんだから。

十分な食事をもらえて寝泊まりできる屋敷がある。生きるには十分だろう。

冷たい眼差しでベルダン侯爵の去った廊下の奥を見ていると、ニキータの興味がようやくグレンに向けられた。

「あなたがアーヴェルから戻って、もう二ヶ月近く経つかしら」

「はい」

「元気そうで何よりよ。陛下はあなたを頼りにしているみたいだし、これからも支えてちょうだいね」

ニキータが会話の締めに入っている。

ようやく解放されると思ったのも束の間、ニキータは「そういえば」と言葉を継いだ。

「あなた、アーヴェルから連れてきた女性を側に置いているんですって？」

「ルネのことですか。まぁそうですね」

「どんな女性なの？　きれいな方？」

ルネは、きれいだ。他の女とは比べようもない。

だが、好奇心で目をキラキラさせながら待っているニキータを見ると、グレンは即答する。るのが憚られた。

十分に間をおいてから、ぶっきらぼうに「ええ、まぁ」と応える。

「そうなのね。あなたが女性を側に置くなんてめったにないことだわ。これまで結婚の話を持ち出しても、興味ないの一言で断っていたもの」

ニキータの満面の笑みを見ていたら、なんだか嫌な予感がした。

グレンが二の句を継ぐ前に、皇后は物腰柔らかく言う。

「来週末、私の主催で舞踏会を開く予定なの。あなたとその女性に招待状を送るから、二人で来てちょうだい」

「……ルネはこの国に来てまだ二ヶ月です。舞踏会は……」

「陛下とお兄様が心配していらっしゃるのよ」

穏やかな口調だが有無を言わさぬ響きがあり、グレンは口を噤んだ。

「あなたの連れてきた女性は素性が知れないそうね。アーヴェル王の息のかかった間諜である可能性もあるって、陛下が憂慮していらっしゃったわ。もしそうであれば、あなたがすぐに気づくだろうけど……恋は盲目なのよ。どれほど腕が立つ軍人でも、目が曇ることだってあるの」

まるで子供に言い聞かせるような口ぶりだから、思わず眉間に皺が寄る。

廊下でニキータと会ったのは偶然で、ベルダン侯爵がいなければ話しかけてこなかったはずだ。しかし、もしかしたら最初からこの話をするつもりでグレンを呼び止めたのではないかとさえ思えてくる。

「女同士で話をすれば分かることもあるでしょう。それにお兄様や陛下も会いたがっているみたいだから、必ず連れて来なさいな」

「それは命令ですか？」

「命令よ。会えるのが楽しみだわ」

皇后は笑顔で即答した。自分より身分の低い者が断るなんて考えもしない、命じることに慣れた人間の態度だ。

いつもなら、グレンは「分かりました」の一言で会話を切り上げる。

しかし……余計な言葉が口から飛び出した。

「ルネが間諜だとは思えませんが」

「本人がそう言ったの？」

「いえ。ですが怪しい行動は見受けられませんし、屋敷で大人しくしています。間諜であれば情報収集のため外に出たがるものかと」

彼が口答えしたことに驚いたのか、ニキータはしばし動きを止めて笑みを消した。

「他に協力者がいたら、どうするの？　大人しくしているのも不思議ね。あなたのことだから、どうせアーヴェルから強引に連れてきたんでしょう。私だったら祖国へ帰るためにどんな手段でも使うわよ」

「どんな手段も、ですか……例えば？」

「あなたを愛しているふりをする、とか」

——僕を愛しているふり？　であれば愛してほしいと言ってきたのも、僕を篭絡《ろうらく》するためだったってことか？　……いくらなんでも回りくどいだろ。

ルネの献身や好意が演技だとは思えない。

だが、それはあくまでグレンの主観だ。他人の目から見ると違うのだろうか。

「その真偽を確かめるために連れてこいと命じているの。あなた、人の愛がどういうものか分からないでしょう」

貧民窟で育った野良犬では、人間の感情を理解するのは難しいわよね。

慈愛の笑みを浮かべるニキータの言葉の裏を読み、グレンは無言を貫いた。

——この女は変わらないな。こいつにとって僕は平民育ちの野卑な孤児のままだ。

「グレン、来週末よ。必ず来なさい」

それ以上の問答をするつもりはないのか、皇后はきっぱりと言って踵を返す。

グレンの返事なんて、もとより聞く気はないのだろう。おっとりしているように見えて頭も切れるから、エルヴィスとよくお似合いだ。

——僕を見下している点ではアイザックとそっくりだ。……まぁどうでもいいか。

グレンは無表情で皇后の背を見送り、すぐに関心を失くす。

気を取り直して前を向いたら、今度は正面からアイザックがやってきた。

「グレン」

「チッ、今度はアイザックか…………何ですか、宰相閣下。押しつけられた仕事はこれから片づけるところですが」

いつもであれば小声の愚痴でも聞き逃さないアイザックが、何も咎めず淡々と言った。

「陛下がお呼びだ。仕事だぞ」

エルヴィスの呼び出し。先にそっちの仕事かと肩を竦めたグレンは宰相の後を追う。

「久しぶりだが腕は鈍っていないだろうな」

「鈍っていませんよ。ご心配なく」

硬い表情のアイザックを横目に、グレンは仕事と関係のないルネのことを考えていた。

――皇后の命令なら、ルネを連れて行くしかなさそうだ。

ルネはアーヴェル王の息のかかった間諜かもしれない。

今まで考えたことがないと言ったら嘘になるが、彼女の態度を思い返してもそれらしい動きはしていなかった。

――だが、あいつは僕に隠し事をしている。

それはれっきとした事実であり、大抵のことは聞き流すグレンの心に影を落とした。

グレンと抱き合う時間は嵐の大海に投げ出されたように荒々しく、幸福に満ちている。

◆◇◆

ベッドに組み伏せられたルネは新鮮な酸素を求めて息を吸いこんだ。

しかし上に乗っているグレンが動くたびに、吸ったばかりの酸素が喘ぎ声として零れ落ちていく。

「あ、っ、あ……グレンっ……」

両手を伸ばしてグレンに抱きつくと、奥を穿つ肉槍の動きが緩やかになった。

猛った剛直が根元まで押しこまれ、ぎりぎりまで引き抜かれる。浅い箇所で前後に揺すられたかと思えば、またしても奥深くまで挿入された。

「……ん、あぁっ……はー……」

最奥を突き上げられて視界が上下に揺れた。雄々しい楔の先端で奥を穿たれ続けると、目眩がするほど気持ちがよくて四肢がふるふると震える。

帝国に連れてこられてから二ヶ月が経つが、グレンは頻繁にルネを抱いた。

お蔭でルネの身体はすっかり彼の愛撫に慣らされて作り変えられてしまった。破瓜の疼痛なんてとっくに忘れ去っている。

不規則で淫靡な動きに翻弄され、ルネは夢中でグレンの唇に吸いついた。

「ふ、っ、ん、ん……」

「……ルネ、っ……はっ……」

　グレンが色っぽい呻き声を上げて、腰を叩きつける動きを激しくした。その傍らで胸の先端を指の腹ですりすりと撫でてくる。

　下半身は荒々しく揺さぶられるのに乳房への愛撫が優しく、その差異に感じてしまう。

「グレン、っ……グレンっ」

　すでに一度注がれた白濁液と愛液が混じってグチュッ、グチュッと淫らな音がした。

「あ……また、っ……」

　気をやってしまうと弱々しく訴えたら、グレンがわざと腰の動きを遅くした。

　奥まで埋没させたまま彼が止まり、すぐそこまできていた果ての波が引いていく。

　ルネは息も絶え絶えになりながら涙目でグレンを見上げた。筋肉質な腕で玉のような汗が滲む額を拭った彼と目が合う。

「なんだよ」

「……グレン、苦しいの……動いて」

「ハッ……どうしようかな」

　グレンは愉快そうに笑い、空いている手を結合部に伸ばして膨らんだ花芽をくりくりと弄ってくる。

　脳を貫くような快楽に襲われ、ルネは背中を反らして身をくねらせた。

「あ……い、くっ……」

だがグレンが愛撫をやめてしまい、弾ける寸前まで膨れ上がった熱が発散できない。

ルネは仰け反ったまま苦しげに声を漏らした。無防備にさらされた首筋に柔らかいものが押し当てられる。彼が口づけているのだ。

「――かわいい、僕のルネ」

満足そうな呟き。グレンの腕が拘束用の鎖みたいに身体に巻きついてきた。

蜜壺に挿しこまれた昂ぶりが、更に硬くなった気がする。

「ずっと、こうしてお前を抱いていたい」

また愛撫が降ってきた。覚えのいい彼が力加減を間違えることは、もうない。

ルネが最も感じる触れ方で乳房を包み、互いの体液でぐちゃぐちゃになった腰をゆるゆると動かす。

「あ、グレンっ……ん、あっ……」

果てを迎えそうになると、グレンが再び動きを止めて顔を覗きこんできた。

透き通った銀色の目は欲情で濡れている。頬が赤らんで、整ったかんばせには艶然とした笑みが浮かんでいた。ぺろりと舌なめずりをする姿は飢えた獣を連想させる。

「気持ちよさそうだな」

「……おねがい……グレン……」

「なんだよ、お願いって」

グレンが乳房に口づけた。乳頭に吸いつかれて口内で転がされると、敏感になった身体がビクンッと跳ねる。

——ああ、これじゃ……頭が、おかしくなる……。

快楽と焦らしの挟撃はあまりに強く、ルネの思考を酩酊状態に陥らせた。

グレンの重みと、押しつけられる汗ばんだ肌。淫らな腰遣いと巧みな愛撫、麻薬みたいに癖になる甘ったるいキス……もう、そのことしか考えられなくなる。

——グレンで、いっぱいだわ。

こうしている時は何も考えられない。

悲しいことも苦しいことも、すべて忘れてグレンで塗り潰される。

ルネの蕩けきった表情を見下ろして、彼は口角を持ち上げたが——不意に、その笑みが跡形もなく消失した。

「あとで、もっと気持ちよくしてやる。その前に……僕の質問に答えろ」

冷たく硬質な鉄を思わせる銀の瞳が近づき、大きな手のひらで首筋をなぞられる。

「お前は間諜じゃないよな」

「……？」

「アーヴェル王の手先か、って訊いているんだ」

長時間焦らされて、ルネの意識は朦朧としていた。無尽蔵な体力を持つグレンが相手では限界に近づいていて、まともに思考するだけの理性も残っていない。

質問の意図もうまく理解できず、ルネは視線を宙に向ける。

「……アーヴェル、王……おねえさまを、ころした……あの、男……」

「そうだ、アーヴェル王だ。そいつの命令で僕のもとに来たのか」

「ちがう……あんな男……」

大嫌いよ、と口を動かした。瞼を閉じると姉の顔が過ぎり、鼻の奥が熱くなる。

「そうか、姉を殺した男だからな。大嫌いなやつの命令には従わないよな」

当然だとグレンは頷き、素直に答えた褒美のように腰を揺すった。

「うっ、あ……」

「信じるぞ、ルネ」

「んん……グレンっ……」

「お前を糾弾しようとするやつがいたら、許さない。相手が誰だろうと守ってやる」

甘い口づけが落ちてくる。

両手で頬を摑まれてたっぷりとキスをされたあと、グレンが耳に口を寄せてきた。

「だから、僕の信頼を裏切るな」


裏切ったら殺す。


もはや幾度目か知れない脅迫。彼の手が首筋をなぞった。

こんな細い首、いつだってへし折ってやれるんだぞと言われている気がする。

明確な殺意を滲ませながら凄まれて、曖昧模糊とした思考が一瞬クリアになった。

けれどもグレンが愛撫を再開したせいで瞬く間にわけが分からなくなる。

「もう一つ訊きたいことがあった」

逃れる術のないルネを快楽漬けにしながら、グレンは冷静な声でそれを口にした。

「お前は、僕を愛しているのか」

問いかけは、ちゃんと耳に届いていた。端的な質問なので意味も分かる。

しかし、ルネは即答できなかった。鼻先に顔を近づけてきたグレンに目を見つめられても、上手に舌が動かない。

「僕を愛しているか、ルネ」

彼がゆっくりりと聞き取りやすいように繰り返した。

——グレンのことは大好きよ……でも、この想いは……。

瞼を閉じると、走馬灯のように過去の記憶が蘇ってきた。

繰り返される暴力に怯えて、姉とともに耐え忍んだ日々……激しい憎悪に駆られて、ひとときの幸福を手に入れるまでの時間……そして初めてグレンを見た時のこと。

まるで昨日の出来事みたいにハッキリと思い出せる。

「……うまく、言えないの……」

ルネは目を閉じたまま絞り出した。

「あなたへの、想いは……その言葉じゃ……言い尽くせなくて……」

胸にこみ上げる激情に呑みこまれて嗚咽が零れ、それきり言葉にならない。

グレンは無表情でルネを見つめていたが、やがて平坦な声で「そうか」と呟く。

闇の中での問答は終了し、グレンは泣きじゃくるルネを抱えて起き上がった。身体を繋げたまま胡坐をかき、彼女の腰にがっちりと腕を巻きつけて真下から突き上げる。

「あぁっ……!」

グレンは喘ぐルネを一方的に揺さぶり始めた。

それから熱を放つまで何も話さず、好きだと言っていたキスもしなかった。


明け方に目を覚ましたルネは、熟睡するグレンを起こさないようベッドを出た。

床に落ちているネグリジェを身につけ、ふらふらとした足取りで鏡台に向かう。小物を入れる引き出しから姉にもらった香水を取り出した。

蓋を開けると嗅ぎ慣れた香りがして落ち着くが、憂鬱な心地は消えなかった。

――私は疑われているんだわ。

行為の最中の詰問だからおぼろげな記憶ではあるが、グレンに間諜なのかと問われた。

彼を愛しているか、とも。

「……そろそろ話さないと」

きっと話すべき時機が来たのだろう。

この二ヶ月間、ルネはとても穏やかな日々を送った。

マルコスやリンダといった屋敷の使用人は皆、親切だった。昼は屋敷の仕事を手伝ってグレンのために菓子を作り、夜はグレンと過ごした。

愛してほしいと頼んでから、グレンは本当に恋人みたいに接してくれた。

ルネは、そんな彼の側にいたかっただけだ。きちんと言葉で伝えたことはないが、グレンもきっと彼女の好意に気づいている。

今ならすべてを打ち明けてもグレンの態度は変わらないだろう。

肩書きも生まれも関係ない、ただの『ルネ』を知ってくれたはずだから。

――だけど、いったい何から話せばいいんだろう。

ルネは覚束ない足取りでベッドに向かった。足に力が入らず、歩くたび中に注がれた体液が太腿を伝い落ちていく。

行為のあとでグレンが清拭をしてくれたはずだが、奥に放たれる量が多すぎるのだ。

彼との交合は一度では終わらない。二度、三度と立て続けに挑まれる。

ルネはグレンに求められたら決して拒絶せず、むしろ自分から離れないでと懇願した。

どんな無体を強いられても構わなかった。彼と抱き合うのは、ルネにとってひたすら幸福な時間だったからだ。

ベッドの脇で身体を拭いてから、ルネは窓のカーテンを開ける。外の空気を吸いながら思考を纏めたくてベランダに続く窓も開けた。

外に出ると、音を立てないようにカーテンと窓を閉めてベランダの手すりに近づく。

薄明の空を仰ぎ、虚空に向かって白い息を吐いた。

冬が近づいて明け方の気温は低く、グレンに攫われた直後の野営を思い出した。

あの時も、夜明け前に川で水浴びをしたのだ。

しばらく悩んでから決意を固める。

——やっぱり、最初から順を追って話そう。時間はかかるかもしれないけど、グレンは私が話すまで待ってくれている。だから彼にはすべてを知ってほしい。

手すりに前のめりに凭れかかって物憂げに庭園を見下ろした時だった。

突然、真後ろに人の気配を感じた。

「っ！」

ルネが振り返ろうとした瞬間、背後の闇から二本の腕がぬっと出てきて抱擁された。

まるでエスコートするみたいに腰を引き寄せられて、首筋に冷たいものが触れる。

ルネは微動だにできず、視線だけ斜め下に向けた。きらりと光る短剣が首の下に添えられている。

カーテンと窓を開閉する音は全く聞こえず、気配も一切なかった。

糸をピンと張りつめたような緊張感にどくん、どくん、と自分の鼓動の音が響く。

「……グレ、ン……」

いったい、いつから背後に立っていたのだろう。

きつく抱きしめられているわけではない。身じろぎをすれば解けるほど緩かった。

だが少しでも動いたら短剣で首を切られてしまうと、ルネは本気で思った。

今までも、グレンは幾度となく「殺す」とルネを脅した。

自分を強く見せたい人間は大げさな脅し文句で威圧することはあるが、彼はそういうタイプではないと、ルネはもう知っている。

「何をしていたんだ、ルネ」

今日のクッキーも派手に焦げているな。

そう言ってルネの焼いた菓子を摘まむ時と変わらない、普通の口調だった。

「……空気に、当たって……少し考えごとをしていたの」

「こんな時間に？」

「目が、覚めてしまって……あなたを起こしてしまった？」

「いいや。僕はお前より先に起きてた」

「そう……ねぇ、これじゃ動けないわ、グレン」

激しく鳴り響く心臓には気づかぬふりをし、平静を装いながらグレンの腕に触れると、彼はようやく短剣を下ろした。

しかし、ルネを解放しようとはせずに肩のあたりに顔を押しつけてくる。

「お前がこっそりベランダに出ていったから、逃げるつもりかと思った」

「逃げる？」

「手すりから、庭に飛び降りようとしたのかと」

「そんなことしないわ。骨が折れてしまう」

「僕も何度かやったことがあるが、骨は折れなかった」

「私はあなたみたいに身体を鍛えていないし、この高さで落ちたら怪我をするわ」

「そう、か……そうだよな」

腰を抱いているグレンの腕に力がこもった。

「お前は華奢で壊れやすい女だ。僕のもとから逃げたりもしない。……ニキータのやつ、余計なことを言いやがって」

「ニキータって、誰なの」

「アイザックの妹で、エルヴィスの妻。つまり、この国の皇后だ。あいつに変なことを言われて、少し気が立ってた」

グレンが利き手に持っていた短剣をぎこちなく背後に隠した。

その不自然な動きが視界の端に入り、ルネは重々しいため息をつく。

「もし、私が本気で逃げようとしていたら……そこで殺していたでしょう？」

彼は珍しく逡巡するそぶりを見せたが、低い声で「そうだな」と応じた。

「殺してた。お前に痛みは与えたくないから、たぶん一瞬で」

日常の何気ない出来事を語るみたいに、さらりと言われた。

裏切ったら殺す。度重なる過激な脅し文句は、ただの脅しではなかったのだ。

——殺されそうになったんだから、こういう時は怖がるべきなのよね。

普通はそうだろう。でも、ルネはとっくに普通じゃない。

何しろこんな状況でも、グレンに抱きしめられているのが嬉しいと感じているのだ。

——私は彼のものになった。だから、私を生かすか殺すか決めるのはグレンよ。

自嘲気味に遠くを見たら、グレンは主人にじゃれつく猫みたいに頬ずりしてきた。

「ルネ。来週末、ニキータ主催の舞踏会へ行くぞ。お前を連れてこいと言われた」

「どうして私を？」

「アーヴェル王の間諜じゃないかって疑われている。それを晴らすためだ。ニキータだけじゃなく、たぶんエルヴィスやアイザックもお前を疑っているだろう」

「……そう。だったら行くべきね」

「僕はお前を信じる。何者でも構わない」

「ありがとう、グレン。だったら、今のうちに話しておきたいわ……私の身の上についてなんだけど——」

今だと思って切り出してみたが、グレンの指が唇に乗せられる。

「やめろ。来週末、ニキータやエルヴィスがいる時に話せ。お前、何か後ろめたいことがあるんだろう。その内容次第では……僕は、お前に何かするかもしれない。ありえないとは思うが、可能性はゼロだとは言いきれない」

だから僕を制止できる人間がいる場所で、すべてを話せ。

耳に吹きこまれた囁きに、ルネは唇を噛みしめる。

――これは、グレンから私を守るための提案なのね。

ついさっき短剣を突きつけられたばかりで、彼の言葉には重みがあった。

「分かったわ。あなたの言うとおりにする」

「ああ、そうしろ」

「だけど今、一つだけ言っておきたいことがあって」

ルネはグレンの手に自分の手を重ねて、大きく息を吸った。

「私はグレンが好きよ。あなたのものになりたくて、ここまでついてきたの。グレンが許してくれる限り、側にいたいと思ってる。それは信じてほしい」

夜明けが迫って明るくなった空を仰いだ。

冷たい朝の空気を胸いっぱいに吸いこんだら、長い間があってグレンは「そうか」と小さな声で答えた。

第七章　殺すか、生かすか

舞踏会の当日、ルネは朝から衣装選びをしていた。

リンダが仕立屋に既製品のドレスを持ってこさせて、ああでもない、こうでもないとメイドと話しながらルネに着せていく。

執事のマルコスも何度か様子を見に来て、その都度「似合いますよ」と感想をくれた。

ちなみにドレス代は、グレンが自由に金を使っていいと許可してくれたらしい。

――この屋敷にいる使用人は、みんな優しい人ばかりだわ。

アーヴェルの城で働いていた時は、身分の低い下働きというだけでメイドや兵士につらく当たられることも多かったから余計にそう思う。

ドレス選びは午後までかかり、最終的にシェルピンクのドレスに決まった。

デザインはハイネックドレスだ。全体的に絹の生地で縫われていたが、ところどころレースの生地が入れこまれていて白い肌が透ける。

上半身は身体にぴったりと合うデザインだから線の細さが強調され、腰から下のスカートも軽く見えるようにレースが織りこまれていた。

熟れた苺みたいに鮮やかな髪も艶が出るまで梳かされ、うなじが見える髪型に結い上げられる。化粧もしてもらい、唇にはローズピンクの口紅を乗せられた。

ルネは鏡の前に立ってしげしげと自分の姿を見つめる。

――これなら十分よね。皇族の方々にお会いするとしても失礼にあたらないはず。

リンダとメイドたちは仕上がりに満足げで、マルコスも「すばらしいですね」といつになく緩んだ顔で褒めてくれた。

身支度を終えて一息ついた頃、グレンが早めに城から帰宅した。

ルネが玄関ホールへ迎えに行こうとすると、階段を上ってきた彼と鉢合わせする。

「グレン、おかえりなさい」

目が合って数秒固まったグレンが、ルネの脇に手を入れてひょいと持ち上げた。

「お前、これで行くつもりか」

「そうよ、どうかしら。みんなは似合うと褒めてくれたけど……」

「きれいすぎてダメだ」

「きれ……え、なんて？」

耳慣れない言葉が飛んできたので、面食らって訊き返してしまった。

グレンはルネを両手で持ち上げたまま「リンダ！」とメイド頭を呼んだ。

「はい、グレン様。どうなされましたか？」

「ルネを着替えさせろ。これじゃ、きれいすぎる。城には連れて行けない」

「は？　ですが、今から衣装を選び直すと時間がかかってしまいます」

「他の男がじろじろ見るだろ。もっと地味でいいんだ」

「……グレン。その『きれい』って言うのは、褒めてくれているのよね？」

「そうじゃなくて……いや、褒めてるな。お前の髪とか瞳とか、どれも全部きれいだ。この上きれいに着飾ったら変な男が寄ってくる。だから着替えろ」

真顔で言い直したグレンが部屋まで連れて行こうとする。

リンダが止めようとしても無視するので、しまいにはマルコスが行く手を阻んだ。

「グレン様。ルネ様の身支度はすでに整っています。あなたも今すぐ身支度をしなければ間に合いませんよ」

「そこをどけ、マルコス。少しくらい遅れてもいい」

このままでは遅刻するし埒が明かないので、ルネはグレンの頬を両手で挟んで自分のほうを向かせた。

「グレン。褒めてくれるのは嬉しいけど、ドレスは着替えるのに時間がかかるの。今日はこれで我慢してくれないかしら。それに、あなたも早く身支度をしないと」

目線を泳がせつつ照れくさそうに笑ったら、グレンが眉間に皺を寄せて舌打ちした。

「……仕方ないな。城へ行っても、周りの男に愛想をふりまくなよ」

「大丈夫。私はグレンしか見ていないわ」

彼はようやく納得したのかルネを下ろし、身支度をするため自室へ行った。

それから三十分後、着替えたグレンに連れられて、ルネは城へ行く馬車に揺られていた。

窓の外を見るふりをしながら、隣に座っているグレンをこっそり盗み見る。

彼は長い足を組み、ムスッとした顔で腕組みをしていた。服装はいつも出仕する際に着ている軍服ではなく、派手な金糸の刺繍が入った詰襟の礼装だ。腰には太いベルトを巻いていて帯刀できるようになっており革靴を履いている。

なんでも将軍職についた折に、皇帝から褒賞として贈られた衣装らしい。

日頃から身なりに無頓着だから、社交場で着ろと言い含められているのだとか。

煌びやかな礼装をまとったグレンはまさしく美貌の貴公子で、ルネは凝視しそうになるのを堪えるのが大変だった。

まもなく城に到着すると、グレンが先に降りて手を伸ばしてきた。

一瞬エスコートをしてくれるのかと思ったが、グレンはルネの脇の下を持ち上げて子供みたいに地面へと下ろした。

「皇帝夫妻とアイザック以外は話しかけられても対応するな。特に男は無視しろ」

そう言い聞かせられ、グレンの腕に手をかけて城に足を踏み入れる。

城にはすでに多くの招待客が集まっていて、玄関ホールに入っただけで四方八方から視線を感じた。

ルネは一瞬身を竦ませそうになったが、ぐっと顎を引いて表情を引き締める。

ここで礼儀正しいふるまいをしなければ、グレンの恥になりかねない。

背筋をしゃんと伸ばして舞踏会の行なわれる広間へ向かう。

ジェノビア皇帝が暮らす城はアーヴェルの城よりも大きく、柱や天井など細かい部分にまで精緻な彫刻が施されていた。天井の明かり一つとっても意匠を凝らした造りだ。

広間に入ると、やはりたくさんの視線を感じた。

だが、グレンは一切気にした様子がなく、まっすぐに皇帝夫妻のもとへ向かう。

ルネは緊張で高鳴る鼓動の音を聞きながらさりげなく周りを見た。

ひとまず招待客の中に見知った顔はなさそうだが……いや、知った顔があった。広間の端にいる男と目がかちりと合う。

イーサン・ベルダン侯爵だ。驚愕の表情を浮かべてこちらを見ている。

――私に気づいたわね。この髪の色も目立つし、嫌でも思い出すでしょう。

できればベルダン侯爵とは接触したくない。

不安げにグレンの腕を握ったら、彼がチラリと視線を落としてきた。

「どうした。緊張でもしているのか」

「知っている人がいたわ。私にも気づいたみたい」

「放っておけ。僕の側にいる限り、お前に声をかける勇気のあるやつはいない」

「ええ……」

よく見ると他にもチラホラと見たことのある人間がいるが、早々に皇帝夫妻の前に立たされたので意識が逸れた。

「陛下、皇后様。お招きいただきありがとうございます。ご要望どおり、本日はルネも連れてきました」

グレンが棒読みで仰々しい挨拶をしたので、ルネも行儀よく彼に倣《なら》った。

「はじめまして、私はルネと申します。今宵はお招きいただきありがとうございます。失礼のないように努めますので、よろしくお願いいたします」

口上を終えるとスカートの裾を持って淑女らしく一礼する。ゆっくりと面を上げたら皇帝夫妻の驚いた表情が目に飛びこんできた。

グレンまで瞠目して、こちらを見下ろしている。

早速粗相をしただろうかと思って血の気が引いたが、皇后が「あらまぁ」と微笑んだ。

「グレンがこんなに上品で愛らしい女性を連れてくるなんて思わなかったわ。驚きましたわね、陛下」

「ああ、本当に驚いたよ。まさか、こうくるとはね」

皇帝のエルヴィスも一瞬で驚きを消し、悠然とした笑みを浮かべる。

意味が分からず戸惑っていると、グレンがずいと前に出てルネを腕で隠す。

「皇后様はルネと話がしたいのでしょう。ルネも自分の疑いを晴らすため、話したいことがあるそうです。できれば陛下や宰相閣下にも同席していただきたいのですが」

「構わないよ。私も彼女の話が聞きたい。アイザックも同席させよう。……だが、今すぐというわけにはいかない。舞踏会は始まったばかりで、私たちが席を外すわけにはいかないからね」

「分かりました。それまで僕たちは貴賓室で休んでいます」

グレンがくるりと身体の向きを変え、ルネの肩を抱いて広間から連れ出す。肩越しに後ろを見たら、皇帝夫妻は興味津々の眼差しでこちらを見ていた。

貴賓室は一階と二階に数部屋あるらしく、グレンは一階の奥まった場所にある貴賓室へルネを案内してくれる。

廊下の途中で、華やかな衣装を纏った女性たちが歓談していた。

「――ねぇ、お聞きになりました？　アーヴェルから亡命してこられたナルソス伯爵のこと。胸を一突きですってよ。朝になって死体が見つかったんですって」

「夫から聞きましたわ。夜会でも居心地が悪そうでしたもの。もしかしたら、こっそり祖国へ帰ろうとしていたのではなくって？」

「それが陛下にバレたってことかしら。帝国の庇護を受けておきながら、アーヴェルへ帰ろうなんて虫がよすぎますもの。帝国の政治情勢を流されたら困りますし、陛下が絶対にお許しにならないわ」

噂話に興じていた女性たちは、グレンを見るなりぎょっとした顔で口を閉ざす。

作り笑いを浮かべて社交辞令の挨拶をし、そそくさと広間のほうへ戻っていった。

「亡命貴族が殺されたの？」

「そうらしいな」

彼は興味なさそうに相槌を打ち、貴賓室に誰もいないのを確かめてからルネをカウチに座らせてくれた。

「あとは呼ばれるまで待つだけだ」

「ええ、そうね」

「…………」

「グレン、どうしたの？」

「さっきの挨拶、まるで貴族の令嬢みたいだった」

グレンが整えた銀髪をくしゃくしゃとかき混ぜる。

「そのあたりの話も聞かせろよ」

「もちろんよ。すべて話すわ」

「ならいい。……あー腹が減った。夕飯を食べてくればよかったな」

「お菓子ならここに用意してあるけど、お腹は膨れないわね。料理を持ってきてもらう？」

「そうだな。お前はここで待ってろ。廊下にメイドがいるはずだ」

すぐに戻ると言い残して、彼が出ていく。

貴賓室で一人になり、ルネはふうと一息ついてカウチに凭れかかった。

しかし、グレンが出ていってさほど間を置かずに扉が開いたので、ルネはパッとそちらに顔を向けて――氷像みたいに凍りつく。

部屋に入ってきたのは、ベルダン侯爵だった。

後ろ手に扉を閉めた侯爵は落ち着き払った声で言う。

「やぁ、久しぶりだね。ルネ」

歪んだ笑みを向けられて、心臓がぎゅっと鷲摑《わしづか》みにされた錯覚に陥る。

ルネは弾かれたように立ち上がってじりじりと後退した。

「あ、あなた……何故、この部屋に……」

「君と話がしたくてね。カリファス将軍が側を離れるのを待っていたんだ」

――グレンを呼ばなくては。この男と二人きりになりたくない。

すぐにベルダン侯爵の横をすり抜けて廊下へ出ようとしたが、後ろから腕をぎゅっと摑まれる。

「ひっ……」

「怖がらないでくれ。別に殴ろうとしているわけでもあるまいし」

「……腕を放して。あなたと話すことなんて何もないわ」

「そう言わずに。以前は『イーサンお義兄様』と慕ってくれたじゃないか。しかし久しぶりに君を見たが……コーデリアによく似てきたな。さすが姉妹だ」

優しく頬を撫でられそうになって全身に鳥肌が立った。条件反射で彼の手を叩き落として声を荒らげる。

「お姉様を見捨てたくせに、よくもそんなことが言えるわね！」

「あれは仕方がなかったんだ。私にはどうすることもできなかった」

「あなたは、そうやって昔から自分の保身ばかりよ。それで今度は帝国の庇護を受けているですって？　どうせアーヴェルの情報を売ったんでしょう。私にとっては、もうどうでもいい国だけど、あなたは祖国を売ってよく平気な顔をしていられるわね」

侯爵を睨みつけて痛烈な批判をぶつけた瞬間、容赦なく平手打ちをされた。

ルネは反動でよろめき、鈍い痛みの走った頬を押さえる。脳がぐらぐらと揺れていた。

啞然としながらベルダン侯爵を見ると、彼は叩いて赤くなった手を振って言った。

「ああ、うるさいから手が出てしまったよ。私は誰かさんと違って乱暴な真似は好きじゃないのに」

「っ……」

「そもそも、君にああだこうだと言われる筋合いはない。コーデリアが亡くなったあと、君も保身のために姿を隠していたんだろう。それで、今は帝国の将軍の側にいる。どうやって取り入った。……まさか復讐のためにカリファス将軍に近づいたのか？」

ベルダン侯爵はせせら笑い、暴力に怯えるルネにじりじりと詰め寄ってきた。

「復讐なんて、そんなこと……」

「ふん、まぁ目的なんてどうでもいい。それよりも、ここで君に会えたのは私にとって僥倖だったよ」

ルネは近づいてくるベルダン侯爵から逃れるため、ほうほうの体《てい》で扉へ向かった。

だが、殴られた衝撃で足ががくがくと震えていて言うことを聞かず、後ろから伸びてきたベルダン侯爵の手が首に巻きつく。

「っ、なに、を……」

「殺すつもりはない。少し失神させるだけさ。カリファス将軍の足止めも長くは続かないからな。君を連れ帰れば、アーヴェル王もお喜びになるだろう。……しかし、君の髪は目立つな……何とかしないと」

「……アーヴェル、王……？」

どうして、ここでその名が出るのか。

ルネはぎりぎりと首を絞められて薄れゆく意識の中、侯爵を仰ぎ見た。

「この国の生活は息が詰まりそうでね。帰国する計画を立てていたが、その相方が先日殺された。このままだと私の命も危ない。だから、一刻も早くアーヴェル王に手土産を持って帰らねば」

「っ……や、め……」

「君には申し訳ないと思うが、許してくれ。――ルーネット・ラスビア」

私と一緒にアーヴェルへ帰ろう。

残酷な宣言を最後に、ルネの意識は途切れた。

◆◇◆

「チッ……無駄に時間を食った」

グレンは舌打ちをしながら貴賓室へ向かっていた。

廊下でメイドを捕まえて、適当な料理を持ってくるよう指示をした直後、葡萄酒のグラスを運んでいたメイドとぶつかったのだ。

弾みで葡萄酒が礼装の袖にかかってしまい、慌てたメイドに近くの化粧室まで連れて行かれて応急処置をされた。

――一応、エルヴィスからもらった服だからな。少し匂いがついたか。まぁいい。帰って洗えば落ちるだろ。

そんなことよりも少しの間、ルネを一人にしてしまった。

苛々した足取りで貴賓室に戻ると、何故か割れた花瓶の始末をし、床を拭いているメイドがいるだけでルネが見当たらない。

「おい、お前。ここにいた女はどこへ行った?」

「あ、はい。先ほどお連れの方と一緒にお帰りになられました」

「は?　連れ?」

「ええと、その……転んだ際に花瓶を割って、水を被ってしまったとおっしゃっていました。ご令嬢は濡れていらっしゃったので、連れの男性が上着を被せて帰られたのです」

「いつのことだ」

「つい数分前のことですが……」

グレンは一瞬その場で静止し、すぐさま身を翻《ひるがえ》した。

廊下を走って玄関ホールへ向かったが、出入りする馬車が多すぎてどれか分からない。

衛兵に尋ねると、それらしき男女は馬車に乗りこんでどこかへ去ったと言われた。

――いったいどうなっているんだ。まさか……ルネは逃げ出したのか？

いいや、そんなはずはないと、グレンはぎりぎりと奥歯を噛みしめた。

これから皇帝夫妻と宰相を交えた会談を控えているのだ。

ルネに逃げ出すそぶりなんて見受けられなかったし、グレンだって長く席を外すつもりはなかった。たまたまメイドがぶつかってこなければ――。

――ルネがいなくなった。それだけは明確な事実だ。

頭にカッと血が上りそうになったが、拳を握りしめて自分を落ち着かせる。

グレンはその足で広間へ直行し、シャンパンを飲みながら談笑している皇帝夫妻のもとへ駆け寄った。

先ほどはいなかったアイザックも傍らに控えていたので、思いきり宰相の胸倉を掴む。

「おい、アイザック！　今すぐ衛兵を集めて、招待客を調べさせろ！」

「っ、いきなり何だ、グレン！」

「ルネがいなくなった」

　こみ上げる憤りを抑えながら言うと、アイザックの顔色が変わった。グレンの腕を掴み返して広間の奥にある休憩スペースへ連れて行く。

　エルヴィスもニキータにその場を任せ、見知らぬ貴族を連れて追ってきた。外から見えないようカーテンを閉めて人払いをすると、エルヴィスが真っ先に口を開く。

「グレン。彼女はお前の目を盗んで姿を消したのか？」

「僕が少し目を離した隙にいなくなった。男が一緒で馬車に乗せて連れ去ったのを、メイドと衛兵が見ていた」

　敬語を忘れていたが、グレンは気づかずに続けた。

「攫われたのかもしれない。今すぐ追いかけないと――」

「陛下に対して不敬な言葉遣いはやめろ、馬鹿者が。そのルネについて、ちょうど話を聞いていたところだ。攫われたのかどうかは、まだ分からないぞ」

　アイザックが目尻を吊り上げてグレンの頭をどつき、肩を押して胸倉を放させた。

　グレンも負けじと睨み返したが、エルヴィスの脇から細身の貴族がおずおずと出てきたのでじろりと一瞥する。

「あ、あの……私はアーヴェルから亡命してきた、デニオットといいます。先ほどカリファス将軍と一緒におられたご令嬢の素性を知っているかと陛下に訊かれました。心当たりがあります」

「あいつは貴族の生まれなんだろう。それなら知ってる。アーヴェルの社交場で見かけたことだってあるはずだ」

「それは、そうなのですが……そのー……」

デニオットが言いにくそうに目線を泳がせて、エルヴィスの顔を見た。

皇帝が頷くのを確認してから、意を決したように告げる。

「あの方はラスビア公爵家のご令嬢です。あそこまで鮮やかな赤毛はアーヴェル王国でもめったに見かけませんし、実際に夜会で見たことがあります。間違いないかと」

「ラスビア公爵？」

どこかで聞いたことのある名前だ。

こめかみを押して記憶を探っていると、アイザックにまた「馬鹿者」と罵られた。

「関心がなくとも、もう少し人の名前は覚えるようにしろ。ましてや、お前が倒した英雄の名だぞ」

「英雄……」

――ああ、そうだ。

数年前のアーヴェル王国との戦争で、グレンが倒した英雄。

『ぐっ……覚えて、いろ……貴様の、首……いずれ、我が国が……』

記憶は薄れかかっているが、恨み言をぶつけられたのを覚えている。

確か、当時もアイザックが英雄のことを『ラスビア公爵』と呼んでいた。

「ラスビア公爵家の次女で、名前はルーネット・ラスビア。姉のコーデリア様とルーネット様は、お美しい姉妹でしたので記憶に残っています」

「ルーネット……」

愛称は、ルネだ。

「お父上も快活な方で人望が厚く、皆に好かれて……」

途中まで言いかけたデニオットはグレンから目を逸らし、口を閉ざした。

――つまり、僕はルネの父親を殺した仇ということか。

自分の顔から表情がスッと抜け落ちるのを感じる。体温が一気に下がる感覚がして、先ほどまで沸騰しかけていた思考が冷静になった。

――そうか、だからルネは身の上を隠していたのか。だったら、あいつが僕に近づいてきたのは父親の『復讐』をするためか？

父親を殺された娘が仇の男に近づく理由で、グレンが思いつくのはそれくらいだ。

――あれが、すべて僕を欺くための嘘だったのか。

牢での献身や好意的な態度、彼を好きだという告白すらも虚構だったのかもしれない。

グレンはいつもみたいに単なる事実として受け入れようとした。

近しい部下が殉職した時や、娘を喪った執事が想いを語った時のように「そういうものか」と納得しようとする。

けれども何故か顎にぐっと力が入って、自然と拳を握りしめてしまった。

――いや、おかしいだろう。ルネは素性を明かさずに死んでいくことを受け入れていたんだぞ。復讐をしたかったのなら、僕を見捨てればよかっただけの話だ。

アーヴェルの大橋の上で、ルネが見せた虚ろな眼差しと笑みを覚えている。あれは復讐心に駆られた人間の表情ではない。

グレンが貧民窟で数えきれないほど目にした、死を覚悟した人々の顔と同じだった。

もし演技だったとしたら、ルネはたいした役者だ。

「グレン、ひとまず冷静に考えてみろ。ルネという女は、お前の殺した英雄の娘だったんだ。やはり何か目的があってお前に近づいたんだろう」

「…………」

「姿を消したのも、我々に素性が知られるのが怖くなったんだろう。その目的が暴かれて断罪されるのを恐れたんだ」

「……恐れていたら、今日この場に来るはずがない」

窘めようとするアイザックを見据えて、グレンは真っ向から反論した。

「断罪されるのを恐れたのなら、とっくに僕のもとから逃げているはずだ」

「だから逃げられなかったんだろう。安易に行動に出るとお前に殺されると分かっていたから、一緒に逃げた男……おそらく協力者と機会を窺っていたんだ。お前が、アーヴェルの牢獄を脱獄した時と同じようにな」

アイザックの言うとおり、奇しくもあの日と同じ状況だった。

でも立ち位置は違う。ルネは舞踏会の人ごみに紛れて姿を消し、グレンは彼女を見失って混乱の極地に立たされている。

グレンを論破したアイザックは冷ややかな顔で言った。

「分かったのなら、自分の立場を弁えて少し黙っていろ。ルネが協力を仰ぐとしたら、アーヴェル側の亡命貴族かもしれない。いなくなった人物を洗い出すぞ。……よろしいですか、陛下」

「ああ。対処はお前に一任する。グレン、暴走せずアイザックの言うことを聞くように」

皇帝の宥める言葉にもグレンは反応しなかった。胸の内では疑念と困惑が渦巻き、床の一点を見つめたまま動けない。

――アイザックの推測は理に適っている。ルネの身の上を考えれば当然だろう。

そのはずなのに、やっぱり納得できないのだ。

『私はグレンが好きよ。あなたのものになりたくて、ここまでついてきたの。グレンが許してくれる限り、側にいたいと思ってる。それは信じてほしい』

――僕にはどうしても、あの告白が嘘だとは思えない。

こちらが不思議に思うほどの包容力で、ルネはすべてを受け入れた。

強引に攫って自分勝手に抱こうとしても、彼女はグレンの側を離れなかった。

そして唐突に蘇ってきたのは、出会ったばかりの頃にルネが口にした台詞だった。

『どうか信用してくれませんか。……私、あなたのために何でもしますから』

それで、ルネはどうした？

言葉どおり自分の身を削って彼のために尽くしたじゃないか。

ここにきて、あの牢獄の記憶に帰結するのだなと、グレンは顔を伏せて口角を歪めた。

「……ああ……そうだよな……」

――ルネは僕を救った。それは確かだろう。あいつが何を想って僕の側にいたのかなんて、今はどうだっていい。本人がいないのにごちゃごちゃ考えるのは無意味だ。

そんなことよりも、ルネが男に連れられて彼の前から姿を消したのだ。

ルネは、グレンのものなのに。

「――宰相閣下、皇帝陛下」

グレンはゆっくりと一歩後ろに下がって片膝を突く。敬語に戻して頭を垂れた。

「僕にルネを捜させてください。どんな目的があったのか明らかにして、協力者は捕らえて始末します」

エルヴィスが眉を上げて、アイザックも渋面を作る。

「グレン。もしルネが亡命貴族と協力しているのなら、アーヴェルとの国境を越えるかもしれない。先の出来事で警備は強めているが、山岳地帯の国境線は広すぎて目が行き届かない場所があるからな」

「ならば、国境を越える許可もください。ルネの顔を知る部下を二人連れて、身を隠しながらアーヴェル側に悟られないよう動きます。僕には、それができます」

平坦な声で言いながら、グレンの胸中はじわじわと憤怒に染まり始めていた。

しかし頭に血が上ることはなく、むしろ思考は冴え渡っている。

――ルネと一緒にいたという男……いったい誰がルネを連れて行った？

アイザックが何か言おうとしたが、エルヴィスは腕を掲げて遮った。跪《ひざまず》くグレンの正面にやってきて「グレン」と静かな声で呼ぶ。

「この場で結論を下すことはできない。お前が先ほどアイザックに食ってかかったことで、皆も何事かと動揺しているだろう。ひとまず場を変えて、私とアイザックを交えた三人で話をしよう。なに、時間はかからないよ。亡命貴族が関わっているのならば、迅速な対応をとらねばならないからな」

「分かりました」

エルヴィスがカーテンを開けて外に出る。ニキータがうまく対応しているのか広間は変わりなく賑やかで、ダンスホールからは楽団の演奏が聞こえた。

「ニキータ、私は席を外すが気にせず続けてくれ。あとのことは頼むよ」

「分かりました。お任せくださいな、陛下」

頼もしい皇后に後のことを託し、エルヴィスが颯爽と広間を横切っていった。アイザックが後に続く。

グレンも皇帝の背を追いながら皮肉げに口元を歪め、ルネのことを考える。

彼女を連れ去った男とやらは、捕まえて息の根を止めよう。

しかし万が一にも、ルネが自分の意思でグレンのもとを離れたのなら――。


――殺そう。


これまでも一度だけ、ルネを殺そうと思ったことがある。

夜明け前に、彼女が音を立てないように窓からベランダに出ていった時だ。

グレンはルネを追いかけ、物音一つ立てず背後に忍び寄った。

彼女が逃げようとすれば本気で殺すつもりだったから短剣を突きつけたのだ。

――この手で殺してしまえば、ルネは永遠に僕のものだ。

手放すくらいなら自分で食い尽くしてやる、と。

地獄みたいな貧民窟で染みついた執着心が、形を変えてグレンの心に昏《くら》い炎を宿した。

ルネと一緒にいると心穏やかになり、優しくしてやりたいと思った。不可思議な感覚だったが、あれは『愛情』というものだったのかもしれない。

だが、そうやって芽吹いた愛がグレンの歪んだ衝動を加速させる。

――ルネを取り戻してこれまでと変わらない生活をするか、捕まえた時点でルネを殺すか、僕はどちらでもいいんだ。

だって結末は一緒だ。

ルネがグレンの手元に戻ってくる。

グレンは手を開いたり閉じたりして彼女の温もりを思い出し、抑揚のない声で呟いた。

「待ってろ、ルネ」

どんな手を使っても捜し出して、殺して永遠にするか、生かして愛すか決めてやる。

◆◇◆

ジョキッ、ジョキッとハサミで何かを切る音が聞こえる。

ルネは朦朧としながら薄目を開けた。ベルダン侯爵がハサミを使って、赤い糸の束のようなものを切っている。

――あれは、私の髪だわ……ハサミで、切られている……。

やめてくれと叫びたいのに口が動かない。

四肢に力が入らず、強烈な眠気のせいで意識を保ち続けることができなかった。

――やめてっ……グレンが『きれい』だと、褒めてくれた髪なのに……。

「……山岳の国境線にまで警備兵が置かれているのか……どこかに抜け道があるはずだ……ああ、そうだ……アーヴェルに抜けられる道を探せ」

ベルダン侯爵の後ろには大柄な男が二人いた。身なりからして傭兵らしい。

侯爵が彼らに命じているのを聞きながら、また意識が混濁していく。

重たい瞼を閉じ、そのあとも目が覚めそうになるたびに水と薬を飲まされて気絶した。

誘拐されて何日が経過したのか分からなくなり、とうとう意識が覚醒した時、ルネは見覚えのある城の廊下にいた。誰かの肩に担がれていて視界が上下に揺れる。

グレンの担ぎ方とは違って乱暴で、どこかの部屋で土嚢《どのう》みたいにどさりと下ろされた。

ルネは絨毯の敷かれた床に這いつくばるようにして目線を上げる。

視線の先にいたのは――。

「ルーネット・ラスビア、か。これは面白い手土産を持参したな、ベルダン侯爵」

傲岸不遜な態度で玉座に腰かけている金髪碧眼の男――ウィルソン・アーヴェル。

立て続けに飲まされた薬のせいで頭が回らないが、アーヴェル王の顔を見間違えるはずがない。

――そんな、まさか……ここは、アーヴェルなの？

ルネは愕然としてから唇を噛みしめた。手がわなわなと震える。

「お前から書簡が届いた時は、苦し紛れの嘘をついたのかと思ったが、本当にルーネットを連れてくるとはな。もし嘘であれば首を刎《は》ねる気でいた」

「……はい。覚悟して参りました」

「お前の処遇はあとで決めよう。訊きたいこともあるからな。我が国の情報をどれだけ流したのか把握せねばならない。ただ、もし帝国の内政情報を持っているなら、減刑して爵位の取り下げは考え直してやってもいい。何より、この手土産が気に入った」

アーヴェル王が玉座から立ち上がり、ルネの目の前までやって来た。

「不敬罪で処刑したコーデリアの妹……ずっと捜させていたが、三年も行方知れずだったからな。死んだかと思っていた」

嗜虐的な笑みで見下ろされたが、ルネは手を握りしめながら睨みつける。

「姉によく似ているな。コーデリアもよく、そうやって私に反抗的な目を向けてきた。気が強くて物怖じしないところが、私の鼻についたが」

思わず言い返しそうになったが必死で堪えた。

後先考えずに感情のまま嚙みついたら、この場で何をされるか分からない。我慢して逃げ出す機会を窺うのだ。

「しかし、帝国へ逃げているとは思わなかった。よく見つけたな、侯爵」

「カリファス将軍の側にいたので、すぐに分かりました。どうやら将軍の屋敷で囲われていたようです」

グレンの名を聞いた途端、アーヴェル王の目の色が変わった。

碧眼が苛立ちと憤りによって濁り、忌まわしい汚物でも見るようにルネを睨む。

「カリファス将軍か……そういえば将軍の脱獄に協力した世話係は、下働きの女だったと聞いている。まさかお前だったのか、ルーネット」

顎をとられて持ち上げられた。すぐそこにあるアーヴェル王の美しい面は、独善的な性格をそのまま表して歪みきっている。

ぐりぐりと強く摑み上げられても、ルネは口を噤み続けた。

ただ黙って睨んでいたら、アーヴェル王の手からふっと力が抜ける。

「行方知れずだった公爵家の令嬢が、素性を隠して城にもぐりこんでいたとは。私には理解しがたい行動だ。……コーデリアの代でラスビア公爵家は取り潰しになり、お前は英雄と謳われた父親を殺した男を救った。まったくもって愚かな姉妹だな」

アーヴェル王はルネを解放し、緩やかな足取りで玉座へ戻っていく。

「ルーネットの処遇は、のちほど決める。今は拘束して牢にでも放りこんでおけ。何も話すつもりがないようだからな。話をしたくなるまで出さなくていい」

壊してもいい玩具を見つけた子供みたいに、残酷な笑みを向けてくるアーヴェル王から目を逸らして、ルネはがくりと床に転がった。

静まり返った牢の中で、ルネはぼんやりと鉄格子を見つめる。

かつてのグレンのようには拘束はされていないが、薬が抜けずに身体がうまく動かない。

——ここに帰ってきたのね。

懐かしい場所だった。グレンの世話をするために何度も足を運んだ。

ルネはよろよろと身を起こして髪に触れた。鮮やかな赤毛が目立つからか、長い髪は肩のあたりで雑に切られている。服装も囚人用の質素なワンピースに着替えさせられた。

――グレンは、私が黙っていなくなって怒っているかしら。

冷たい壁に凭れかかって苔むした天井を見上げる。

彼もよく、こうして牢の壁に寄りかかって天井を見上げていたものだ。

――一つ確かなのは……私はまた、大切なものを失ったということ。

愛も、生きる希望も、すべて奪い取られた。

透明な水に黒い絵の具を垂らしたように、幸福に満たされていた心を絶望がじわじわと侵食していく。これまでにも味わったことのある感覚だ。

――もう、疲れたわ……。

目を閉じたら頬を温かいものが伝い落ちていく。

繰り返し訪れる絶望は、いつもルネの心を壊そうとするのだ。

◆◇◆

ラスビア公爵家の次女、ルーネット・ラスビア。愛称はルネ。

彼女は物心つく頃から、母ラスビア公爵夫人に厳しい躾を受けた。

ただ厳しい中にも愛情は感じられて、よく褒めてくれる母のことが大好きだった。

一方の父は軍人で、娘たちの教育には関心がなく仕事漬けの日々だった。毎日の帰宅も遅くて、酒が入ると乱暴になるのでルネは近づかないようにしていた。

そんな家庭状況が一変したのは、ルネが十歳の時だ。

『いい加減にしてちょうだい！　あなた、いったい何を考えているの！』

夜更けに怒鳴り声で目を覚ましたルネは目をこすりながら部屋を出た。

玄関ホールから口論が聞こえたので、手すりの陰に隠れて階段の踊り場を覗きこむと、母が父に摑みかかっていた。

『娼館に通うのは構わないわ。愛人だって作っても構わない。でも、まさか……男娼に入れこんでいるなんて！　年若い少年たちを別荘に囲っているとロバートから聞いたのよ！　今はまだ隠せていても、もし明るみに出たらとんでもない醜聞だわ！』

『男娼遊びをやめればいいんだろう、キーキー喚《わめ》くな！　私は部屋へ戻る！』

『また逃げるつもりね。あなたがどんな嗜好を持っていようが構わないけど、公爵家の評判にも関わってくることなのよ！　しかも、近頃は酔って帰ると娘たちにも手を上げようとするじゃない！　暴力は最低よ、父親としての自覚も持ってくれないと……っ』

母が父の腕を摑んで切々と言い募った時だった。

苛立ったように唸り声を上げた父が、母を階段に向かって強く押した。

華奢な母の身体は軽々と宙を舞い、ごろごろと階段を転がり落ちていく。壊れた人形みたいに足が変なほうに折れ曲がった状態で動かなくなった。

『おかあさま！』

思わず階段を駆け下りていくと、踊り場で父が立ちはだかった。

父のラスビア公爵は軍でもかなり上の地位にいた。多くの勲功を上げており、この頃すでに優秀な軍人として名が轟いていた。

ついさっき母を突き落とした様子も見たばかりで、ルネは怯えて身を竦める。

鍛えられた筋骨隆々の体軀で目の前に立たれると威圧感があった。

『あ……お、おとうさま……おかあさまが……』

父は階段下で倒れている母をチラリと見ると、ルネの腕を千切れるほど強く摑んだ。

痛いと悲鳴を上げても無視されて部屋まで引きずっていかれる。

――いたい、いたい……腕が、千切れてしまう！

ぶるぶると震えるルネを床に放り投げて、父は冷ややかに言った。

『いいか、ルーネット。さっきのは、ただの事故だ。余計なことを言うんじゃないぞ』

廊下の明かりを背に睨みつけてくる父が、まるで得体の知れない怪物に見えて、ルネは泣きじゃくりながら頷いた。

なにもいわない。あれは、じこだから。だまっているから。

舌足らずに繰り返すと、父は部屋を去った。

『ルネ？』

騒ぎに気づいた姉のコーデリアが起き出し、部屋を覗いて駆け寄ってくる。

『どうしたの？　なにがあったの？』

『お、おかあさま、が……』

最後まで言えなかった。去ったはずの父が扉の前に立っていたからだ。

ルネは戦慄し、悲鳴を押し殺してコーデリアにしがみつく。

それからは執事のロバートが母の遺体を見つけるまで、嗚咽を零して震えていた。

けれどルネが何よりも恐ろしいと思ったのは、葬儀で父の涙を見た時だった。

『ああ、どうしてこんなことに……あれほど愛していたのに、お前を失うなんて……』

運び出される母の棺の前で、父は項垂れて泣いていた。

最愛の妻を亡くした可哀想な夫を演じきり、参列者の涙を誘ったのだ。

母を突き落として殺したのは、この父なのに。

ルネは母を失って悲嘆に暮れる一方で、悲しむふりをする父が恐ろしくて堪らなかった。


母が死んで、歯止めを失った父は姉妹に暴力をふるうようになった。

鬱憤《うっぷん》を晴らすように酒を飲み、酔った勢いで手を上げるから、ルネは父が帰宅するといつも姉のコーデリアとともに部屋に隠れていた。

この頃、コーデリアは昼に王立学校へ通っていた。

アーヴェル王国では女が爵位を継ぐのが認められていて、跡継ぎの資格がある令嬢は政治の仕組みや、領地の管理方法を学んでいたのだ。

一方、ルネは家庭教師に勉学を教わり、執事のロバートに付き添われて読書や乗馬をして過ごしていた。

やがて母が亡くなってから四年が経ち——珍しく、昼間に泥酔した父が帰ってきた。

リビングで読書をしていたルネは父の姿を見るなり部屋へ逃げ戻った。

すると脱兎のごとく逃げ出す娘が癇《かん》に障ったのだろう。父が大股で追いかけてきた。

『ひっ……ロ、ロバート……ロバート、来て！』

ルネは執事の名を呼びながら自室に飛びこみ、内側から扉にカギをかけた。

ほっと一息ついたが、廊下から父の苛立った声と、宥めるロバートの声がしてドンッと扉を叩かれた。

その場で飛び上がるほど驚いたルネはベッドの陰に身を隠した。頭を抱えて震えていたら、父が痺れを切らしたらしく扉を蹴破った。隠れるルネの腕を摑んで引きずりだす。

あまりに力が強くて腕が千切れるかと思った。

その瞬間、ルネの脳裏に母が死んだ夜の出来事が蘇った。

——このままだと、私も殺されてしまう！

甲高い悲鳴を上げたら頬をバチンッと叩かれる。脳がぐらぐらして目眩もした。

『うるさい！　喚き散らすところは母親そっくりだな！』

首まで絞められたところでロバートが制止に入る。

ようやく解放され、父がふんと鼻を鳴らして去ったあと、ルネは放心して座りこんだ。

『お嬢様、お嬢様。大丈夫ですか』

ロバートの呼びかけにも反応せず、ぼんやりと宙を見つめて考えた。

――ロバートがいなければ、あのまま殺されていたかもしれない。

母を殺しても平気な顔をして、酔ったらストレスのはけ口のように暴力をふるう父が恐ろしかった。愛されていると感じたこともない。

あれが自分の父親なのだ。得体の知れない怪物よりも性質が悪い。

祖父母は他界していたから、他の親戚に助けを求めたが、とにかく外面のいい父がそんなことをするはずがないと一蹴された。関わりたくないと無視されたこともある。

だが『恐怖』が別の感情に変わったのは、父がコーデリアに手を上げた時だった。

コーデリアはいつもルネを庇った。王立学校に通っていたので、見えるところに痣があるとバレると思ったのか、父は姉の顔を避けて他の場所を執拗に殴った。

その夜も酒を飲んだ父が部屋に来て、ルネを庇うコーデリアの頭をごつんと殴った。

姉が痛みの声を上げた瞬間、ルネの中に恐れとは別の感情が沸き起こった。

『お姉様になにをするのよッ！』

身体の内側で爆発が起こったみたいな激しい怒りだった。

ルネはコーデリアの腕の中から飛び出して、父をめちゃくちゃに叩いた。

『もう殴るのはやめて！　私からお姉様まで奪わないでよ！』

『っ、ルーネット、放せ……！』

『旦那様！　もうおやめください！』

ロバートが駆けつけて父を押さえつける。

ルネは泣きながら父から離れ、コーデリアの手を握って亡き母の部屋に飛びこんだ。

しっかりと扉にカギをかけ、椅子やテーブルを引きずってきてバリケードを作る。

『ありがとう、ルネ』

『いつもお姉様に庇われてばかりだから。もう我慢できなかったの』

『……私は姉だから、あなたを守ってあげないといけないのに……無力で、ごめんね』

気丈な姉が顔を伏せて泣き出したから、ルネももらい泣きをした。

ルネは十四歳で、姉は十八歳。まだ親の庇護下にある年齢で、爵位継承権を持っていても成人年齢の二十歳までは屋敷を持つことが許されない。

ラスビア公爵は巷でも人格者で通っているらしく、外部に助けを求めたところで、父の権威で握りつぶされてしまう。だから逃げ場がなかった。

ルネは手の甲で涙をぐいと拭ってコーデリアの手を取る。

姉はよく手を握ってくれた。父から逃げる時はもちろん一緒に寝る時も手を繋いでいたし、互いの温もりが心の支えとなっていたのだろう。

父はまだ怪物みたいに廊下をうろうろと歩き回っていたが、ルネとコーデリアは聞こえないふりをして未来の展望を話した。

『私が二十歳になったら、お母様の遺産を引き継げるように手続きを取るわ。それで別宅を建てましょう。あなたも一緒に引っ越すのよ、ルネ』

『うん。私も屋敷や領地の管理を勉強して、お姉様を手伝えるようになるわ』

二人で手を握って誓い合った。

そうして自立心が芽生えると同時に、父に対する感情は変わっていった。

恐怖は理不尽な行為に対する怒りに変わり、その怒りが別の感情に変貌していく。

ルネ一人であれば、委縮して耐え続けていたかもしれない。

けれども姉コーデリアの存在が彼女を奮い立たせた。

――やり返さなくては、いずれ私とお姉様は殺されてしまう。

母が殺される瞬間を目撃し、一方的な暴力に怯え続けたルネはそんな考えに至った。

――あれはお母様を殺しても平気な顔で生きている怪物よ。お姉様を殴り、私だってロバートがいなければとっくに殺されていたわ。

姉がいない時に短剣を隠し持ち、正当防衛として父を刺そうとしたことがある。

さすがの父も怯《ひる》んだが、まもなく何倍も仕返しされるようになった。

父はとても強かった。身体能力が違いすぎて、ルネは羽虫のごとく扱われる。動けなくなるまで殴られて、本気で殺されると思うたびにロバートが父を止めた。

帰宅したコーデリアに抱きかかえられて部屋に逃げこんだ時もある。

同時期、父が『アーヴェルの英雄』と呼ばれていて、公の場では人望がある英傑だともてはやされていると耳にした。

とんだ笑い話だと思った。

戦地で武勲を上げようとも、妻を殺して屋敷で娘を虐待している男だというのに。

抵抗しても無駄であると身を以て知ったルネは夜がくるたび祈りを捧げた。

軍人の力で殴られて顔が腫れていても、精神的なストレスから高熱を出した時も、決して祈りを欠かさなかった。

――お願いだから、早く死んで。

いつの間にか父への怒りは憎しみに変わっていた。

事故でもいい。戦死でもいい。

とにかく、どんなかたちでもいいから死んでほしかった。

そう願っても亡くなった母はきっと責めない。姉もそうだろう。

――私はただ、お姉様と静かに暮らしたいだけよ。死ぬほど殴られることもなく、夜も平和に眠れる日々が欲しいだけ……早く死ねばいいのに。

憎くて、憎くて、どうか死んでくれと毎日祈り続けて――とうとう、その日が来た。

『え、死んだ……？』

アーヴェル王がジェノビア帝国に侵略戦争を仕かけた矢先、父の訃報が届いた。

『そうよ。あの人が死んだの、ルネ』

眦《まなじり》から溢れたのは、ようやく絶望の日々から解放されるという歓喜の涙だった。

コーデリアが涙するルネの頬を優しく撫でて、ぎゅっと抱きしめてくれる。戸口に立っている執事のロバートまで涙ぐんでいた。

『ルネ、もう怖がることはないわ。普通の生活を送ることができるの』

『……うん……お姉様』

『でも、あの人が死んだことで、アーヴェルの軍は士気が下がって押し返されていると聞いたわ……負け戦になるかもしれない。この国を想うなら喜ぶべきではないのに、ね』

『そう、よね……この国は、どうなってしまうの？』

『たぶん帝国と休戦協定を結ぶことになるでしょう。こちらが不利な条件で』

コーデリアは複雑そうな面持ちで目元の涙を拭う。

『だけど、誰があの人を倒したの？　戦場でも負けなしで、英雄と呼ばれるくらい軍人としては優秀だったはずなのに』

『ジェノビア帝国軍のカリファス将軍よ』

それが、初めてグレンの名前を聞いた日だった。

まもなく帝国との戦争は終結し、国境近くで休戦協定を結ぶことになった。

ルネはコーデリアが止めるのも聞かず、変装して馬に乗り協定の場へ向かった。

怪物じみた父を殺した敵国の将軍がどんな人なのか、どうしてもこの目で見たかった。

『あれがカリファス将軍か』

『我が国の英雄を倒した……英雄殺しだ』

ルネは民衆に紛れて、彼らが悪態をつきながら指さす方向を見た。

部下を引き連れてやってくる将軍が視界に入った瞬間、ハッと息を呑んだ。

カリファス将軍は想像より若い青年だった。黒毛の馬に乗り、鈍色の鎧を纏っている。兜を外していたので容貌が見えた。宵の空に輝く星みたいな美しい銀髪と、切れ長の目も透き通るような銀色で、神秘的な美貌の持ち主だ。

民衆が『英雄殺し』と叫んでも聞いていないのか、彼はただ前を見て進んでいく。

ルネはカリファス将軍から目を逸らさずに、人をかき分けて近くまで行った。

——本当に、彼がカリファス将軍なの？

大柄な父とは似ても似つかぬ細身の男性だった。冷ややかな横顔は人を寄せつけない雰囲気がある。正面から対峙したら尻込みしてしまうかもしれない。

けれど、きっとルネが想像もできないほど強いのだろう。

——彼が父を倒してくれた。

母を殺害し、ルネと姉を虐げ続けた男を殺してくれた青年に心から感謝した。

——ありがとう、ありがとう……本当に、ありがとう……。

ただ彼を見ているだけで涙がぽろぽろと溢れてきた。

休戦協定が結ばれたら戦争も終わる。ルネとコーデリアも暴力から解放される。

すると泣きじゃくるルネに気づいたのか、カリファス将軍が一瞥してきた。ほんの一瞬だけ視線が絡む。

透き通る銀色の目で射貫かれた瞬間、ルネの鼓動は大きく跳ねた。

その間だけ、周囲の時間がゆっくりになった気さえした。

彼はすぐに目を逸らす。目が合ったと思ったのはルネだけだったのだろう。

ルネは高鳴る胸に手を押し当てながらカリファス将軍を見送った。

──ああ、どうしよう……鼓動がうるさい。

父を殺した敵国の将軍に、たった一瞬で心を持っていかれてしまった。


父の死後、休戦協定が無事に結ばれ、コーデリアがラスビア公爵の跡を継いだ。

コーデリアは父が戦争へ行っている間は代理をしていたから、ラスビア公爵の名を継いでからもうまく家を回した。

ルネも姉を助けて、領地や屋敷の管理を手伝う日々は充実したものだった。

コーデリアには以前から婚約者がいた。

父のベルダン侯爵を亡くして、こちらも侯爵位を継いだばかりのイーサン・ベルダンだ。

よく屋敷に顔を出したので、ルネは彼を『イーサンお義兄様』と呼んでいた。

ただ、そのイーサンは見て見ぬふりが上手で、亡き父がルネやコーデリアに暴力をふるうのを見かけても知らぬ存ぜぬの態度だった。

姉妹を救うどころか、猫なで声で父に媚びを売る姿を見たこともある。

『イーサンはああいう人なのよ。家同士で決めた縁談だから今更断れないの。子供ができたら、それぞれの家を継がせて別居するつもりよ。貴族の結婚なんてそういうものよ』

コーデリアがイーサンを語る時、そう言って苦笑していたものだ。

ほどなくルネも十八歳になり、社交界デビューの日に姉から香水の瓶をもらった。

女性らしく甘い香りがする香水で、ルネは宝物にすると決めた。

『ルネが側にいてくれるお蔭で、いつも支えとなっているわ』

『それは私の台詞よ。これから先もお姉様と一緒にいたい』

『そう言ってくれるのは嬉しいけど、そろそろあなたの嫁ぎ先も考えなくては』

『やっぱり、結婚はしないといけないわよね……』

『したほうがいいわ。私はイーサンがいるし、あなたも自分の将来を決めないと。……それとも、誰か心に決めた方がいるの？』

姉には、カリファス将軍は凛々しい青年だったと興奮ぎみに話したことがあった。

もしかしたらルネの想いに気づいていたのかもしれない。

『うん……そんな相手はいないわ。ただ、もう少しだけお姉様と一緒にいたいの』

『……ええ、そうね。もう少し一緒にいましょう』

父が亡くなってから一年間、ルネはコーデリアと暮らした。

穏やかな生活が夢みたいに思えて、朝がくるたび遠い地にいるカリファス将軍に感謝の祈りを捧げていた。

しかし、またしても平穏な時間は奪われる。

『待ってよ、ロバート……もう一回、言って？』

『コーデリア様が陛下への不敬罪で捕らわれたそうです。城から兵士が来る前に逃げるようにと密書が届きました。コーデリア様が届けさせたのでしょう』

『意味が分からないわ……不敬罪って、どうして……』

『即位されたばかりのアーヴェル王を公の場で非難したそうです。陛下は政治体制を変えようとしていらっしゃるのです。王の命には逆らえない、絶対王政を敷くと』

アーヴェルはジェノビア帝国と似た政治形態をとっていた。

王の意見は重視されるが、貴族や軍部、民間の意見も取り入れて政策を決める。

だが、絶対王政になれば国王の暴走を誰も止められなくなる。

『嘘でしょう……即位したばかりで、そんなことを言い出したら誰もついていかないわ』

帝国を敵視し、戦争を起こした先代アーヴェル王が急逝して間もない。

それで、今度は新王が独裁政治を敷こうとしているのか？

ルネはわけが分からないまま、出金の手続きに必要な書類を持ったロバートに連れられて屋敷を抜け出した。メイドたちにも暇を出し、多めに金を渡して隠れさせた。

その足で銀行へ行き、公爵家の金を可能なだけ下ろして平民の住宅区に身をひそめる。

仲介してくれた兵士を通して、コーデリアからは何通か手紙が届いた。

許しをもらえるようにアーヴェル王に嘆願していること。

婚約者のイーサンにも助けを求めていること。

ルネにも捜索令状が出ているから、しばらく身を隠しているように、とも。

だが、すべては最悪の状況へと急展開した。

姉の手紙が途絶えて数日、王都の広場で【本日処刑が行なわれる】と告知があった。

それがコーデリアの処刑だと分かった時にはもう手遅れだった。

ゴーン。ゴーン。

処刑執行を知らせる重厚な鐘の音を聞きながら必死に広場を目指した。

けれども間に合わず、処刑執行人が大好きな姉の首めがけて斧を振り下ろす瞬間を、ルネはその目で見てしまった。

『あ……あ……あぁ……っ』

姉の美しいストロベリーブロンドは短く切られていて、罪人のごとく首がさらされる。

血の気が失せた死に顔を目の当たりにし、自分の足で立っていられなかった。

――嘘よ、嘘よ……こんなの嘘！

いきなり足場を奪われて、絶望の底まで叩き落とされた心地だった。

ロバートの手を借りて隠れ家へ戻ったあと、ルネは部屋の隅で蹲《うずくま》った。父に怯えて隠れていた時みたいに泣きじゃくる。

母が殺される場面を目撃して、今度は姉の処刑を目にした。
ルネの大事な人は、いつも目の前で殺される。
——どうしてよ……どうして、いつも……大切な人の命が奪われてしまうの？
このまま姉の後を追ってしまおうか。
そんな考えすら抱き始めたルネのもとへ、ロバートがやって来た。
目元を泣き腫らした執事は、姉の最期の手紙だと言って封筒を差し出した。
ルネは震える手で手紙を開いた。時間がなかったのだろう。筆跡が乱れて文面は短い。

【この国を守りたくて王の意見に異を唱えたけれど何もできなかった。王は臣下が逆らえないように、私を処刑して見せしめにするつもりよ。あなたにも迷惑をかけてごめんなさい。愛しているわ、ルネ。どうか死なないで。生き延びて幸せになるのよ】

コーデリア、と見慣れた署名で手紙は途切れていた。
『あぁ……あああぁ……っ』
ルネは慟哭した。手紙を握りしめてその場に膝を突き、姉の名を連呼する。
姉が遺した言葉は、悲痛で残酷な願いだった。
この期に及んでルネに死ぬなと言うのだ。生きて幸せになれと。
——でも、お姉様……幸せは……いつだって、奪われるじゃない。

最愛の母は、突然父に殺された。
暴力的な父は、帝国の将軍が殺してくれた。
けれども、次は大好きな姉がアーヴェル王に殺された。
希望と絶望が繰り返しやってくる。こんなの頭がおかしくなってしまう。
――もう……生きていたって、意味がない。
ロバートが背中をさすってくれたけれど、ルネは床に突っ伏して動けなかった。
死にたかった。でも姉の最期の願いを無下にはできない。
――いっそ、誰か……私を殺して……お願いだから……。
早く死にたいのだ。
心が壊れきってしまう前に。

若く聡明な女公爵の処刑は、アーヴェル王が歯向かう者には容赦しないと知らしめた。
他にも進言した臣下が何名も処刑され、やがて重臣たちは何も言わなくなった。
独善的な王が恐怖で抑えつけて、独裁政治が始まってしまったのだ。
ラスビア公爵家の血を絶やせと命令も下され、ルネは素性を隠してひっそり生活した。
妻帯していたロバートも近所に家を持ち、いつも夫婦で様子を見に来てくれた。
細々と生きてはいけたが、何もしないと気が狂いそうで、ロバートの妻から家事を教わって常に身体を動かしていた。

アーヴェル王に復讐しようと自分を奮い立たせるだけの気力はなかった。

――人を憎むことには、もう疲れた……。

憎悪は心を蝕み、疲弊させる。たとえ復讐しても亡くなった人は戻ってこない。

その果てにあるのは不毛な徒労感と絶望だけだ。

父を憎んだ時期もあったけれど、結局は己の無力さを痛感しただけだった。

コーデリアが処刑されてからの三年、ルネは孤独と失意で心を病みながら、姉の冥福を祈って生き続けたが――またしても運命を変える出来事が起きた。

『アーヴェル王がカリファス将軍を捕らえたそうです』

カリファス将軍。その名がルネに生気を戻した。

『……ロバート。それは、どういうこと？』

『視察に赴いていた将軍を国境までおびき出し、多勢で襲いかかったようです』

『そんなことをしたら休戦協定が破られるわ』

『王は承知の上でしょう。ジェノビア帝国も新皇帝のもとで安定し始めたばかりですし、開戦には傘下国の反対が出るはずです。アーヴェルに強気な対応はとれません』

だから、帝国の将軍を交渉材料にして有利な条件を呑ませようとしているのか。

姉を処刑したアーヴェル王に、今度はカリファス将軍が利用されそうになっている。

ルネの死にかけていた心が憤りで震えた。ぐっと奥歯を噛みしめてから絞り出す。

『ロバート、あなたにお願いがあるわ。聞いてくれる？』

『もちろんでございます、お嬢様』

『できるだけ早く城で働きたいの。下働きでいいから、どこかに伝手《つて》はない？』

伸び放題になっていた髪をほどいて長い前髪を垂らす。これで顔はよく見えない。髪も茶色に染めてしまえば素性は分からないだろう。

両手を翳してみても、あかぎれだらけで貴族の令嬢には見えなかった。

『いったい何をされるおつもりなのですか』

『カリファス将軍を救うの』

『っ……危険すぎます！　たとえ救い出せても、お嬢様はどうされるのですか？』

『いいのよ、私はどうなっても』

ルネが濁った目で見やると、ロバートは苦しげな表情で黙りこむ。

『今の私は死んでいるも同然なの。だから、私とお姉様を救ってくれた彼のために、この命を使いたい。……たとえ、この国を裏切ることになっても』

アーヴェル王国は怪物のような父を英雄と称賛し、王が姉を殺せと命じて、民衆はその処刑で沸き立っていた。愛国心なんて、もはや欠片も残っていない。

――この先、この国がどうなろうが私には関係ない。滅びようが、どうでもいい。

ただ、ずっと味方でいてくれた、忠義に厚い執事の行く末だけが心残りだった。

それから三日と経たずに、ロバートが城に入る手はずを整えてくれた。

ルネは別れ際、ロバートを抱擁した。

『看守の買収に役立つかもしれないから、遺産は少し持っていくわ。あなたが買って来てくれたハチミツもね。残りの遺産はあなたが使って。私の身に何かあっても知らないふりを通すのよ。死んだものだと思ってくれていいから。……あなたのお蔭で、私はここまで生きることができた。長い間、私を守ってくれて本当にありがとう』

老いた執事は『かしこまりました』と消え入りそうな声で返事をした。

口の利けない女を装ったのは、ロバートの提案だ。

余計な詮索もされないし、話せないので囚人の世話を任されるかもしれないと。

その作戦は功を奏した。予想どおりメイドに囚人の世話係を押しつけられて、潜入は思いのほかうまくいった。

『……その女は？』

カリファス将軍に鋭い眼光で睨まれた時、ルネの鼓動はトクンと鳴った。

彼は傷だらけで、手負いの獣みたいな殺気を放っていた。

——早く自由にしてあげなければ……それまでは、この城で彼のために生き抜こう。

生きることへの望みを持ったのは、どれくらいぶりだったろうか。

たとえ外に出るまでの短いひとときであっても、グレンのために尽くし、生きることができたのは、すべてを奪われたルネにとって至上の喜びだったのだ。

◆◇◆

湿気で水滴のできた天井から雫が落ちてきた。ぽちゃん、と冷えたスープ皿に落ちる。

石の床に横たわっていたルネは目を開けた。長い夢を見ていた気がする。

瞼をこすって支給された食事に手を伸ばした。硬いパンを義務的に咀嚼し、胃袋に収めてから鉄格子まで近づく。

——ここに入れられてから……たぶん、四日くらい……？

一日に一回、食事が支給される。それで日数の経過を計算するしかない。

アーヴェル王に来るまで薬を飲まされ続けて、碌に食事もとっていなかったからルネはひどく衰弱していた。

牢は薄暗くて寝具もないので、松明の明かりが届く鉄格子の前で横たわる。

アーヴェル王の遣いは二回ほど来たが、沈黙を貫くとそれもなくなった。

——すぐに処刑されるわけじゃないみたい……弱りきるまで放置するつもりね。

逃げる手段を考えるつもりだったのに、身体に力が入らない。

もしかしたら、このまま緩やかに死んでいくのだろうか。

勝手に死ぬ自由はやらないと言っていたグレンの顔を思い浮かべ、ごめんなさい、と唇を動かした。

結局、彼にすべてを話すことができなかった。

「……グレン」

ほんのひと時でも、不器用にルネを愛してくれた人。

最後に一目だけでも会いたかった。

ルネは力なく瞼を閉じて眠ろうとしたが――ふと、妙な違和感を覚えた。

「なにかしら、この臭い……」

どこからか変な臭いがする。湿気や黴ではなく、もっと生臭くて鉄のような……。

鉄格子を摑んで身体を起こした。廊下の松明が大きく揺れて、コツ、コツと硬い足音が近づいてくる。錆びた鉄みたいな臭いが、どんどん濃くなっていった。

彼女の場所からはまず黒いブーツを履いた足が見えて、ほどなく黒の外套に身を包んだ男が牢の前で止まる。

ルネは唇をわななかせながら彼を見上げた。

外套のフードを後ろにどけた男の顔は、まさに会いたいと望んだ人のものだった。

「……グレン、なの……？」

彼は冷然とした眼差しでルネを見下ろし、頬に付いた血痕を手の甲で無造作に拭う。

その手には血まみれの短剣が握られていて、生臭さは血の臭いだと気づいた。

――私は夢でも見ているの？　それとも、これは幻覚？

とうとう頭がおかしくなったのかもしれない。

だが、夢でも幻覚でも構わなかった。

ルネは鉄格子の隙間から右手を出した。

あの橋の上で、最後に手を貸してほしいと請うた時のように差し伸べる。

グレンはしばし佇んでいたが、短剣を下げて片膝を突く。手を取ってくれたので握りしめたら、控えめに握り返された。

牢の中と、牢の外。

以前とは全く逆の立ち位置で、二人は見つめ合った。

「私を、殺しに来てくれたの？」

裏切れば殺す。あの宣言を実行するために、ここまで来たのかと。

指を搦めながら尋ねたら、グレンは表情のない顔で応える。

「開口一番それを訊くのかよ。もっと他に言うことがあるだろうが」

皮肉めいた言い方も懐かしくて、これは現実なのだと実感して涙がこみ上げた。

「僕の許可なく姿を消しやがって。お蔭でこんなところまで来るハメになった」

「……ごめんなさい」

「お前が生きていたなら、それでいい。話も聞きたかったからな」

グレンが声のトーンを落とし、鉄格子に身を寄せて顔を近づけてきた。

「帝国にいる亡命貴族から聞いた。ラスビア公爵家の令嬢だったんだってな」

「……ええ、そうよ」

「父親の復讐のために、僕に近づいたのか？」

――この質問の答え次第で、私はたぶん殺される。

グレンの鋭い目つきを見れば分かった。

知られてしまったのなら隠す必要もない。ルネは目線を伏せて重々しく応える。

「いいえ、違うわ」

「だったら、どうして僕に近づいた。脱獄の手伝いをした理由は？」

「あなたは父を殺してくれた人だから、助けたかったのよ」

「実の父親が殺されたら、普通は相手を憎むものじゃないのか」

「それは、父を愛していた場合の話でしょう。……私は、父を憎んでいた」

左手で冷たい鉄格子を握りしめて、銀色の目で牢の中を覗きこむグレンを見つめた。

「私の目の前で、父はお母様を殺したの。そして、あなたが父を殺すまで、私とお姉様は地獄のような日々を送ったわ……憂さ晴らしに殴られ続けて、いつかお母様みたいに殺されると思った」

胸の内に溜まった膿《うみ》がどっと溢れ出す。

心の傷が癒えかけても、いつだって誰かにかさぶたを剝がされて更に膿むのだ。

「毎晩祈っていたの。早く死んで、私とお姉様の目の前からいなくなってよ、って」

「…………」

「グレン、あなたを憎いと思ったことは一度もない。休戦協定の場で、初めて見た時からずっと……私はあなたに感謝して、憧れてもいた。だから、助けたの」

話しているうちに感情が制御できなくなって大粒の涙が溢れた。

グレンのお蔭で一時だけでも姉と平穏に暮らすことができた。言い尽くせないほどの感謝の念を抱いている。

乱暴で強引なくせに、不器用ながら恋人らしくふるまってくれた彼を愛おしくも想う。

「この想いは……愛している、って……一言では、伝えきれないの」

繋いだ手をぎゅっと握りしめると、グレンの澄んだ瞳が戸惑いに揺れた。

「そう、か……でも、どうしてそれを話さなかったんだ」

「……私がラスビア公爵の娘だと話したら、復讐しに来たんじゃないかと疑うでしょう。事情を説明しても信じてもらえないと思った。だって、私はあなたに『父親を殺された娘』なのよ。それは紛れもない事実なんだから」

「まぁ、確かに……僕も、お前の素性を知って真っ先にそう疑った」

「そうでしょう。最後まで打ち明けずに見送るつもりだったのよ。それなのに……あなたは私を連れて逃げてくれた。すごく、嬉しかったのよ……まだ側にいられるって」

ルネは鉄格子を握る手を放し、冷たくなった手のひらをグレンの頬に添えた。

「だから、僕が何をしても受け入れていたのか」

「ええ……それに、私を恋人として扱ってくれたでしょう……死んでもいいと思えるくらい幸せだった」

「お前は、そんなに僕のことを……」

目線を伏せたグレンが握っていた短剣をくるりと回してから、ベルトにしまう。

「急に話すと言い出しただろう。あれは、どうしてだ？」

「一緒に暮らして、ただのルネとしての私を知ってくれたから。今のグレンなら、私の話を信じてくれると……そう思って……」

その言葉を皮切りに涙が溢れて止まらなくなった。

俯き声を殺して泣いていたら、苔むした天井を仰いで息を吐き出したグレンが囁く。

「そうか……もういい。よく分かったから」

頬を流れ落ちる涙を優しく指で拭いとり、グレンが顔を近づけてきたが、鉄格子が邪魔でキスができないと気づいたのだろう。

看守室から盗ってきたカギをポケットから取り出して、牢の扉を開けてくれる。

立ち上がろうとしてよろめいたら、グレンが入ってきて抱きしめられた。

「帝国へ帰るぞ。お前は僕のものだからな。もう二度と放さない」

執着めいた囁きが耳元で聞こえる。そっと顎をとられて唇を奪われた。

濃い血の臭いがしたけれど、ルネは気にせずグレンの首に腕を巻きつける。

初めてグレンを見た時、ルネは彼に恋をした。

だが、その想いはコーデリアにも打ち明けなかった。怪物めいた父を容易《たやす》く殺すほど強く、祖国を脅かす敵国の将に一目で惹かれたなんて、アーヴェル王国を愛する姉に対して後ろめたい気持ちがあったのかもしれない。

だから毎朝、声には出さず、神に祈りを捧げるように両手を組んで願った。
父を殺してくれてありがとう。
私たちを救ってくれてありがとう。
……いつか、また違うかたちであなたと会えたら、私はこの命と心を捧げたい。
「これからも僕の側にいろ。僕もお前を手放さないから」
「ええ、側にいさせて。それが私の幸せなの」
コーデリアは最期に生きて幸せになれと書き遺した。
これがルネにとっての『幸せ』のかたちだ。なればこそ、きっと姉も許してくれる。
グレンの頬に点々と残った血痕を拭いてやり、ルネはうっとりと目を細めた。
彼への想いは一途な恋情を飛び越えて、盲目的な愛に変わりつつあった。
だって絶望の底から救い上げてくれるのは、いつもグレンなのだ。
——彼になら、何をされてもいい。
たとえ、この場でグレンに殺されたって幸せに死んでいけるだろう。
大好きな彼が、ルネのためにしてくれることなのだから。

再会の口づけを交わしたあと、グレンが右腕で抱きかかえて牢から連れ出してくれる。
ルネがぐったりと身を委ねていたら、短くなった髪を優しく撫でられた。

「髪が短くなったな」

「目立つから、ベルダン侯爵に切られてしまったの」

「チッ、あいつか……あとで僕が仕返ししておいてやる。でも、お前の髪は短くてもきれいだ。健康的な血の色によく似ている」

「……それは、褒めているの？」

「褒めてる……けど、やっぱり血の色に例えるのは違うのか」

「そうね……薔薇色、とか言われると嬉しいかも」

「ふうん。だったら今後はそう言う。お前の髪は薔薇色できれいだ」

「ええ、ありがとう」

「瞳の色も、子供の頃にニキータがくれたキャンディとそっくりだ。誰にも盗られないように、いつも自分の部屋に隠して食べていた」

「もしかして、私も部屋に隠されてしまうの？」

「ああ、そうだな。隠すのもいいな。もう誰にも盗られたくない」

看守室の横を通り過ぎると看守の死体が転がっていて、血だまりが広がっている。

一瞬だけ視界に入ったが、グレンがさりげなく手のひらで目元を覆ってきた。

彼は川で飛び石に移るみたいに軽やかに死体を避けて、石階段を上がっていく。

「どうして目元を隠すの」

「見なくていいモノがあった。お前はこういうの嫌そうだから。この先もある。だから城を出るまで目を閉じてろ」

ルネが少し固まってから瞑目すると、いい子いい子と髪を撫でられる。

「覚えておけ、ルネ。お前のためなら何でもしてやる」

それは、いつか牢の中でルネが彼に投げかけた言葉と同じだった。

「誰かの命を奪うことだって厭《いと》わない」

「……だったら……『私』を殺してほしいと頼んでも、殺してくれる？」

コーデリアが処刑された直後、誰か殺してくれと慟哭したことを思い出す。

グレンは当然のような口ぶりで即答した。

「殺してやる。でも痛いのは嫌だろう。だから一瞬でやる。特別だぞ」

ルネは両手で口元を覆った。鼻の奥が熱くなり、閉じた瞼の端から涙が零れる。

――やっぱり、私はとっくに頭がおかしくなっているんだわ。

グレンは殺意を口にしたはずなのに、優しさと愛を感じてしまうのだ。

静まり返った深夜のアーヴェル城。

血だまりができた廊下を平然と歩くグレンの腕の中で、ルネは「ありがとう」と涙ながらに礼を言った。

第八章　殺意は愛の証

時は一日巻き戻り——牢獄で再会を果たす日の前夜。

アーヴェル王国に潜入を果たし、グレンは街路樹の陰から一軒の屋敷を眺めていた。

——ここにベルダン侯爵がいるのか。

一緒に行くと言ってついてきたフランクが感心したように唸る。

「いい屋敷ですね。ベルダン侯爵は今頃ベッドで安眠中かもしれませんよ」

「その安眠と引き換えにルネを差し出した、くそ野郎だけどな」

「だからって殺さないでくださいよ？」

「分かってる。屋敷に入れる場所を探すぞ」

グレンはベルトに差した短剣を確かめると、屋敷に向かって足を踏み出した。

ルネが消えた舞踏会の夜、招待客の中でベルダン侯爵が行方知れずとなった。

侯爵の屋敷からは監視のためにつけた兵士の死体が見つかり、帝都の関所を通ったのも確認された。護衛と名乗る屈強な男二人と、寝ている女……ルネも連れていたらしい。

グレンの服に葡萄酒をかけたメイドも共犯だったと判明した。

そののち国境へ向かう街道で目撃情報が相次ぎ、グレンは皇帝と宰相の三人で密談を交わしてから、フランクとトマスを連れて侯爵を追った。

しかし途中で目撃者が途絶えたため、グレンもそのまま国境を越えることを決めた。

ただアーヴェル王国は帝国からの入国制限を強めていて、簡単に関所を通過できない。

それゆえ数ヶ月前に使用した山道でアーヴェルを目指した。

グレンが逃走経路として使ったからか、両国とも山道に関所の門が新設されていたが、帝国側は皇帝の通行許可証を見せたら難なく通れた。

問題はアーヴェル側だったが、まだ新設なのと険しい山中ということもあって警備兵の数が少なく、森の闇に紛れて国境を越えられた。

そこから一日かけてアーヴェルの王都へ向かい、以前フランクたちが潜伏していた平民の住宅区で、逃走用の馬の仕入れ方を教えてくれたという情報屋を探し出した。

情報屋は金貨の革袋と引き換えに、ベルダン侯爵が帰国したことと、ラスビア公爵家の元執事だったロバートの情報をくれた。

グレンは早速ロバートを訪ねて協力を仰ぎ、事態を把握したロバートも「お嬢様のためなら」と進んで手を貸してくれたのだ。

公爵家の執事を長年務めたロバートは広い人脈と伝手を持ち、アーヴェル城内の情報を集めることに長けていた。

そうやって情報の糸を手繰り、ルネは城の牢に入れられていて、王がベルダン侯爵に仮住まいとして与えた屋敷まで突き止めることに成功したというわけだ。


グレンは屋敷の窓から身軽に忍びこみ、足音を立てずに二階へ向かった。

屋敷は静まり返っていた。帰国したばかりで、ほとんど使用人がいないのだろう。侯爵が雇っていたという傭兵たちも仕事を終えたら、面倒ごとに巻き込まれる前にさっさと姿を消したはずだ。

二階の最奥にある寝室に辿り着くと、フランクを見張りに立たせて中に入った。気配を殺して窓に近づき、カーテンを開ける。淡い月光のもとベッドで寝入っているのがベルダン侯爵なのを確かめてから短剣を握った。ベッドの脇に立ち、侯爵の額に手のひらを乗せる。

こうして頭を押さえてしまえば人体の構造上、自力で起き上がることはできない。

グレンは侯爵の首筋に短剣を添えて、低く朗々とした声で起こした。

「今すぐ起きろ、イーサン・ベルダン」

　ベルダン侯爵が唸りながら目を開ける。

　焦点のぶれた視線がグレンをとらえた瞬間、侯爵の身体がびくりと強張った。

　反射的に起き上がろうとしたが、グレンが額を押さえつけているせいで身動きが取れないらしい。短剣の存在にも気づいたのか「ヒッ」と怯えた悲鳴を上げる。

「っ、ま、まさか……カリファス将軍？　何故、ここに……？」

「お前を追いかけてきたんだよ。僕のものを盗っていっただろう」

　冷ややかな眼差しで睨みつけて、声に殺気を滲ませたら侯爵がガタガタと震え出した。

「ここで死にたくなければ言うことを聞け。質問もするな。お前に拒否権はない」

「……わ、分かった……」

「明日の夜、お前の馬車に僕を乗せて王のいる城まで連れて行け」

「あ、明日の夜は……小規模の夜会が、あるが……わ、私は呼ばれて、いない……」

「だったら適当な理由を作れ。僕はお前の侍従の格好をしていく。城の敷地に入れれば、それでいい」

「……ルーネットを、助けに行くのか」

　グレンは目を細めて短剣をわずかにめり込ませる。

「質問はするなと言ったはずだ」

「っ……」

「このことは他の人間に言うなよ。明日の夜までは勝手に屋敷も出るな。見張りをつけておく。大人しく従うのなら殺したりはしない。……返事は？」

「……はい」

萎縮したベルダン侯爵が首肯するのを見て、グレンは身を翻す。

「フランク、明日の夜までこいつが妙な動きをしないよう見張っておけ。あとでトマスも合流させるから交代でな」

「了解しました、隊長」

呆然とするベルダン侯爵をフランクに任せ、グレンは屋敷を後にした。隠れ家へ戻ってトマスに兄のもとへ行けと指示を出す。

部下を見送ってから、グレンは再び夜の王都へ足を踏み出した。

ルネのことは気がかりだが、脱獄者を出したからか城の警備は厳重になっており、兵士や使用人に扮して潜入もできなくなっている。

――明日の夜までは動けないのは分かっているが、じっとしていられない。

それに一ヶ所、足を運んでおきたい場所があった。

情報屋を捜していた時、平民の住宅区の端に貧民窟があることを知ったのだ。

――アーヴェルは景気が悪くなっていると、以前ルネが言っていた。

貧民窟に近づくと路地に痩せた人間が蹲り、飢えた子供が物乞いをしていた。

自然と足が引き寄せられて、貧民窟の奥へと進むにつれ鼻の曲がりそうな悪臭が強くなっていく。

グレンはその悪臭に懐かしさを覚えた。

――ここは、まだいいほうだな。先代アーヴェル王は何度も帝国に攻めこんできたが、戦争は金がかかる。軍備にばかり出資した結果、国民がツケを払わされているんだ。現アーヴェル王の人柄を聞く限り、更に状況は悪化するだろうな。

王都に貧民窟があって対策も取られていないのは、平民層の生活を重視していないからだ。貧富の差が激しくなるほど貧民窟は拡大していく。

――この内情はエルヴィスに報告できそうだ。

もう少し見て回って帰ろうと思ったが、角を曲がったところで背後から殺気を感じて、咄嗟に回し蹴りを放つ。襲撃者の腹部に一撃を叩きこむと呻き声が聞こえ、続けざまに別の男が短剣を振り上げて飛びかかってきた。

グレンは剣の切っ先を避けると、男の頭を摑んで思いっきり壁に叩きつける。

追剝をことごとく返り討ちにして何事もなかったように歩き出した。

――これ以上は奥へ行かないほうがいいか。追剝の相手をするのも面倒だしな。

来た道を戻り、物乞いをする子供に数枚の銀貨を投げて貧民窟を後にする。

――以前の帝国のように貧民窟が広がっていくなら、この国も終わりだな。

エルヴィスみたいな指導者がいれば話は別だが、現アーヴェル王では難しいだろう。

翌日、グレンは身なりを整えると、予定どおりベルダン侯爵の馬車で城へ向かった。

トマスが御者のふりをし、フランクは先に隠れ家へ戻って今夜の準備だ。

侯爵は一日中見張られていたせいか、少しやつれている。

城の門前に到着すると、ベルダン侯爵は引きつった笑顔で衛兵に名乗った。

「陛下に重要な話があるんだが、通してくれないか」

「申し訳ありません。今宵は招待状がなければ、城にお入れすることはできません」

「せめてロータリーには入れてくれないか。後続の馬車が詰まっているし、ここでは引き返すこともできない。端で待っているから陛下に確認をとってほしい」

衛兵は何台もの馬車が後ろに連なっているのを確認すると、門を開けて邪魔にならないようロータリーの端へ停めさせてくれた。

「確認して参ります。ここで、しばらくお待ちください」

衛兵が離れていくのを窓から確認して、グレンは侯爵を見据えた。

「敷地に入れたから、ここでいい。あとは一人で行く」

「私はどうすればいいんだ」

「大人しく屋敷へ帰れ。騒いだり逃げたりするなよ。トマスがいるからな」

屈強な身体つきのトマスを思い出したのか、ベルダン侯爵は口数少なく頷く。

グレンは座席の下に用意しておいた外套を持ち、衛兵が戻ってくる前に馬車の扉を開けた。他の衛兵の目が逸れた隙に垣根の陰へと隠れる。

グレンが降りるのを確認するなり、トマスが馬車を動かした。ロータリーをぐるりと回って出ていく。

戻ってきた衛兵が立ち尽くしているのを横目に、グレンは外套を着て闇に溶けこみ、音もなく庭園を突っ切った。ロータリーや城から死角となる場所に身をひそめる。

——あとは夜更けまで待つだけだ。

どさりと芝生に腰を下ろして夜空を仰いだ。

牢に放りこまれたルネはちゃんと生きているだろうかと、少し不安になる。

——いや、これは不安じゃなくて、心配……なのかもしれない。

食事はしているか、眠れているのか。誰にも痛めつけられていないだろうか。

今まで、こんなふうに他人を気にかけたことはなかった。たぶん相手がルネだからだ。

しかも忌々しいアーヴェル城へ自分から乗りこみ、牢獄に囚われた彼女に会いにいくことになろうとは。

——殺すか、生かすか。ルネの口からすべてを聞いて決めよう。

ロバートはラスビア公爵家に起きた悲劇を大まかに話してくれたが、ルネの考えや心情までは語らなかった。

グレンも尋ねなかった。本人の口から聞きたかったからだ。

——早く会いたい。

自分らしくないとは思いつつも右手を掲げて、彼女の温もりを恋しく想った。

やがて時刻が深夜を回る頃、ぼちぼちと貴族が帰り始める。

馬車がいなくなり城が寝静まったのを見計らって、グレンはようやく動き始めた。

右手に短剣を握りしめ、衛兵の目をかいくぐり裏口から城内へ忍びこむ。

フランクから衛兵の巡回ルートは聞いていたが、邪魔になりそうな兵士を見つけるたび気配なく近づき、短剣を一閃させて片づけていった。

夜の闇に溶けこみ、相手が悲鳴を上げる間もなく息の根を止める——グレンにとって至極簡単な仕事であった。

あらかた片づけて死体も隠しつつ地下牢へ続く石階段を下りていく。

看守室に見覚えのある連中がいたので、仕返しがてら始末することにした。

すべてを終えると牢のカギを奪い、切れ味の悪くなった短剣を携えて牢の奥へ向かう。

——やっと、ここまで来た。

城の地下牢は重要人物が入れられる牢獄らしく、他の囚人はいない。

グレンは、ある牢の前で足を止めた、鉄格子の前に蹲る小さな影があった。

牢に閉じこめられている小柄な女——ルネが目を見開いて見上げてくる。髪は短くなっていて、全身も薄汚れてぼろぼろだ。

——ルネ、お前のために来てやったぞ。

いつかのように手を伸ばしてくるルネの手を握り返す。恋しかった温もりだった。

そして殺すか、生かすか……すべてを語ったルネの言葉に納得し、グレンは彼女を『生かす』と決めた。

外からの侵入は難しくても、中に入ってしまえば出るのは意外と簡単だ。

グレンはルネを抱えて裏口から城外に出た。使用人専用の出入り口は内側から施錠されて、外側にも衛兵が配置されていたけれど構わずカギを外して出る。

すると兵士の変装をしたフランクが澄まし顔で立っており、気絶した衛兵は物陰で縛り上げられていた。

「うまくいったんですね、隊長。無事にルネを救出できたみたいで……いや、かすかに血の臭いがする……まさか派手に暴れていませんよね」

兵士の兜を投げ捨て文句を言う部下を無視して、グレンは足早に城から離れる。さりげなく身を屈めてルネの耳に囁いた。

「ルネ、僕がいいって言うまで耳を塞いでろ」

「え？　……うん、分かった」

両手で耳を塞ぐルネを確認してから、グレンは小走りについてくる部下を睨む。

「派手にはやってない。でも邪魔な兵士を先に片づけてから牢へ下りたんだ。看守も全員始末した。僕を散々痛めつけた連中だからな、自業自得だろう」

「看守はともかく、衛兵の巡回ルートは教えましたよね。わざわざ交代の時間を避けて深夜に決行したのに。これで警備が強まっても知りませんよ」

「今回は準備期間を設けられなかったから強行策をとったんだ。ルネさえ取り戻せればいい。たとえ警備が強まったとしても、あとで考えればいいことだ」

さらりと告げると、ルネの手を外させて「もういいぞ」と言った。

隠しておいた馬に乗ってロバートの家に着く頃には、ルネは意識を失っていた。

ロバートと彼の妻は今か今かと待っていて、グレンがぐったりとしたルネを抱きかかえているのを見るなり駆け寄ってきた。

「お嬢様は生きておられますか……！」

「ちゃんと生きてる。少し痩せたみたいだけどな」

ベッドに寝かせても、ルネは動かない。静かな寝息が聞こえるのみだ。

意識があった時はグレンと会話をして気丈にふるまっていたが、本当は弱りきっていたのだろう。

グレンはルネの頬を撫でると、あとはロバート夫妻に任せて隠れ家を出た。

――もう一つ、今夜中に片づけなきゃいけない仕事がある。

そこから向かったのはベルダン侯爵の屋敷だった。

トマスに見張らせていた侯爵を再び馬車に乗せて、グレンは向かいの席に座る。

御者席にはトマスが座り、フランクも乗りこんできてグレンの隣に座った。

「こんな時間に、私をどこへ連れて行くつもりなんだ」

動き始める馬車の中で、グレンは落ち着きのない侯爵の問いには答えず「訊きたいことがある」と切り出す。

「僕の主、ジェノビア皇帝から訊くように言われたんだ。何故、帝国を裏切った？」

血まみれの短剣を見せて脅すと、ベルダン侯爵はごくりと唾を呑んで口を開いた。

「……帝国での暮らしは四六時中、監視の目がついていた。どこへ旅をしても必ず監視の兵士がついてくる。自由がないんだ。……社交場に出ても陰口ばかりだ。帝国の連中は私を売国奴と呼び、軽蔑の目を向けてくる……亡命貴族は皆、聞こえないふりをして生きている。居場所なんてない。そんな生活を続けるのが耐えられなくなった」

「それで？」

「……私と同じくアーヴェルから亡命したナルソス伯爵と出会い、意気投合したんだ。そして、二人で密かに帰国する計画を立てた……その矢先、ナルソス伯爵は殺された」

ベルダン侯爵が怯えきった眼差しで、グレンの顔を見てきた。

「おそらく情報が洩れたんだ。次は私だと思った……ジェノビア皇帝は自国の情報が洩れるのを嫌う。密かに始末させると噂で聞いたことがあって……だから、あの舞踏会の夜に屋敷を出ようと思っていたんだ……そうしたら、ルーネットが、いて……」

「ついでに攫ったか」

ロバートから、すでにベルダン侯爵とルネの関係は聞いている。

この三年、アーヴェル王はラスビア公爵家の生き残りであるルネを捜していたとか。

当時は即位したばかりで反感も多かっただろうから、力を誇示する見せしめとして、英雄すらも輩出した『公爵家』を選んだのだろう。

しかも家を継いだばかりの若い女公爵を処刑するとなれば注目が集まる。ルネも同様に公開処刑するつもりでいたのかもしれない。

王に一人でも逆らえば血族全員を裁くと知らしめるために。

だから、侯爵もルネを連れ帰ればアーヴェル王の機嫌がとれると考えたのだ。

——恐怖で抑えつけるために一族郎党、皆殺しか。悪趣味すぎて反吐が出るな。

一歩間違えたら重臣たちは反旗を翻して、傲慢な王を引きずり降ろしていたはずだ。

もしかすると、そういった計画が進んでいる可能性もあるが——。

——だがアーヴェル王の臣下は皆、腑抜ばかりのようだからな。この男を見ていればよく分かる。ルネの姉が、妹を守ってくれと手紙を送っても無視して、さっさと国外へ出たらしいからな。

そうロバートが嘆いていた。コーデリアに味方するでもなく一人で逃げ出したと。

「あとは……雇っておいた傭兵に案内をさせて、国境を越えた。アーヴェル王は恐ろしいが、たとえ殺されようとも帝国で殺されるよりはマシだと思ったんだ。そもそも亡命したのだって、私のせいじゃない。コーデリアが余計な真似をしたから……っ」

グレンは途中から聞き流していた。

ベルダン侯爵は結局保身のためにルネを差し出した。裏切りの理由も下らない。

帝国の内情をアーヴェル王に流したのかもしれないが、皇后に嫌われていたベルダン侯爵では入手できた情報もたかが知れているだろう。

ひととおり把握したので、エルヴィスに頼まれた仕事は終わりだ。

この時点で、グレンの関心は別のほうに逸れていた。

「ふうん。まぁ、あとの話はどうでもいい。それよりお前、ルネに何をした？」

「……え？」

「髪が短くなっていたんだ。薔薇色できれいな髪だったのに。どうせ攫う時だって痛めつけたんだろう。十分な食事もさせていなかった。少し痩せていたからな」

ベルダン侯爵の顔が青くなっていく。

「ルネは髪の毛一本に至るまで僕のものだ。僕から盗った挙げ句、勝手に髪を切って食事もさせずに痛めつけたのなら制裁を加えないと。当然だよな」

「っ……ちょっと待て……大人しく従えば殺さないという約束だったはずだ！　だから協力したのに……っ」

「僕はただ、制裁を加えると言っただけだ」

小心者の侯爵は小刻みに震え始めた。

それを絶対零度の目で見やり、グレンは我関せずの態度でいる部下を呼ぶ。

「フランク、準備しておいたか」

「ええ、もちろんです。質屋でだいぶ値切って買い取ってやりましたよ」

フランクが上着のポケットから革袋を取り出した。中からは派手な宝石のついた指輪とペンダント、ブレスレットや懐中時計が次々と出てくる。

「どうぞ、侯爵。すべて身につけてください」

フランクに促されるまま、ベルダン侯爵はわけが分からぬ様子で貴金属を身につけた。

グレンは窓の外を確認する。すでに大通りを逸れて平民の住宅区に入っている。

昨日、夜歩きをした貧民窟が近づいてきたので馬車を止めさせた。

「ここで降りろ」

びくびくしている侯爵を馬車から降ろして、短剣で脅しながら路地裏に入り、貧民窟まで連れて行く。

「な、なんだ、ここは……うっ……臭い……」

「僕はお前を殺さない。だが、ここの連中はどうかな」

グレンは縮こまるベルダン侯爵の腕を摑み、追剝が出た路地へと放り出した。

「ここには住居がなく、明日の食い物もないやつがたくさんいる。みんな、お前が耐えられないと放り出した生活を喉から手が出るほど欲しがっているんだ」

「っ、ま、待て……こんなところに置いていくな……！」

「帝国で殺されるくらいなら祖国で死にたかったんだろう。望みが叶うかもしれないぞ」

踵を返すグレンの視界に、獲物を見つけた貧民窟の住人たちの姿が飛びこんでくる。

——正直、この手で殺してやりたいくらいだ。でも『こっちのほう』がはるかに残酷な末路を迎えるだろう。

追剝は容赦がなく、特に身分の高そうな人間の行く末は悲惨だ。いい暮らしをしていることへの恨みをぶつけるのか、人の姿を保てないほど痛めつけられて投棄される。

案の定目を光らせた住人たちは、外套のフードを被ったグレンの横を通り過ぎ、全身に宝石をつけたベルダン侯爵に群がっていく。

「う、うわっ……やめろ……ひっ、うわあぁぁっ……！」

悲鳴をかき消す歓声が上がったが、グレンは二度と振り返らなかった。嗅ぎ慣れた悪臭の中をすたすたと歩いて、待たせている部下のもとまで戻る。

馬車に乗りこみ動き出す車内で、おもむろに腹をさすった。

「隊長。あの侯爵、あそこを生きて出られますかね」

「さぁな、どうでもいい。……それより腹が減った。帰ったら何か食うぞ」

「こんな時でも相変わらずですね」

グレンは部下の呆れ交じりの言葉を鼻で笑い飛ばし、馬車の窓から外を見た。

ついさっき、忍びこんだばかりのアーヴェルの城が見えてくる。

王が寝泊まりしているであろう上階部分を眺めて、胸中で呟いた。

――次は、あいつだな。

コーデリアを処刑し、グレンとルネを牢に放りこんだ暴君の棲み処が見えなくなるまで窓から目を逸らさなかった。

◆◇◆

幼少期の記憶でよく覚えているものは、姉が差し伸べてくる手のひらだった。

『ルネ、そこから出ておいで』

父から逃げ回り、リビングのテーブルの下に隠れていたルネの前にコーデリアの手が差し出された。ルネはおそるおそる自分の手を重ねて握り返す。

姉はいたましそうに顔を歪めて、父に叩かれて腫れ上がった頬も撫でてくれた。優しく抱きしめてくれる。

手を繋ぎ、頬を撫でてもらい、いとおしむように抱擁されることで、ルネは明日も諦めずに生きようと自分を奮い立たせることができたのだ。

眦に熱いものが流れ落ちるのを感じて、ゆっくりと瞼を上げた。

手が温かい。誰かが握ってくれているようだった。

「ルネ」

傍らに視線をやるとグレンがいた。目が合うなり目尻の涙を拭われる。

「なんだよ。やっと起きたかと思えば、泣いているのか」

ルネは握られた手を見てから、室内を見渡した。懐かしい小さめのベッドルームだ。

扉が開いていて、その向こうには見覚えのあるカウチとテーブルがある。

「どうして、ここに……」

「お前が暮らしていた家らしいな。ロバートが案内してくれた」

「そう、ロバートが……彼とも、話したいわ……ずっと手を握っていてくれたの？」

「お前が握って放さなかったんだよ」

ルネの目からぽろりぽろりと溢れる涙を見て、グレンはやや乱暴に指で拭ってくれる。

「泣きすぎだぞ。腹でも減ったのか」

「……うん、お腹がすいたわ」

「何が食いたい」

「お肉、かしら」

「今の状態で肉を食ったら、消化できなくて死ぬぞ」

「でも、食べたいわ……以前、グレンと一緒に食べた、あのスパイシーなチキン」

「帝国に帰ってからだな。他に食いたいものは？」

「……野営でグレンと食べた、干し肉」

「また肉かよ」

本当はそこまでお腹が空いているわけじゃない。

むしろ食欲なんてなかったが、またグレンと会話ができるのが嬉しくて、彼の興味ある食の話題を口にしているだけだった。

そのせいか、普通に話をしているだけで泣けてくる。

いよいよ涙の勢いが増してきたので、グレンは何か勘違いしたらしい。

「そんなに食いたいのか……ちょっと待ってろ。何とかしてやる」

「待って、グレン」

離れようとするグレンの手を握って引き留めたら、彼がぴたりと動きを止めた。

「まだ、ここにいて……食事は、あとでいいから」

のろのろと身体を起こして腕を伸ばすと、グレンが意図を汲んで抱きしめてくれる。

「これは夢じゃないのよね」

「夢じゃない。現実だ、ほら」

少し硬い手のひらで頬を撫でられて、またしてもルネの涙腺が崩壊した。

泣き笑いの顔でグレンの手を握りしめたら、彼がぽつりと言う。

「いつも僕の手を握るよな。牢の中でもそうだったが、なんでだ？」

「お姉様とよく手を握り合っていたの。つらい時は元気が出たし、頑張ろうって励まされたから……牢の中でも、グレンに元気でいてほしかったから手を握ったのよ」

「ふうん。じゃあ、僕の手を頬に押しつけていたのは？」

「あれは……あなたの温もりを感じられるのは、あと少しだと思っていたから。ずっと憧れていた相手だったんだもの」

「なぁ、その憧れっていう感覚がイマイチ分からない。つまり、なんだ？」

グレンが眉を寄せて怪訝な顔をしている。

前々から思っていたが、彼は他人からの好意的な感情に疎いらしい。

ルネは少し迷って、牢の中でやっていたようにグレンの手を自分の頬に押しつけた。すり、と控えめに頬ずりすると、黙った彼が食い入るように見つめてくる。

「つまり……率直に言うと、好きってことよ。ほら、私の頬も火照って熱いでしょう」

「……チッ、くそが」

「どうしたの？」

「かわいいから腹が立つ」

「か、わ……え、どこが？」

「全部だよ。あー……言いたいことは分かったが、急に抱きたくなってきた。でも抱かない。たぶん一回じゃ終わらないし、お前は弱ってるから死ぬかもしれない」

情緒も何もないけれど、眉を寄せる姿はいつもどおりのグレンだった。

かわいいという単語を意識の端へ追いやり、ルネは火照った顔を綻ばせた。

「私の想いが伝わってよかった。身体まで気遣ってくれているのね」

「気遣っているわけじゃゃ……いや、気遣ってるのか。とにかく、お前は早く肉を食えるくらい元気になれ。それで抱かせろ。はぁー……我慢は嫌いなんだけどな、くそったれ」

「くそったれって、私に言ったの？」

「違う、自分に言ったんだ」

帝国で一緒に暮らしていた時と変わらないやり取りだった。

ルネは微笑み、ふと視線を横へ向けた。サイドテーブルに短剣が二本置いてある。

「この短剣はあなたのものよね。二本もある」

「使いすぎると切れ味が悪くなるから二本持ち歩いているんだ。お前の寝顔を見ていたら落ち着かなくて、側に置いてた」

「……私を殺そうとしていたの？」

笑顔のまま尋ねたら、グレンは「いいや」と首を横に振った。

「どうやったら一番痛みがないのかは考えていたけど、お前はもう取り戻したし、殺す理由もない。僕が好きで、離れるつもりもないんだろう」

「ええ、そうね。ずっとグレンの側にいたいわ」

「僕もルネと一緒にいたい。だから僕の側にいる限り、殺さない」

――ってことは、もし離れようとしたら、やっぱり私を殺すのね。

ルネにしてみれば、自分の意思でグレンの側を離れるのはありえないので「それならいいの」とはにかみ、彼の腕の中にもぐりこんだ。

ひしと抱きついたら、硬直したグレンが「くそったれ」とまた悪態をつき、短くなったルネの髪を優しめにくしゃくしゃと撫でてきた。


しばらく懐かしい家で静養することになったが、家の外には出られなかった。

城に襲撃者が入った件でアーヴェル王が激怒しており、王都のあちこちでルネを捜す兵士がうろついていたのだ。

ジェノビア帝国との国境の警備もますます強められ、グレンはその状況に鑑みて国境越えが危険だと判断したようだ。

「もう少し準備は必要だが、時期がくれば国境の警備どころではなくなる。それまで気長に待てばいい」

そう意味深なことを言っていたので、おそらく妙案があるのだろう。詳細を教えてくれなかったから『時期』とやらを待つしかなさそうだ。

予断を許さない状況ではあったが、緊張感や恐怖はさほど感じなかった。グレンが四六時中側にいてくれたからだ。

食料はロバート夫妻が定期的に届けてくれて、グレンと二人で穏やかに一日を過ごし、夜もキスをしてから彼が添い寝してくれた。

まるで遠い地へやって来て、夫婦として生活しているような錯覚にすら陥った。

ただ、グレンはルネ一人で行動させてくれなかった。追手がどうなっているかという外の情報も教えてくれない。危険から遠ざけるようにルネを隠し、守っていた。

それだけじゃなくグレンの接し方も以前とは変化していた。

肩に担がれて運ばれることが減り、子供みたいに抱き上げられたり、たどたどしい手つきで着替えを手伝われて、それ以上も――。

「ねぇ、グレン。もう自分でできるわ」

体調が回復して身体つきも元通りふっくらし始めた頃、ルネは控えめに切り出した。

背中を拭いてくれていたグレンが「ん？」と首を傾げる。

小さな家には浴室もあるが、水道設備が整っていないのでシャワーが出ない。

前に生活していた時も浴室に水を運ぶのが面倒くさくて、入浴は週に一度と決めて、普段はたっぷり濡らしたタオルで肌を拭いていた。

「なんだよ、僕に拭かれるのは嫌なのか」

「そういうわけじゃないけど……」

「だったら大人しく座ってろ」

背中から始まり、腰回りや臀部まで拭かれていく。向かい合って肩と腕、胸元までくまなく拭かれるから妙な心地になってしまう。

たまにグレンの手が乳房の先端をかすめて肌をなぞるように動くから、数えきれないほど抱かれたことが蘇って頬が赤らんだ。

――私ったら何を考えているの。

拭く場所が下半身まで移動していき、太腿や足の指まできれいに拭かれた。

グレンは身なりに無頓着でも清潔を好んだ。仕事から帰ると必ず入浴していたし、初めて抱き合った夜も一緒に湯浴みをした。

ルネが紅潮した顔を背けて身を委ねていると、彼は床に膝を突いてチラリと見てくる。

武骨な手が太腿の隙間にするりと入り、敏感な場所まで優しくタオルで拭かれた。足の間で動くざらざらした生地の感触に思わず身震いした。悩ましげな吐息まで漏れてしまいそうになり右手で口元を押さえる。

――これは、ただの清拭なのに。

グレンの指が感じる突起をかすめたので肩が震えた。

「あっ……」

ついに声が漏れ出てしまった。慌てて唇を噛みしめるが顔が熱くて仕方ない。

すると、グレンが意地悪そうに口角を上げた。

「いやらしい声だな」

「ごめんなさい、つい……」

そこまで言って目を泳がせたところで、はたと気づく。グレンの身体も反応している。

ルネの視線の先に気づいたのか、彼は途端に渋面を作った。

「あんまり見るなよ」

「……グレンはいつも、何も感じていないのかと思っていたわ」

「これだけお前に触ってんだぞ。何も感じないわけないだろ、バカ」

バカ、の言い方が妙に甘ったるくて、ルネの鼓動が高鳴り始めた。

彼も意識してくれていたのだという安堵感と面映ゆさで照れていたら、グレンの顔が近づいてきた。腹を空かせた獣が味見をするように唇をがじがじと甘噛みされる。

「いつも、どんなふうに抱いてやろうかって考えてた。お前の身体に触りまくって……ここに挿入れたら、意識が飛ぶまで揺さぶってやろうって」

きれいに拭かれた足のあわいをなぞられた。指の腹でこすられて快楽の熾火が灯る。

「んっ……は……」

「さっき拭いてやったのに、もう濡れてる」

淫らな蜜をとろりと垂らす秘裂を弄り、グレンが掠れた笑い声を零す。

「ハッ……やっぱり我慢なんてガラじゃないな」

そう呟くと同時に彼が唇に齧りついてきた。指が蜜口に挿しこまれてグチュグチュと中をかき混ぜられる。

「あ、っ、う……んっ」

寝間着の襟もとをはだけさせられて乳房も揉みほぐされた。

ルネはいきなり始まった睦み合いに瞳を潤ませながらグレンにしがみつく。

久しぶりの愛撫で全身が歓喜していた。待ち望んでいたかのように蜜洞は挿しこまれた指をうまそうに呑みこむ。

雄々しい楔で穿たれる時みたいに前後に動かされて甘美な痺れが走った。

脳の中心を快楽で射貫かれ、しとどに愛液が溢れるのが分かる。

「あぁ、あっ……あ……」

あえかな喘ぎを漏らしながら首を振ると、短くなった髪がさらさらと揺れた。

乱雑に切られた毛先は整えたが、まだ短髪には慣れないのでうなじがくすぐったい。

背中からベッドに押し倒されてグレンが覆いかぶさってきた。

「ふ、ぅっ……んんっ、ん……」

啄むようなキスが徐々に激しくなる。傍若無人な舌で犯されて呼吸もままならない。

「っ……グレ、ン……」

グレンがのしかかってくるから太腿に硬いものがぐりぐりと当たる。乱れきった息遣いからも、彼の興奮が手に取るように伝わってきた。

目眩がするほど濃密な口づけを交わしながら、ルネは手を下のほうへ移動させる。硬く昂っているものに触れたら、グレンがびくりと震えた。

「っ……」

「硬い、のね……」

羞恥よりも好奇心が勝って布越しにさすってみると、顰め面になったグレンが威嚇の唸り声を上げる。

「お前、そういうのやめろ」

――また叱られたわ……。

確か以前も行為の最中に叱られた。しかし、今日はルネも引き下がらなかった。

「私も、あなたの身体のことをよく知りたいの。……ちょっと見せて」

「あ、おい」

両手を伸ばしてグレンの下穿きから取り出す。硬くなった陰茎が顔を覗かせたので、勇気を出して手のひらで包みこんだら、どくんどくんと熱く脈打っていた。

手を少し上下に動かしたら、グレンの口から気持ちよさそうな声が漏れた。

「はぁ……」

グレンに手首を摑まれたが、ほとんど力が入っていない。

こうすれば気持ちがいいのだなと理解し、ルネはつるりとした肉槍を握って扱いた。

雄芯が硬さを増していくのがリアルに伝わってきて、先端からぬるぬるとした先走りが溢れてくる。

――これでいいんだわ。

ルネは赤い顔で微笑んだ。自分の手で彼が気持ちよくなってくれるのが嬉しかった。

グレンが色っぽい吐息をついて唇を甘噛みしてくる。舌を搦めて口づけていると、お返しのように胸の先端を摘ままれた。

「あ、っ……」

「……すげぇ、気持ちいい……けど」

雄芯がはち切れそうなほど大きくなったところで手首をぎゅっと握られる。

思わず両手を放したら、グレンが暑そうに服を脱ぎ捨てた。乱暴な手つきでルネの寝間着も剝ぎ取ると、華奢な両手首をひとまとめにしてシーツに押しつける。

「早く、お前の中に挿入れさせろ」

グレンの腕一本で拘束されて、押し開かれた足の間に彼の腰が割りこんできた。愛液を滴らせる蜜口に亀頭がめりこんで、咄嗟にルネは四肢に力を入れる。渇望と飢えを宿した瞳で見下ろされ、すべてを征服されてしまうと震えが走った。

「僕だけ見てろ、ルネ。よそ見はするな」

驕慢《きょうまん》な命令が降り注ぎ、両手を押さえつけるグレンの手に力が入った。隆々と反り返った一物でみちみちと蜜路をこじ開けられていく。

刹那、最奥までズンッと征服された反動で閃光が散る。爪先がピンと伸びきった。

「あぁ——……っ」

間延びした喘ぎが消えぬうちに律動が始まる。激しく前後に揺さぶられて肌のぶつかる打擲音が響いた。

「前に言ったよな、ルネ」

グレンはベッドをギッ、ギッと軋ませながら唇をぺろりと舐めた。

「一回じゃ、終わらないぞ……我慢したぶん、満足するまで放さない」

飢えを満たすまで終わらせるものか。

みだりがましく傲慢な宣言をされ、ルネは快楽の坩堝へ突き落とされた。

「あ、あぁ、ああっ、あ……！」

「……は、っ……やっぱり、ルネの中は……めちゃくちゃ気持ちいい」

グレンが恍惚とした囁きを耳に吹きこんで劣情を叩きつけてくる。好き放題に揺さぶられながら、ルネは拘束された両手が解放されたタイミングで彼の首にしがみついた。

その時、愉悦の涙で歪む視界に見慣れた天井が入る。

あの天井を見ていると、ここで暮らしたどん底の日々の記憶が蘇りそうになる。

しかし、グレンは追憶に浸ることを許してくれなかった。反応の鈍くなったルネの唇を荒々しく奪い、最奥を突き上げて動きを止める。

「ルネ、今ぼんやりしていただろ……何を考えていた」

「……少し、だけ……ここで、暮らしていたことを……思い出して……」

「ふうん。僕に抱かれながら、他のことに気を取られていたのか」

「っ……ごめん、なさい……グレ……ッ、あ……！」

昂ぶりを勢いよく引き抜かれたかと思ったら、根元まで強く打ちつけられた。

肌のぶつかる音がパンッと響き、粗暴に腹の奥を貫かれた衝撃で全身が強張った。

「あぁ、んっ……！」

「よそ見するなって、言っただろうが」

グレンが息を荒らげながら腰を揺さぶり、身体の動きに合わせて陰核をぐりぐりと指で押し潰す。女体で最も感じる部分を執拗に弄られて、まともな思考力を根こそぎ奪い取られたルネは堪らずに身を捩った。

「ああ、ぁ……それ、だ、めっ……グレン、い、くっ……」

絶頂の寸前まで追い上げられたが、いつぞやのように彼が愛撫の手を止めてしまう。

弾ける寸前まで膨れ上がった官能の炎が行き場を失い、ルネは胸を大きく上下させながら喘いだ。

「っ……グレン……？」

「僕に組み敷かれて、他のことを考えたお仕置きだ……苦しいか、ルネ？」

「……くる、しい」

「でも、ほら……気持ちいいだろ」

グレンが緩慢に雄芯を前後に揺らした。ぐずぐずに蕩けた蜜壺をじっくりとかき混ぜられて、腰をズンッと押し上げられるたびに甘美な痺れが四肢まで行き渡る。

ルネが思わず胸を突き出すように背を反らしたら、彼が乳頭にしゃぶりついてきた。まるで大好物のキャンディを舐めるみたいに舌で先端を転がされると、またしても法悦の波がこみ上げてくる。

「グレン、っ……あ、あ、ぁ……また、っ……」

「なんだよ、またいきそうなのか……仕方ないな、ルネ」

覆いかぶさってきたグレンが鼻の頭をこすりつけて、甘ったるい声で囁いた。

「もう他のことは考えないって、約束するか」

「……約束、する……」

ルネは両手を彼の頬に添えて「ごめんなさい」と囁きながら自分から唇を寄せた。

拙く吸いついたら、途端に後頭部を摑まれてキスが深くなる。

「……はっ……ほら、いっていいぞ」

足を抱え上げられたかと思ったら雄芯の先で子宮口をズンズンとつつかれて、焦らされ燻っていたルネの熱はあっという間に弾けた。

「あぁあ……ッ！」

極まった嬌声を上げ、脳天を突き抜ける快楽の頂へと至る。

けれども余韻に浸っている暇はない。達した直後の蜜路に締めつけられたのか、悩ましい吐息を零したグレンが果てを目指して動き始めたからだ。

勃起した陰茎で執拗に奥を穿たれ続けて、ギシギシと激しくベッドが揺れる。

「っ……あぁ……もう、やばい……僕も、出そうだ……」

「あ、あぁあ……！」

「……う、っ……は……」

限界を迎えたグレンが強く腰を押しつけて蜜壺の奥に吐精した。

ルネの腹の奥でびゅるびゅると熱い飛沫が弾ける。息も絶え絶えになっていたら、まだ芯を持った熱杭が動き出した。

彼が緩やかに腰を動かすたびに硬さを帯びて、ふやけるほどに蕩けきった泥濘をかき混ぜていく。休憩を挟まずに次の交合が始まったのだ。

「あぁ、あっ……」

「……んっ……ルネ……足、上げろ」

片足を持ち上げられて繋がったまま体位が変わる。

呼吸の荒いグレンが隣に横たわり、ぐったりするルネを後ろから抱きしめた。彼の膝が足の間に割りこんで繋がった部分が更に密着する。

「待って、グレン……これ……深、い……んっ」

肩と腰を固定されて腰を突き上げられた。体液が混ざり合い、剛直で激しくこすりたてられる蜜口からは卑猥な水音が響く。

「ルネ……ルネっ……」

好き勝手に揺すられながら耳を甘噛みされ、突かれた弾みで揺れる胸も揉まれた。

「かわいい……僕のものだ……誰にもやるものか」

グレンが低く威嚇めいた囁きを落として首筋に吸いついてくる。ルネの白い肌に花弁のごとく所有痕が刻まれていった。

彼のものだという証を肩や背中にまで散らされながら、ルネはうっとりと笑う。

——私はグレンのもの……なんて、幸せなのかしら。

グレンはぎりぎりまでルネを焦らし、雄々しい楔を荒っぽく出し入れし続けた。

長く濃密な行為に、ルネの理性も削ぎ落とされていく。

「は……むっ……はぁー……んんッ！」

立て続けに法悦へと達し、驚くほど敏感になった身体は武骨な手のひらで胸を揉みしだかれ、尖った頂をさすられるだけでびくびくと震えた。

「あぁ、っ……グレン……そこ、ばかり……触らないで」

グレンが乳房の先ばかり熱心に捏《こ》ねてくるので震える声で咎めたが、彼は愉快そうに笑っていてやめてくれない。

あまりに胸を揉まれすぎてもどかしくなり、勝手に腰が揺れそうになる。

「ここ、めちゃくちゃ尖ってる」

「……恥ずかしい、わ……」

「なんで？　触り心地がいいし、かわいいだろ」

色気のある掠れ声で囁かれ、巧みな力加減で乳房を揉まれながら雄芯を前後に動かされた。羞恥心よりも気持ちよさが勝って、どうでもよくなる。

キスと胸への愛撫でたっぷりと愛でられながら、ほどなく腹の奥で熱が弾けた。

「あっ、あぁあ……ッ」

「……は、っ……ん……ルネ」

グレンは華奢な腰を抱きかかえて昂ぶりを突きこみ、白濁した精液を蜜壷にたっぷりと注いでいる間も、ルネの顎を摑んで口づけていた。

ルネもたどたどしく舌を搦め返す。口内を舐め回されて、汗ばんだ肌を手のひらで優しく撫で回されるとこの上ない幸福感が訪れた。

「ルネ」

顔を覗きこんできたグレンが瞳を鈍く光らせて、ゆったりとした口調で呟く。

「お前はかわいいし、誰よりもきれいだ」

いとおしむように頬を撫でられて、無防備な首をさすられた。

「帰ったら、誰にも盗られない場所に隠して……ずっとこうして抱き合いたい」

もしも邪魔しようとするやつらがいたら全員消したっていい。

暗示のように延々と囁かれ続けて、ルネは身も心もグレンに支配されていった。


「なぁ、ルネ」

濃密な交わりを終えて、グレンの腕の中で微睡んでいたら声が降ってくる。

「そろそろ準備が整うんだ。エルヴィスの許可も出ている。あとは実行するだけだ」

「ふわぁ……え……何……？」

疲労と眠気で頭がぼんやりとしていて、ルネは瞼をこすって聞き返した。

「お前が嫌いだと言っていたやつの話。相手が一国の王では、私にはどうすることもできない……お姉様だって戻ってこないわ。それに……」

「……復讐は、もういいのよ。姉の復讐がしたいだろ」

「それに？」

「人を憎むのは、気力がいるの。私は父を憎みすぎて、疲れきってしまった。今は復讐よりも……ただ、お姉様やお母様が恋しい」

ルネは重たい瞼を閉じた。グレンの胸に顔を押しつけて消え入りそうな声で言う。

「もう一度、二人に会いたいわ。お姉様には、お別れの言葉だって言えなかった……遺体すら、取り戻してあげられなかったの」

ひたすらに、それが口惜しくてならないのだ。

話しているうちに母と姉への恋しさが募って、見る見るうちに涙が溢れてくる。

グレンはルネの嘆きを黙って聞いていた。嗚咽を零す彼女の髪を撫でながら、水晶のごとく澄んだ銀色の目に激烈な憤りの炎を湛えて――。

◆◇◆

アーヴェル王ウィルソンは城の上階にある自室から、城下の夜景を眺めていた。

夜の王都は静かで平穏に見えるが、その静けさすら憎々しくて八つ当たりのように葡萄酒のグラスを投げ捨てる。

侍従が慌てて片づけるのを無視して親指の爪をぎりぎりと噛んだ。

――まだルーネットは見つからないのか！

どうやってルーネットが脱獄したのかは不明だ。朝になると衛兵の死体があちこちで見つかり、看守も全員息絶えていた。囚われていた彼女がやったとは考えづらい。

帝国の仕業ではないかと勘繰っているが目撃者が一人もおらず、ルーネットを連れ帰ったベルダン侯爵も行方不明だった。

——ひとまず城の警備は厳重にしたが、目論見が外れたな。

近頃、臣下に怪しい動きが見られた。

ウィルソンの独裁政治を快く思わない連中が水面下で動いているらしい。

——反感を抑えつけるためには、また見せしめが必要だ。

だからこそルーネットが必要だった。衰弱した頃に牢から引きずり出し、素性を公表してからコーデリアと同様に処刑してやろうと考えていたのに。

三年前、コーデリアの処刑に端を発した粛清による影響は凄まじく、臣下は反感の声を上げなくなった。

今では表立ってウィルソンを非難する者は皆無で、誰もが従順だから、絶対的な権力を持つ優越感に浸っていたのだけれど……。

——帝国が沈黙している間に、反旗を翻しそうな連中を炙り出しておきたい。しかし、カリファス将軍さえ逃がさなければな……ますます腹が立ってきた。ルーネットめ、半端に生かしておくべきではなかった。見つけたらこの手で首を刎ねてくれる。

王の勘気を恐れたのか、いつの間にか侍従の姿はない。メイドも見当たらなかった。

こうして起きていても考えがまとまらないので、さっさと寝るかと思い立ち、ウィルソンは「誰か！」と呼びつけた。

使用人が来るまでの間、テラスに出る。夜景を眺めていると扉の軋む音がした。

「まったく、遅いぞ。呼んだらさっさと来い」

振り返ったが、半開きになった扉の前には誰もいない。

ウィルソンは怪訝な表情を浮かべて扉へ向かおうとしたが——突然、背後に人の気配を感じた。

刹那、筋肉質な腕が首に巻きついて絞め上げられる。助けを求めて大声を上げようとしたけれど腕の締めつけだけで気道を圧迫され、ヒューヒューとしか声が出ない。

「ぐっ……うう……」

「会いたかったぞ、ウィルソン・アーヴェル」

耳の真横で、抑揚のない囁きが聞こえた。頬に冷たい感触がヒタヒタと当たる。鈍色に光る短剣の切っ先だ。

曇り一つなく磨かれた短剣にはウィルソンの顔と、目深にフードを被った侵入者の姿も映っている。

ルネの脱獄と襲撃者の一件から廊下の至るところに衛兵を置き、城門の前も厳重に警備を敷いていた。今は貴族ですら易々と城に入れないはずなのに——。

ウィルソンは慄然としながら唇を動かした。

「……な、なにもの、だ……」

首を圧迫され続けているから、それしか音にならない。

これほど強く絞めているのに襲撃者は息遣いに乱れがなかった。肌を刺すような殺気だけを纏っている。

「お前には私怨がある。だが、そんなことより――」

必死にもがいても拘束は強まるだけで、ぐっと更に強く絞められて意識が遠のいた。

酸素不足で震える瞼を閉じたら、冷えきった重低音で吹きこまれる。

「お前は、おれの大事な女を泣かせた」

だから痛みを感じながら死ね。背筋が寒くなるような宣言とともに激痛が走った。

繰り返し訪れる苦痛は、じきに途切れて――何もかも地獄の闇に塗り潰された。


翌日、アーヴェル王の私室で大量の血痕が発見され、王も行方知れずとなった。

衛兵の中には何名か行方不明者が出たが、他に失踪者はなく血痕も見当たらなかった。

大規模な捜索が行なわれたものの、ついに発見することはできず、アーヴェル全土に王の訃報が駆け巡った。

同日、貧民窟の一角で損傷の激しい遺体が見つかった。

死んだあとに運ばれたと思われる遺体は、よほどめぼしい金品を身につけていたのか更に追剝に遭った形跡があったけれど、素性不明のまま地中に埋められた。

すべては闇の中に消え、多くの人間を苦しめた暴君の治世は終幕を迎えた。

終章　頑強な首輪

アーヴェル王の訃報を受けて、アイザックは皇帝の執務室へ走っていた。扉をノックしてから開け放ち、息せききって告げる。

「陛下！　アーヴェル王の訃報が届きました！」

書類に目を通していたエルヴィスが動きを止めて、ゆっくりと面を上げた。

「ほう、もう死んだか。詳細は？」

「不明です。ただ、国葬を行なうと告知が出たようで死亡は確実だと思われます。国境の警備も手薄になるかと。それに乗じてグレンが帰国するでしょう」

エルヴィスが書類を置いて立ち上がった。腕組みをしながら窓の外を見る。

「思ったより早かったな。しばらくアーヴェル王国は荒れるか……この機に乗じて何か仕かけてみるのも面白いかもしれない。もちろん平和的方法でな」

皇帝はアーヴェル王の死に驚きもせず、すでに次の構想を練っている。

アイザックは呼吸を整えてから人払いをさせて、皇帝に進言すべく息を吸った。

「アーヴェル王国への対応はすぐ議会で取り上げましょう。しかし此度の件に鑑みても、やはりグレンは危険です。異国の王を容易く殺したのですよ」

「…………」

「あやつは人の皮を被った野良犬です。私はグレンに礼儀、教養、常識を教えました。ですが根本的な部分は変えられませんでした。自分の欲しいものにしか興味がない。表向き従順に見えても、欲する餌が変われば平気で主人に牙を剝くでしょう」

耳を傾けている皇帝に向かってアイザックは滔々と言い募る。

「陛下はグレンを買われていらっしゃる。確かに優秀ですし、功績も目覚ましい。軍人としてだけでなく……どこへでも忍びこみ、どんな標的でも殺すことができる。あれは『天賦の才』です。殺す相手が誰であろうとも罪悪感すら抱きません」

「それが、たとえ皇帝であっても、か？」

エルヴィスが言葉を継いで振り返った。端整な面には苦笑が浮かんでいる。

「愚かな兄を殺したように、いずれ私の首も取ると？」

「恐れながら、おっしゃるとおりです」

先帝の時代――エルヴィスの命令によりグレンは厳重な警備をかいくぐって城に忍びこみ、先代皇帝の寝首をかいた。

皇帝の首を抱えて平然と戻ってきたグレンを見た時、アイザックは怖気を覚えた。

こんなことがまかり通るなら、グレン一人で国家を転覆させることができてしまうではないか、と。

しかし戦慄するアイザックに反して、エルヴィスは喜びグレンを褒めちぎった。

『お前に褒美をやろう。私が即位したら、まず姓をやって大佐の地位をくれてやるぞ』

『はぁ、そうですか……でも僕は腹が減りました。今は腹いっぱい飯が食いたいです』

先帝の首を差し出しながら、グレンは血まみれの姿でそう言ってのけた。

あまりにも異常な光景でアイザックの脳内には警鐘が鳴った。

こいつは危険すぎる。主人の近くに置くべきではない。

だが、アイザックの危機感とは裏腹にエルヴィスはグレンを重用した。

手元に置く危険性よりも、その利用価値を重視したのである。

「今なら始末できます。珍しく特定の女に執着しているようですから、国境で待ち伏せをしましょう。一対一では敵わずとも、女を人質にとってしまえば……」

「ああ、それだ。ルネを使おう」

神妙な面持ちで考えこんでいたエルヴィスがアイザックの言葉を遮った。

「グレンの危険性は理解している。だが、あれほど使える男は他にいない。欲しいものさえ与えていれば従順で、私の命令を何でも聞く。かわいい犬じゃないか」

だから、何があっても千切れない頑強な首輪が欲しかったんだ。

そう言って爽やかに笑む主に、グレンに対して抱く恐怖と似たものを覚える。

「グレンはルネのために、今の生活を捨てようとした。ならばルネを我々の手中に収めれば、グレンも従順に働く。約束どおり、アーヴェル王の首も取ったんだからな」

アイザックの脳裏を過ぎったのは、アーヴェル王国へ発つ直前のやり取りだった。

ルネを追いかけていくと主張するグレンに反対し続けていたら、やがて我慢の限界を迎えたのだろう。昔のような口調になり、怒気をこめて言い返してきたのだ。

『ルネはもう、おれのものだ。絶対、誰にも渡さない。だからルネを取り返して、奪ったやつに制裁を下しにいく。どうしても許可をくれないのなら、お前らに仕えるのをやめる。ルネを取り戻したら二度と戻らない』

唖然とするアイザックを尻目に、エルヴィスは泰然として会話をしていた。

『グレン。そこまで言うほど、お前にとってルネは大事な存在なのか？』

『そうだよ。ルネはおれのものだからな』

『……なるほど、よく分かった。ならばルネを追いかける許可をやる。国境を越えるための通行許可証も出してやろう。ただし条件がある』

『条件？』

『アーヴェル王の命も取ってこい。一方的な条件を突きつけられて、私も腹に据えかねていたところでね』

『アーヴェル王か……そういえばルネの姉が処刑されたと言っていたな。分かった、ついでに殺してくる』

良識のあるアイザックには理解できない、違う次元の会話だった。

主人と仰ぐエルヴィスは昔から変わり者で、常人と違った思考の持ち主だが、もしかしたらアイザックよりもグレンと通じるものがあるのかもしれない。

アイザックは苦い記憶を辿るのをやめた。諦念のため息をついて切り出す。

「正直、私には陛下のお考えは理解できません。ですが私はあなたの臣下ですし、私の主人もあなたしかおりません。ルネの件も一つ考えがあります」

「お前のそういうところが気に入っている。言ってみろ、アイザック」

結局のところエルヴィスがいなければ、帝国がこれほど平和になることもなかった。

ならば、皇帝の意向を汲みとって支えるのがアイザックの役目だ。

――それでも、グレンのことは気に入らないがな。

子供の頃から見ていても情が湧かないのは、心のどこかでグレンを恐れているからだ。

そして、目の前にいる思考の読めない皇帝に対しても――。

だが、アイザックはそれらすべてを頭の隅に追いやった。

「ルネの真意を明らかにし、面談を重ねてからの話になりますが……皇后様のお側に仕えさせるのはどうでしょうか。公爵家の令嬢ならば礼儀作法は申し分ないかと」

「確かに、ルネは上品で愛らしい女性だったからな。先日の舞踏会で、ニキータが一目で気に入っていたぞ。帝国が亡命貴族の受け入れに寛容だと知らしめるためにも役立つ」

エルヴィスは上機嫌で頷いた。

「ニキータも退屈しているから、喜んでルネを懐柔するだろう。今後グレンが反抗的な態度をとれば、ルネを使う」

いい首輪が見つかったな。

そう言って満足げに笑うジェノビア皇帝に、アイザックも同意を示して頭を垂れた。

腹の底の知れない皇帝と賢明な宰相の密談は、これにて終了である。

◆◇◆

ある日の夜明け前、グレンがルネを揺り起こして帝国へ帰ると言い出した。

わけが分からぬまま身支度をして久方ぶりに外へ出ると、早朝で薄暗いのにロバート夫妻が見送りに来ていた。フランクとトマスもいる。

「お嬢様、どうかお気をつけて」

「あなたもね、本当にありがとう。どうか元気でね」

涙ぐむロバートと抱擁を交わして、最後の別れの挨拶をした。

紺色だった空が淡い橙色に染まり始めた頃、一行はアーヴェルの王都を発った。

未明の王都は物々しく静まり返っている。澄んだ空気が頬を撫でて、薄明るい空を仰ぐとまだ星が見えた。なんだか久しぶりに星を見た気がする。

ふと視線を走らせれば、街角に見慣れぬ立て看板があった。

【……国葬の日取り……】

グレンが馬の速度を上げたのでその部分しか読めなかった。

先導するフランクとトマスに続き、懐かしい大橋の上に差しかかったところで、住宅区を出るまで押し黙っていたルネはグレンに話しかけた。

「どうして急に発つことになったの？　何か、あったの？」

「アーヴェル王が死んだ。昨夜から軍も犯人探しに駆り出されて、王都近郊と国境の警備が甘くなっている。今のうちに国境を越えるんだ」

グレンは端的に説明してくれたけれど、ルネは混乱状態に陥った。

――アーヴェル王が死んだ？

ほんの数秒で、頭の中を様々な想いが駆け巡った。

姉を処刑しろと命じた大嫌いな男。けれども相手は一国の王だから、復讐は不可能だと諦めていた。警備の敷かれた城外へ出ることも少なく、腕利きの護衛兵に守られていたはずなのにどうして命を落としたのだろう。

狼狽していたルネはハッとしてグレンを見上げた。銀色の目は前だけを見ている。

――まさか……。

瞠目して凝視していたら、グレンがふうと息をついて小声で言った。

「お前の姉を処刑した男は死んだ。それも残酷な死に方で。あとは何も訊くな」

それ以上は知らなくていいことだから。

小さくそう付け足されたので、ルネは口を引き結んだ。

――こんな言い方をするってことは……やっぱり、グレンがやってくれたんだわ。

おもむろに両手を組んで額に押し当てる。

――お姉様、あなたを殺した男が死んだわ。私は復讐すらも諦めてしまったのに……また『彼』が仇を取ってくれた。

橋を渡り終える直前に、山間から太陽が顔を覗かせる。

優しい暖色に変わりつつある空の端からまばゆい光が出てくるのを見て、眦から熱いものが溢れた。

――この国で見る朝日を、またきれいだと思える日がくるなんて……。

顔を伏せて涙を拭っていたら、橋を渡り終えて馬の速度を上げたグレンに呼ばれた。

「ルネ」

「？」

「お前は他のやつらとは全く違う。僕にとって特別な存在だ」

殺してくれるかと尋ねた時に返ってきた「特別」とは少し違う気がした。

グレンの価値観は独特だから、どういう意味なのか測りかねて首を傾げる。彼の人となりや考え方に照らし合わせて嚙み砕き、思いきって質問してみた。

「その特別っていうのは『好き』ってこと？」

「好き、か……ああ、そうかもな。しっくりきた。僕もお前が好きなんだ」

　グレンが合点したとばかりに笑みを浮かべる。

　彼がこんなふうに好意を言葉にしてくれたのは初めてだった。

「だから、僕から離れようとしたら殺したくなるんだと思う。僕は自分の大切なものを誰にも盗られたくない。この手で殺せば、永遠に僕のものになるだろう」

　グレンの極端な持論は、ルネには理解できない。

『一見まともに見えても、あの人はぶっ壊れてるぜ』

　誰かの忠告が一瞬だけ頭を過ぎったが、ルネはかぶりを振って打ち消した。

　たとえ理解はできなくても、今更恐れたり尻込みすることはない。

「お前が好きだ。死んでも放さない。ルネのためなら何でもできる」

　ルネは一拍の間をおき、すうっと息を吸った。

　計り知れない感謝の念や、積もり積もった憎しみと悲哀をグレンは受け止めてくれた。以前は口にできなかった台詞を、今なら純粋な想いだけをこめて言えるはずだ。

「……私も大好きよ、グレン。あなたを愛している」

「愛して、いる……そうか……お前は僕を、愛しているのか」

　闇の中で冷ややかに「僕を愛しているのか」と尋ねてきた時とは違い、グレンは言葉を覚えたての子供のように繰り返した。

「今なら理解できる気がする。特別な相手に、すごく好きって伝える時に使う言葉だな」

「そのとおりよ」

「だったら、僕も言わないと」

グレンが甘い笑みを浮かべて躊躇なく告げる。

「お前を愛しているぞ、ルネ。手放すくらいなら殺したい」

愛の告白と殺意がごちゃ混ぜになっていたけれど、ルネは歓喜の涙を溢れさせた。

それがグレンなりの歪な愛情表現であることを、もう知っていたからだ。

涙が止まらなくなってしゃくり上げると、グレンは手綱を片手で握って、薔薇色の髪を愛情のこもった手つきで撫でてくれる。かつてアーヴェルから連れ去ってくれた時のように「お前って泣き虫だな」と、彼女にだけ聞かせてくれる柔らかな声色で言った。

「とりあえず帝国へ帰ったら、お前が食べたがっていた肉を食いに行くぞ。それから、しばらく誰にも盗られないように部屋に隠して、僕の相手をさせるからな。お前は僕の恋人なんだから拒否権はないぞ」

それが、彼なりに考えた『恋人』との過ごし方なのだろう。

これから起こり得る未来の話が嬉しくて、ルネは泣きながら相好を崩した。

グレンはルネを殺したいほど想ってくれて、死んでも放さないでくれる——その重くて深い愛情には、こちらも真摯な愛情で応えなくてはならない。

この先、何があったとしても彼への愛を貫こう。

それがルネにとっての至福であり、お互いの愛がきっと頑強な首輪となって、二人を永遠に縛りつけてくれるはずだから。

あとがき

ソーニャ文庫さんでは二冊目となります、蒼磨奏《あおまそう》です。

愛を知らない無垢な獣のようなグレンの変化と、ルネの盲目的な愛をお楽しみいただけたでしょうか。

前作の『死神騎士は最愛を希う《こいねが》』はストレートな執着でしたが、今回は「愛と殺意は両立するのか」という歪んだ愛のかたちが、私の中のテーマでした。

登場人物について。ルネはすんなりキャラクターが決まったんですが、グレンは書いたことのないタイプだったのでキャラ構築がかなり難しかったです。

原稿にも過去最長の時間がかかり、だいぶ悩んで提出した記憶があります。

とにかく食べて生きることにしか興味がなく、軍隊を統率できるほど優秀なのに情緒的な意味での語彙力がない。粗暴でも、一人称が僕なので柔らかさがある。

それが、とんでもないアンバランスな男に仕上がっていると……担当さんからお褒めの言葉をいただいたので「ああよかった～」と安心したことを覚えています。

ルネはルネで行動指針が「グレンのため」で一貫しているので、この二人でなければ成立しない愛のかたちを描けたんじゃないかと。

読者さんによっては好き嫌いが分かれそうで、これ大丈夫なのかと、また今からドキドキしているんですが……書いたことのないテーマで、個人的には執筆が楽しかったです。ただ、とにかくグレンの心情が難しくて、原稿中に迷走しながら「ねぇ、愛ってなんなんだろうね」って友人たちに訊きました。一緒に悩んでくれて本当にありがとう。

ソーニャ文庫さんのサイトで本編後の後日談も公開されています。

可愛くハッピーな二人を書いたので、ぜひ合わせてお楽しみください。


イラストは笹原亜美《ささはらあみ》先生が担当してくださいました。

前もって聞いていたので、笹原先生のイラストで見たい銀髪、銀の瞳、細身の美青年と赤毛に翡翠の目を持つ女の子というイメージで、容姿はすぱっと決まりました。

キャララフとカバーラフを拝見した時、イメージどおりで、うおおとなりました。

ルネがワインレッドのブラウスを着ているのも、清廉なだけじゃないと伝わってきて、グレンのキメ顔も格好いいです。ありがとうございます！

ぜひ美しいイラストと合わせて、本文もお楽しみください。

そして、今回は二人の担当さんにお世話になりました。お二人とも優しく対応してくださり、感謝の気持ちでいっぱいです。

お手に取ってくださった方々も、本当にありがとうございました！

また次回作でお会いしましょう。

蒼磨　奏

ソーニャ文庫

この本を読んでのご意見・ご感想をお待ちしております。

◆ あて先 ◆

〒101-0051
東京都千代田区神田神保町2-4-7 久月神田ビル
㈱イースト・プレス　ソーニャ文庫編集部
蒼磨奏先生／笹原亜美先生

英雄殺《えいゆうごろ》しの軍人《ぐんじん》は愛《あい》し方《かた》がわからない

2023年9月7日　第1刷発行

著　　者　蒼磨奏《あおまそう》
イラスト　笹原亜美《ささはらあみ》
装　　丁　imagejack.inc
発 行 人　永田和泉
発 行 所　株式会社イースト・プレス
〒101－0051
東京都千代田区神田神保町２－４－７ 久月神田ビル
TEL 03－5213－4700　　FAX 03－5213－4701
印 刷 所　中央精版印刷株式会社

ISBN 978-4-7816-9755-0
定価はカバーに表示してあります。

Sonya ソーニャ文庫の本

――世界を毀す。君を手に入れるために。

第二皇子・クラウディオは公女のアマンダと身分違いの恋に落ちる。クラウディオの軍人としての功績により、晴れて婚約者となる二人。しかし動乱の世に翻弄され、追い込まれていくクラウディオは、アマンダの愛だけしか信じられなくなり――？

**『堕ちた軍神皇子は
絶望の檻で愛を捧ぐ』**

桃城猫緒
イラスト Ciel

Sonya ソーニャ文庫の本

『寡黙な近衛隊長は雄弁に愛を囁く』 最賀すみれ

イラスト 如月瑞

Sonya ソーニャ文庫の本

『咎人の花』 山野辺りり

イラスト 天路ゆうつづ